ジェンダー×小説 ガイドブック

日本近現代文学の読み方

飯田祐子・小平麻衣子 編

ひつじ書房

はじめに

人にとって性別はどのような意味を持っているだろう。性別は自分が何者であるかということや、何者としてみられているかということに深く関わっている。他人からみなされる性別と自分とが合っている人もそうでない人も、日々の中で、性別にまつわるふとした疑問やときには明確な不満を感じることがあるのではないか。そのとき、それを誰にも言わないだろうか、誰かと話すだろうか。書きとめるだろうか、公開するだろうか。人が自分自身と向き合うやりかたはさまざまだが、疑問や不満を言葉にし、書きつけることは、他の人に伝えるという重要な回路を開く。

文学は、フェミニズム・ジェンダー研究に貢献してきた主要な学問的領域の一つである。その理由は、文学が、分析や主張だけでなく感情をも書きつけることのできる媒体であるからだ。男と女という性別を構造的に組み込んだ社会のあり方を問い直す言葉が、文学の中には溢れている。とくに長年にわたって公的な言説から排除されてきた女性たちは、現状への批判や希望を多く文学に書き記してきた。そして、男女で差のある教育・研究環境を背景に、それらの言葉を受け取る研究者も多く生まれてきた。

ジェンダーという概念は、一九六〇年代から七〇年代の第二波フェミニズムによって、現象を説明するだけでなく、社会を変えていくために使われるようになった。〈ジェンダー〉とは、生物学的な性差である〈セックス〉とは区別される、文化的・社会的な性差のことである。性別は恋愛や結婚や生殖などの私的な領域から、賃金の格差や役職、社会的な制度が適用されるか否かなど公的な領域でのさまざまな待遇を規定する。その根拠は身体の違いであるかのように語られてきたが、大部分は〈男性らしさ〉〈女性らしさ〉として社会が作り上げてきた約束ごとを根拠とみなしているに過ぎない、とフェミニズムは看破したのである。最大の利点は、単なる〈らしさ〉であれば、各自のありかたに合致しない場合は変えることも可能だし、それに基づいた差別は解消されるべきだと明言できたことである。

それから数十年が経過しているが、現在においても、ジェンダーによる不平等は解消されていない。とはいえ、ジェンダーやまたセクシュアリティに関わる不平等への問題意識は高まり、近年では「#MeToo」をはじめとするＳＮＳを使った新しい形の運動が生まれているし、多様性が認識されるようになりＬＧＢＴＱといった言葉にふれる機会も増えた。こうした変化は、突然に盛り上がったものではない。数十年のあいだの運動の継続があり、同時に理論や分析も発展を遂げてきたのである。二〇〇〇年代には政治的なバックラッシュ（反発）によって運動や研究の進展が抑圧された時期もあったが、これに対抗する努力は途切れることなく続けられている。

文学研究におけるフェミニズム・ジェンダー研究も、こうした流れと歩みを揃えて展開してきた。ジェンダーについて考察する際、肉体的差異にどのように価値が付加され、利用されているのか、文化・言語の介在のしかたが重要な観点となるが、言語が社会をつくり出すという問題に意識的な文学研究は、特定の作品やテクストのみならず、文化的構造そのものの分析に大いに力を発揮してきた。文学独自の営為としては、男性中心的、あるいは異性愛中心的な文化のせいで見過ごされてきた作品の発掘が大いに進められた。現在の視点から読み直すことで、過去の文学作品に深い共感が寄せられたり、潜在していた可能性が発見されたりすることも増えた。

本書は、このような文学研究におけるフェミニズム・ジェンダー研究の成果を、日本の近現代文学研究の領域に絞って、わかりやすく伝えることを目的として企画したものである。ジェンダーの理論は欧米を中心に発展してきたが、それを日本の問題として考えるための視点を提示したい。これが、本書の一つ目の特徴である。二つ目の特徴は、理論的展開を整理するとともに、そうした問題を読み込むことのできる小説を紹介したことだ。膨大な本、しかも図書館などで長い間開かれてもいなかったような本の中から、自分の関心にあった小説を見つけるのは難しい。パッケージデザインで直感的に買うものを決める「ジャケ買い」という言葉があるが、自分の勘があたったかどうかを確かめるまでに、小説は読むという長い時間を要するし、図書館に並んでいる本は、保管の便利のために個性的な装幀が取り除かれている場合も多い。本書での紹介は、理論と小説作品を結び付けることに、大いに役立つはずである。

本書の〈偏り〉についても、ふれておこう。本書の視点や作品の紹介では、女性に関わるものが多くなっている。〈ジェンダー〉は、男性と女性という差異によって構成されており、それゆえ女性ジェンダーと対になって意味を形成してきた男性ジェンダーも、もちろん問題に含まれる。男性による女性の抑圧という問題だけでなく、男性自身が〈男らしさ〉の規範によって生きにくい状況に置かれるという問題もある。本書においても男性ジェンダーの問題や男性作家を排除する意図はなかったのだが、これまで文学史から取りこぼされてきた視点や作品を紹介することを重視した結果、女性に関わるテーマや、それを扱った作品を優先することになった。ジェンダーは女性の問題だけではないということは、本書にとっても大きな前提である。本書の〈偏り〉を、その背景とともに受け止めていただき、これからの文学研究に〈偏り〉が生まれない状況をつくっていくために、本書を利用していただきたい。

本書の構成をまとめておく。第1部「理論篇」では、とくに日本近現代文学研究において、フェミニズム・ジェンダー論がこれまでどのようなアプローチを行ってきたかを概観する。特に第二波フェミニズム以降、精緻化してきた理論を見渡すために、五つの傾向にまとめた。01文学史・文学場、02ジェンダーカテゴリー、03女性作家・ガイノクリティシズム、04脱構築・クィア批評、05メディア論である。具体的な事例や代表的な研究文献を交えて解説している。

第2部「項目篇」は、フェミニズム・ジェンダー論の主要なテーマについて、「1．テーマ解説」とそれを題材とした「2．作品紹介」を設けて紹介する。テーマは、06恋愛、07セクシュアリティ、08結婚・家族、09母性・生殖、10少女・学校・友情、11ケア、12暴力、13消費文化・装い、14労働・資本主義・社会運動、15災害・エコロジー、16戦争・帝国主義・植民地、17越境・日本語文学、とした。作品紹介にあたっては、近代から現代まで目配りし、各時代で話題になった作品を組み込むようにした。書誌情報は、初刊（もしくは初出）と、現在入手しやすい収録書籍を挙げた（「青空文庫」は著作権の消滅した作品などがボランティアによって公開されているインターネット上の電子図書館である）。むろん紹介できた作品数は限られているが、各自で作家や作品を探る際の手がかりとしてほしい。

さらに、コラムとして、ライトノベル、マンガ、アニメ、映画の各ジャンルを設けた。それぞれの領域には専門的な研究があるが、文学と、文化を共有し、享受者が密接に関係するジャンルである。それぞれのコラムは読むだけでも楽しめる。

本書は、初めから順番に読まなければならないということはない。自分の関心の中心から読みはじめ、近接する話題に広げたり、作品や参考文献へと深めたりしていただければと思う。学生が卒業論文を書いたり、院生が専門的に勉強する際の入り口になればよいと考えているが、それに限らず本書を開いてくれたすべての方にとって、本書がさまざまな小説と出会うきっかけになることを願っている。

目次

第1部

理論篇

01

文学史・文学場
ジェンダーによる配置について考える

飯田祐子

1 文学場とジェンダー

文学史を開いてジェンダーの観点から眺めてみたら、すぐに気が付くだろう。とりあげられているのは、男性作家ばかりである。女性作家が全くいないわけではない。樋口一葉、与謝野晶子、野上弥生子、田村俊子……文学史の一部に、補足的に数名が顔を出している。他に女性作家は、いなかったのだろうか。もちろんそうではない。存在していても、文学史に組み込まれていないだけだ。

フランスの社会学者ピエール・ブルデューは〈場〉という言葉で、ある社会空間がそれぞれに特有の価値や規則をもって構成されていることを論じている（ピエール・ブルデュー*（原著一九九二））。文学についても、作品を書き読み、評価して階層化し、自らの価値と歴史を生成し、また商品化し市場に流通させる〈文学場〉がある。その動向を作り出していく慣習や規範は、歴史的文化的につくられてきたものであり、社会全体の慣習や規範とも深くつながっている。女性作家が文学史の中に少ないのは、ジェンダーによって〈女性〉としてカテゴライズされ、文学場の周縁に配置されてきたからだ。

　文学場は男性の書き手を中心として展開してきた。それでは、文学場そのものがどのようにジェンダー化されたのかという問いをたててみよう。とくに男性ジェンダー化が深まった時期として注目されるのは、日露戦争後である。この時期、娯楽だった文学が芸術の一分野になる過程で、文学は〈男〉の仕事として承認されるようになる（飯田祐子『彼らの物語　日本近代文学とジェンダー』名古屋大学出版会、一九九八）。興味深いのは、新しく隆盛してきた自然主義作家たちが、文学は他の仕事と変わらない一つの職業なのだと主張したことだ。一見、自負のみえない言い草のようだが、そうではない。「優美に見えた女との闘ひよりは、卑しい金の為の闘ひが、遥かに真面目でもあり、男らしい闘であると自覚した」（小山内薫「如何にして文壇の人となりし乎」『新潮』一九〇八・九）というように、文学が〈男〉の仕事として承認されるよう、文学を他の仕事と同一化するレトリックが用いられたのである。自然主義作家は、自らの身辺事情を語るという新しい小説の書き方を生み出した。文学は、彼ら自身の〈男らしい〉人生の苦しみを語るジャンルになったのである。作品の読み方も変化した。作品を通して作家自身が読まれるようになり、作家の生のあり方に共感しうる読者が、作品にとって最も望ましい読者となっていく。こうして作者と同質の読者共同体が成立することで、文学の男性ジェンダー化は強化されていった。同時に、文体の面でも、ジェンダーに結びついた転換が認められる（*関礼子（二〇〇三））。女性の表現者が主として利用してきた文語体が後景化し、言文一致体への本格的な切り換えが起こった。和文に連なる女性化した表現が周縁化される一方で、男性ジェンダー化した言文一致体が内面を語るにふさわしい文体として確立したのである。

ジェンダーは、文学場の価値の創出と関わっている。戦後には、戦前の文学を批判するために「女房的」（平野謙「女房的文学論」『文芸』一九四七・四）という形容が用いられた。戦前の文学を女性化することで、戦後をそれと差異化しようとしたとも考えられるし、あるいは文学場を〈女性化〉し無力化して捉えることによって、文学の戦後責任を回避しようとしたとも考えられる（佐藤泉*（一九九九））。占領下の文学においては、男性の去勢や不能が、物語に繰り返し組み込まれている。占領下の男性を女性化することによって、男性の社会的無力を語ると同時に、沈黙による抵抗が示されたともいえる（マイク・モラスキー*（原著一九九九））。男性性として何が読み込まれ、女性性として何が読み込まれるのか。それぞれの時代のジェンダー化の様相は、文学場の責任や正当性をめぐる攻防として読むことができるのである。

2 文学場における女性作家

女性作家に目を向けよう。先にも述べたように女性作家は主流の文学史に含まれないので、女性のみの文学史が書かれてきた。日本の場合、古典文学の中では紫式部や清少納言、また歌人としても女性の書き手の存在が大きいので、古典文学の女性文学史であれば、明治二十年代には編集されている（下野遠光『日本女学史』敬業社、一八九三／小森甚作・上地信成編『女流文学史』東洋社、一九〇二）。近代文学史としては、明治の女性文学史として塩田良平『明治女流作家』（青梧堂、一九四二）があり、戦後も射程に入れたものに、巖谷大四『物語女流文壇史』（上・下、中央公論社、一九七七）などがある。また、女性作家が自分自身の回想も含んでまとめたものとして、生田花世『近代日本婦人文芸女流作家群像』（行人社、一九二九）、宮本百合子『婦人と文学——近代日本の婦人作家』（実業之日本社、一九四七）、吉屋信子『自伝的女流文壇史』（中央公論社、一九六二）などもある。その後は、フェミニズム批評を足場とした女性研究者による女性文学史も編まれており、『はじめて学ぶ　日本女性文学史　近現代編』（岩淵宏子・北田幸恵編著、ミネルヴァ書房、二〇〇五）、『編年体　近代現代女性文学史』（岩淵宏子・北田幸恵・長谷川啓編、至文堂、二〇〇五）などがある。文学史に記述されなかった女性作家を発掘し、そしてその系譜を辿ることは、女性作家がたしかに存在していたということを浮かび上がらせる。文学史の欠落を指摘し、修正することができるだろう。

一方、女性文学史を別立てで編纂するのではなく、男性中心の文学場で〈女性作家〉がどのように扱われてきたのかという観点から文学史を整理し直すこともできる（飯田祐子*（二〇二〇））。主流の文学史から漏れていたとしても、それぞれの時代に戻れば女性作家が注目された時期はあり、戦前でいえば、四つのピークを認めることができる。

第一のピークは日清戦争後にある。息を吹き返した文壇に、新たな書き手が求められるなか、女性作家にも関心が向けられた。注目されるのは二つの特集、『文芸倶楽部臨時増刊』の「閨秀小説」号（一八九五・一二）と「第二閨秀小説」号（一八九七・一）である。中島歌子、田辺花圃、小金井喜美子、若松賤子、樋口一葉、北田薄氷、田澤稲舟、大塚楠緒子など、すでに作品を発表していた作家に新人作家も加えて編集された。明治において女子教育の必要性が語られるようになり女性が小説を書くことも期待されたが、実際に発表されはじめた作品はむしろ批判に曝されている（平田由美*（一九九九））。巻頭に写真も配したこの特集号は、女性作家を一同に集めたことでその存在を可視化し、女性作家が公認される機会となった（「女性作家・ガイノクリティシズム」参照）。しかしながらピークの期間は短い。樋口一葉と若松賤子と田澤稲舟は一八九六年に、北田薄氷は一九〇〇年に、中島湘煙は一九〇一年に没してしまう。生き残った田辺花圃や清水紫琴などは、結婚後、小説から遠ざかり、第一のピークは終わりを迎える。

第二のピークは、日露戦争後から大正初期にかけての時期である。先にもふれた自然主義を中心になされた文学場の再編の中で、田村俊子、岡田八千代、野上弥生子、岡田美知代、水野仙子、尾島菊子、生田花世、森しげ、素木《しらき》しづなど、小説の書き手が次々に現れた。『中央公論』（一九一〇・一二）は「女流作家小説十篇」を編んでいる。またこの時期の特徴といえるのは、『女子文壇』や『青鞜』などの雑誌が、書く女性たちの足場になっていったということである。『女子文壇』は、一九〇五年に創刊された投稿雑誌である。雑誌への投稿は、住んでいる場所や出身階層に制限されない。女性たちにとっても、雑誌は書くことへの欲望を育て、女性たちの読者共同体をつくる媒体となった。また一九一一年に創刊された『青鞜』が象徴する「新しい女」のムーブメントも、重要である。『新潮』は特集「新しい女」（一九一二・九）を、『太陽』は特集「近時之婦人問題」（一九一三・六）を組んでいる。作家が自己の経験を作品に入れ込んでいく自然主義の立場は、女性の内面を言葉にすることにもつながった。「新しい女」は、自らについて自らの言葉で語る女たちでもあった。この時期の収束は大正の半ばである。『青鞜』は一九一六年に終刊し、田村俊子は一九一八年にカナダに移住。素木しづが一九一八年に、水野仙子は一九一九年に没している。大正後半期には、藤村

（宇野）千代や鷹野つぎなど新しくデビューした作家もいるが、全体としては女性作家は不振だと認識された。

第三のピークは、関東大震災後にある。出版産業全体が再編される中で、平野謙の整理でいえば既成文壇とプロレタリア文学とモダニズム文学の三派鼎立の時代に突入する。女性作家も、ささきふさ、尾崎翠、野溝七生子、上田（円地）文子、若杉鳥子、平林たい子、林芙美子、窪川（佐多）稲子、中本たか子、松田解子など、次々に登場した。それらの女性作家が集結した雑誌に、長谷川時雨が主宰した『女人芸術』（一九二八〜一九三二）がある。小説や詩から評論まで、ほとんどが女性によって執筆されたものであり、新しい書き手の発掘にも情熱が注がれた。とりわけ新しい熱気を帯びた潮流となったのはプロレタリア文学で、女性作家にも多くの左翼作家が生まれた。『女人芸術』も創刊時はとくに偏りなく出発したが、翌年の半ばごろから左傾化し、プロレタリア文学や評論が発表される媒体となった。こうして第三のピークを作り出したプロレタリア文学は、この後大弾圧を受けて萎んでいく。小林多喜二の拷問死や、日本共産党の幹部だった佐野学と鍋山貞親による転向表明がおこったのは一九三三年。女性プロ文作家たちに向けられた関心も薄れていく。

次に女性作家が注目されるのは、日中戦争開戦後である（松本和也『昭和一〇年代の文学場を考える　新人・太宰治・戦争文学』立教大学出版会、二〇一五）。第四のピークでの特徴は、新しい作家が登場したのではなく、既存の作家が変わらぬ態度で書いているという意味付けによって、注目されたことにある。国家総動員法の発令が一九三八年、作家たちの従軍も開始され戦局への貢献が求められるようになる中で、男性作家が戦時に相応しい目的や素材の文学へと動員されるのに対して、女性たちは相も変わらず「芸術至上主義」の作品を盛んに書いていると指摘されたのだった。背景として、素材派と芸術派の論争が起こっていた時期である。女性作家は芸術派を補強する位置に配置された。中里恒子が『乗合馬車』で女性初の芥川賞をとったことや、岡本かの子が小説を書き出したことなど新しい話題もあったが、強調されたのは新しさの欠如だった。

さて、四つのピークについて述べてきたが、それらを通して見えてくるのは、文学場の再編がなされる大きな出来事の後に女性作家が登場し、また注目が集まったということだ。女性作家に注目が集まる契機には、まず市場の論理がある。たとえば日清、日露の戦後とはどのような時期か。端的にいえることは、戦時には新聞などメディアの規模が拡大するということである。戦時報道は大量の情報を流通させることになり、メディアを活性化し市場を拡大する。戦後、戦争の情報が消えてできた空白を再編していく際、新しい作家が求められる。女性作家もまたその一部分として、空白を充填するべく求められたのである。地震後も日中戦争開戦後も、具体的な状況は異なっていても、メディアの再編が行われた時期という点では同様である。再編に際して、女性作家に場が与えられる。そして、女性作家は、それぞれの時期に価値化された潮流を補強するものとして配置された。ピークの合間にも、新たに登場したり書き続けたりした女性たちはいたが、文学場を構成する力学次第で、女性作家を許容する度合いも、また注目の度合いも変化してきたのである。右肩上がりに継続的に充実していくというのではないこの断続性が、文学場における女性の周縁性を意味しているだろう。

3 文学場において評価されること

女性の作家は、〈女性〉というカテゴリーで評価を受けることを前提として書かねばならない。それゆえ〈女性〉に向けられる視線への応答性を、作品のなかに見出すことができる。書く女性を描いた例を二つあげておこう。第二のピークの代表的な作家であった田村俊子の『あきらめ』(一九一一)では、主人公荻生野富枝が文学を志す女学生として登場し、新聞懸賞に応募した脚本が当選し上演されるという本来なら喜ばしい状況にあるのだが、成功への一歩を踏み出すどころか、女学校を退学させられ、最後には家族の事情で東京を離れることになる。もしこれが逆に文学を志す女学生が成功する物語であったら、俊子の作品は世に出ただろうか。文学かぶれの女学生が不幸に陥る展開は、小杉天外の『魔風恋風』(一九〇三)や小栗風葉の『青春』(一九〇五)、夏目漱石の『虞美人草』(一九〇七)など、同時代の新聞小説では典型的なものである。同時代評には富枝の選択が新しくないという批判もあったが、女性の文学に対する欲望に向けられたネガティブな視線を組み込んでみせることで、田村俊子自身は、書き手としての道を開いていった。女性に向けられた視線への抵抗は、単純ではないのである。あるいは、第三のピークの中で林芙美子を成功に導いた『放浪記』。『放浪記』は、書き溜められていた日記からの抜粋で構成されたモンタージュ的な作品であるが、異なる箇所の切り出しによって三度作品化されている。現在の『放浪記』は、それらを合わせて三部立てになったものだが、興味深いのは、それぞれの部に浮かびあがる語り手の姿が異なっていることだ。第一部（『放浪記』一九三〇・七）を語るのは母を恋い都会で生きる少女のようであるが、第二部（『続放浪記』一九三〇・一一）では実らなかった初恋の傷を抱えて彷徨う女の姿が浮かぶ。『放浪記』は林芙美子を流行作家に押し上げたが、その後の版で少なくない改訂がなされ、さらに戦後に第三部（『放浪記　第三部』一九四九）を発表している。第三部で語られるのは文学を志し、書くことに対する強い欲望を抱いている女性である。自分自身を語るこの作品をどう届ければ、文学場に自分の場所をつくることに繋がるのか、林芙美子は繰り返し考え続けた。『放浪記』の編集や改稿には、セルフプロデュースのプロセスが示されているのである。

文学場には、大きく分ければ文学的な価値と市場的な価値がある。水準の異なるこの二つの価値を結び付ける装置の一つに、文学賞がある。文学賞は、作家が作家を評価することで自己生産的に文学的価値を生み出し、それによって市場での価値をつくりだす。そこにもやはり、ジェンダーによる非対称性がある。ここまで主として戦前の文学場について説明してきたが、戦後にも残るその非対称性を、芥川賞と直木賞のジェンダー差を例に確認してみよう。両賞とも設置されたのは、一九三五年のことである。男／女の人数を示すと、戦前の受賞者は、芥川賞一九人／二人、直木賞一四人／一人。女性の受賞者は例外的な存在である。戦後も同様にほとんどが男性という状況が続く。七九年までをまとめると、芥川賞五五人／一〇人、直木賞六一人／九人である。変化が感じられるのは、一九八〇年代に入ってからで、徐々に非対称性がゆるんでいく。一九八〇年代は、芥川賞九人／八人、直木賞二三人／七人、一九九〇年代は、芥川賞一四人／八人、直木賞一九人／七人。二〇〇〇年代には、もう一段階の変化がみられる。芥川賞一三人／九人、直木賞一七人／一〇人。そして二〇一〇年代以降では、芥川賞一四人／一六人、直木賞一七人／一三人と男女比の非対称性は、ほぼ消失している。二〇二二年の第一六七回芥川賞では、はじめて、すべての候補作が女性作家となった。女性作家の周縁化は、過去の出来事になったといえそうだ。

選評者のジェンダー差も関係しているだろう。両賞とも、選考委員に女性が入ったのは、一九八七年のことである。八〇年代に至って男性化した文学場にようやく変化が生じ、その後、緩やかながら変わり続けてきたわけだ。ただし、領域によって事情は異なる。二〇二一年には、表現の現場におけるハラスメントの実態などを調査してきた「表現の現場調査団」(二〇二〇年一一月設立)が、過去十年間を対象としてさまざまな賞のジェンダー・バランスについて調査を行ったところ、評論部門では主要な賞の審査員も受賞者も、ほぼすべてが男性であることが指摘された。このような顕著な偏りがどのように維持されてきたのか、文学場における評論という場の配置、またその構造を多面的に検証する必要がある。

4 文学場における女性読者

文学場がいかにジェンダー化しているかについて〈女性作家〉を軸に述べてきたが、女性作家は〈女性〉を代表しない。〈女性〉としてカテゴライズされ女性性との交渉をしつつ書いてはいても、そもそも書いている時点で〈女性〉規範からはずれた場所にいるからだ。より集合的に〈女性〉の配置を考えるときに重要なのは、〈女性読者〉である。先に雑誌の重要性にふれたが、投稿雑誌によって書く女性が生み出された一方で、投稿を目的としない女性向け商業雑誌は大量の読む女性たちを生み出した。とくに注目されるのは大正後期に出現する、都市の中産階級における主婦や女学生を中心に形成された読者層である（前田愛『近代読者の成立』筑摩書房、一九七三）。『婦人画報』『婦人公論』『主婦の友』『婦人倶楽部』など、震災後には、いずれも十万部以上、雑誌によっては数十万部を発刊する媒体となっていた。これらの婦人雑誌は、部数の多さに比例して、原稿料も文芸雑誌や総合雑誌の四〜五倍であった。女性読者は、文学場全体にとって必要不可欠な存在であったといえる。

文学場における女性読者は、文化の消費者であって、文化の生産者になることは求められていない。読む女性たちが身に付ける知識には〈教養〉という枠組みが与えられた（小平麻衣子*（二〇一六））。〈教養〉は結婚相手として選ばれるための準備となり、結婚後には中産階級の主婦にふさわしい文化的素養になる。教養は、女性の向上心を吸収する装置でもあった。重要なのは、教養をどれほど深めても、職業に結びつくことはないということだ。あくまでも素人にとどまるよう指導され、文化の享受者にとどまることこそが求められていた。教養は文化資本ではあるが、女性にとってそれが資本としての効果を発揮するのは、文学場においてではない。結婚という場だったのである。

文学場はジェンダーの非対称性を組み込んでつくりあげられている。〈女性〉の作家も読者も周縁に配置されてきたが、その自明性を覆すためには、それがどのようになされていたのかを明らかにしなければならない。ここでは女性の周縁性について説明してきたが、それを前提としつつ、ジェンダーの力学を攪乱する出来事を見つけ出すこともできる。女性作家たちは、さまざまなやり方で文学場に食い込んでいき、少女を中心とした読者共同体など、中心とは異なる価値やつながりが周縁に発生している。文学場には、モノとしての本や雑誌の流通システム、教育や家族や政治や経済などの制度、人種や民族や階級などの文化格子など、さまざまな力学が交差している。ジェンダーが、それらの異なる力学とどのように連動しているのかを解きほぐし、ジェンダーの二分制そのものが揺らぐ可能性についても考えていくことが必要だろう。

【参考文献】

飯田祐子「文学場における女性作家」(『アジア・ジェンダー文化学研究』四、二〇二〇・六)

小平麻衣子『夢みる教養──文系女性のための知的生き方史』(河出書房新社、二〇一六)

佐藤泉「近代史の記憶／忘却」(『現代思想』二七巻一号、一九九九・一)

鈴木登美「〈文学〉のジェンダー──「小説」と「女性」をめぐる近代日本文学史のポリティックス再考」(『日本近代文学』七〇、二〇〇四・五)

関礼子『一葉以後の女性表現──文体・メディア・ジェンダー』(翰林書房、二〇〇三)

平田由美『女性表現の明治史──樋口一葉以前』(岩波書店、一九九九)

ブルデュー、ピエール『芸術の規則』Ⅰ・Ⅱ(原著一九九二。石井洋二郎訳、藤原書店、一九九五・一九九六)

モラスキー、マイク『占領の記憶／記憶の占領──戦後沖縄・日本とアメリカ』(原著一九九九。鈴木直子訳、青土社、二〇〇六)

02 ジェンダーカテゴリー
性差と言語表現をめぐる諸問題

倉田容子

1 言語表現とジェンダー

ジェンダーとは、「社会的性役割や身体把握など文化によってつくられた性差」（『岩波 女性学事典』「ジェンダー」岩波書店、二〇〇二）のことである。ジェンダーは〈男〉と〈女〉に二項化されており、私たちはこの世に生まれた瞬間から、いずれかのジェンダーカテゴリーに属することを強制される。さらに、教育や社会制度、あるいは小説、漫画、アニメ、ドラマ、映画といった日常的にふれるさまざまな物語を通して、内面や身体性に関わる〈男らしさ〉・〈女らしさ〉の規範を継続的に学習していく。また、これらの規範は私たちの外部にのみ存在するわけではなく、個々人の発話や言説において反復・保持されており、同時に反復されることでパロディ化され、ずらされてもいる。

フェミニズム批評は、外在的なジェンダー規範と個々の言説とのせめぎ合いをさまざまな角度から検討してきた。ここではまず、言語表現とジェンダーの関係が日本近代文学研究の場においてどのように捉えられてきたのか、ごく大雑把に述べておきたい（ただし、フェミニズム批評は単線的に展開してきたわけではなく、それぞれの潮流は重なり合っている)。

ケイト・ミレット『性の歴史学』(原著一九七〇。藤枝澪子・加地永都子・滝沢海南子・横山貞子訳、ドメス出版、一九八五)を嚆矢とする初期のフェミニズム批評においては、主に描かれた女性像や男性像、物語内容の検討という形で、文学作品における家父長制的構造の指摘が盛んに行われてきた。日本でも主に一九八〇年代から駒尺喜美『魔女の論理――エロスへの渇望』(エポナ出版、一九七八)などを先駆とする研究の蓄積があり、男性作家の作品の批判的検討や女性作家の再評価が進んだが、初期のフェミニズム批評においては〈女〉が一枚岩的に捉えられたり、性別二元論が本質化されたりする傾向があった。

文学理論が日本近代文学研究においても盛んに議論されるようになり、とくにジェラール・ジュネット『物語のディスクール――方法論の試み』(原著一八七二。花輪光・和泉涼一訳、水声社、一九八五)をはじめとするナラトロジー(物語論)が浸透すると、フェミニズム批評においても、物語内容の検討だけでなく、物語言説がジェンダーカテゴリーの生成とどのように関わっているのかということに注目が集まるようになる。同時に、フェミニズム理論の内部に起きた「女性性を称揚しようとする差異派と普遍的価値を求めようとする平等派」(岡野八代『フェミニズムの政治学――ケアの倫理をグローバル社会へ』みすず書房、二〇一二)という二つの潮流が、必ずしも明確な対立というわけではなかったが、物語言説への関心と連動する形で現れてくる。前者は、精神分析理論を踏まえ、言語秩序は男性的な原理に支配されているとし、女性原理の発露ないし回帰を探求したリュス・イリガライやジュリア・クリステヴァらのエクリチュール・フェミニンの導入という形を取り、後者は主に、〈知〉の権力の歴史性を問うミシェル・フーコーの系譜学を踏まえ、性別二元論の構築に寄与した諸言説を歴史的に再検討する形を取った。その後、カルチュラル・スタディーズの影響を受けた文化研究の興隆とともに、後者が主流となっていく。

　言説とジェンダーカテゴリーの生成をラディカルな形で結びつけ、文学研究に最も大きな影響を与えたのは、ジュディス・バトラーによるジェンダーのパフォーマティヴィティ（行為遂行性）をめぐる議論である。バトラーは、性差を静的な構造として捉える文化人類学や精神分析のみならず、それらを批判するエクリチュール・フェミニンの議論もまた〈女〉というカテゴリーの捏造に寄与するものであることを看破した。

　たとえばクリステヴァは、「サンボリク」（象徴的秩序）によって掩蔽される「セミオティク」（前-記号的な欲動）を母の身体と結び付け、破壊、攻撃、死へと向かう「セミオティク」を言語のなかに奪還した芸術的実践すなわち「詩的言語」に革命の可能性を見い出した（『詩的言語の革命　第一部　理論的前提』原著一九七四。原田邦夫訳、勁草書房、一九九一）。これに対してバトラー*（原著一九九〇）は、クリステヴァが性的差異を言説に先立つものとして本質化している点を批判し、「前-言説的な母の身体のなかに発見したとクリステヴァが主張しているものが、じつは特定の時代の言説によって生産された産物にすぎず、文化の隠れた一次的な原因などではなくて、文化の結果にすぎない」ことを指摘する。言説に先立つ本質的なジェンダーアイデンティティなどというものは存在せず、「行為や身ぶりや演技は、それらが表出しているはずの本質やアイデンティティが、じつは身体的記号といった言説手段によって捏造され保持されている偽造物にすぎないという意味で、パフォーマティヴなものである」。バトラーはまた、反復が本質を捏造するだけでなく、パロディによる再文脈化がジェンダーの意味を脱自然化・流動化する可能性に言及し、さらに、現代アメリカの政治状況に対して再文脈化の戦略が持ち得る意義について検討している（*ジュディス・バトラー（原著一九九七））。

ジェンダーが言説によってパフォーマティヴに捏造されたり、ずらされたりするならば、言語芸術である文学も何らかの次元においてつねにその生成や再文脈化に関わっているということになる。一九九〇年代後半以降の日本近代文学研究におけるフェミニズム批評の多くは、以上のような知見を踏まえ、ジェンダーカテゴリーの生成に関わる制度的言説と、小説などの個別的な言説との関係、さらにそこで生み出される〈主体〉のあり様について検討してきた。

2 日本近代文学研究における問題領域（1）——主婦・少女

次に、このような問題意識を、日本近代文学研究の問題領域と接続させたい。竹村和子は、「少なくとも資本主義体制をとる近代国家においては、性は、市民（国民）を、資本主義社会が要請する人格／身体に、また国民国家の体制に合致する人格／身体に仕立てあげるために動員された主要な装置だった。それは、人をはっきりと男か女に弁別し、そして男には公的領域、女には私的領域（ドメスティックな領域）を振りあて、さらには女を、家庭《ドメスティック》のなかのまともな女と、家庭のそとで働くいかがわしい女、また敬意を払うべき国内《ドメスティック》の女と、敬意を払わなくてもよい国外の女に分断するものである」（『思考のフロンティア　フェミニズム』岩波書店、二〇〇〇）と述べる。このような構造は日本においても同様であり、ここに挙げられた「性」を基軸とする複数の二項対立はそのまま日本近代文学研究におけるフェミニズム批評の主要なテーマのリストとなっている。
「家庭のなかの《ドメスティック》まともな女」を形作る制度・言説のテーマの例としては、明治民法と近代家族、良妻賢母思想およびそれと連動した女子教育などが代表的なものとして挙げられる。近代文学史を紐解けば、黎明期には東海散士『佳人之奇遇』（一八八五～一八九七）や宮崎夢柳『鬼啾啾』（一八八五）などの政治小説に革命に命を賭す女性像も見られるが、選挙権を直接国税一五円以上を納付する満二五歳以上の男子に限定した衆議院議員選挙法（一八八九年公布）や、女性の政談集会への会同や政社加入を禁じた集会及政社法（一八九〇年公布）などにより女性が政治の場から法的に排除されると、こうした女性像も後退し、女性たちは物語においても私的領域に閉じ込められていく。

公／私区分再編の転換期のテクストとして、自由民権運動に参加し、ドメスティック・フェミニズムと呼ぶべき女権論を提唱した紫琴（清水豊子）の『こわれ指環』（一八九一）を挙げることができよう。今井泰子が文学者としての紫琴の可能性を奪ったものの根源を「泰西の女権論」に見たとおり（『短編女性文学　近代』「『こわれ指環』解説」おうふう、一九八七）、「当今女学生の覚悟如何」（『女学雑誌』一八九〇・一一・一五）などの紫琴の評論には、女性が家庭を自らの領域と定め、〈主婦〉としての性役割を引き受けていく様が刻印されている。牟田和恵『戦略としての家族――近代国家の国民国家形成と女性』（新曜社、一九九六）によれば、一八八〇年代後半頃から総合雑誌において家庭の団欒や家族員の心的交流に価値を見いだす「ホーム」型の家族像が打ち出されてくるという。紫琴の女権論はまさに「ホーム」型家族を夢見るものであり、その中核に位置する〈主婦〉役割が必ずしも上からの改革というだけでなく、封権的な家族道徳からの脱却を目指す女性自身によって積極的に肯定された側面があったことを物語る。

とはいえ、無論、女性規範の生成は国家政策に主導された側面が大きい。一八九八年に公布された明治民法において、戸主は家族に対して扶養の義務を負うとともに、居所を指定する権利や婚姻・養子縁組を許諾する権利など家族に対する支配権を持ち、妻は法的に無能力者とされた。その一方で、近代国家の建設という観点から国民を育成する母役割の重要性が発見され、良妻賢母思想が形成されていく（小山静子『良妻賢母という規範』勁草書房、一九九一）。これらに基づく女性表象は枚挙に暇がないが、最も規範的な言説の例として徳冨蘆花『不如帰』（一九〇〇）を挙げることができるだろう。『不如帰』は、帝国主義陣営に参入していく日本の対外的な歩みを海軍少尉である武男の足跡に仮託する一方で、国内的な体制整備の一環としての近代〈家〉制度と良妻賢母の理念を主に女性登場人物を通して示しており、天皇制国家体制の形成とジェンダー規範の再編の緊密な結びつきを国内／国外、公／私にわたって重層的に描き出す（高田知波「「戦前」文学としての「戦後」文学――徳冨蘆花『不如帰』への一視点」『社会文学』九号、一九九五・七）。

久米依子によれば、やがて消費の対象／主体へと変化する「少女」というカテゴリーも、当初は良妻賢母教育の文脈において創出された（久米依子[*]（二〇一三））。女子が「少年読者」に包含されていた少年雑誌の時代から、女子を隔離する語として「少女」が顕在化し、やがて良妻賢母教育の対象から愛玩の対象へと転換する過程を捉えた久米の一連の少女小説研究は、まさに言説の中でジェンダーカテゴリーが生成され、反復されることにより「本質やアイデンティティ」が生み出される様を歴史的に照らし出す。同時に、「少女」の記号性の歴史的変遷は、「国民国家体制に合致する人格／身体」と「資本主義社会が要請する人格／身体」との連続性を示す具体例となっている。

3　日本近代文学研究における問題領域（2）――「酌婦」・書く女

捏造された性差の歴史を遡及する視座は同時に、規範に抗う、あるいは図らずも規範から逸れていく言語表現の位相を浮かび上がらせる。

樋口一葉が『にごりえ』（一八九五）において、「酌婦」（酒の酌をする女性の意だが、ここでは、そのように装った私娼のこと）のお力と妻であり母であるお初の分断とともに、「酌婦」であると同時に母でもあるお力の同僚の女を描き出したことは、「家庭《ドメスティック》のなかのまともな女」と「家庭のそとで働くいかがわしい女」という二項対立を脱自然化するものといえる（なお、公娼制度をはじめとする性・生殖の統制に関わる法制度の歴史については、藤目ゆき『性の歴史学――公娼制度・堕胎罪体制から売春防止法・優生保護法体制へ』（不二出版、二〇〇五）に詳しい）。一葉は批評理論導入以後に最も盛んに研究された作家の一人であり、フェミニズム批評もまた、表現者としての一葉の位相や文体における性規範、小説のプロット、語り、修辞、日記など、多様な角度からその言語実践におけるジェンダー規範との格闘の痕跡を照らし出してきた。その理論的進展を推し進めた一人である関礼子は、文学を流動的な「作者、テクスト、性的差異という三項の絡み合う磁場」と捉え、一葉がいかにして言語表現における規範からの逸脱を行ったのか精緻に検討した（関礼子*（一九九七））。また、日記や小説などの散文だけでなく、菅聡子は一葉の国家に対する関心が和歌に対する意識と並行して醸成されたことを明らかにし、しかし同時に和歌に女性性を見出すジェンダー規範が発動することで「両者の衝突あるいは混交」が生じたことを指摘している（菅聡子＊（二〇一一））。

以上述べてきたテーマは主として「国民国家体制に合致する人格／身体」に関わるものだが、「少女」と同じく、これらはいずれも「資本主義社会が要請する人格／身体」とも不可分である。紙幅の都合上、後者について詳述することはできないが、綿糸紡績業をはじめとする工業化の進展を経て日本資本主義が成立したとされる一九一〇年代以降、消費生活の拡大に伴う規範や欲望の変化、新中間層の成立に伴う主婦役割の再編、女性労働の問題などが、主要なテーマとして浮上してくる。また、日本資本主義の成立期は女性作家が続々と登場した時期にあたる（「文学史・文学場」参照）。小平麻衣子は、文学作品だけでなく百貨店ＰＲ誌や化粧品広告、投稿雑誌『女子文壇』、演劇、宝塚少女歌劇など多様な領域の言説を渉猟し、近代消費社会が「客体としてしか主体化しえない女性」を生み出し、〈自然〉な〈女〉という幻想を捏造していく過程を辿るとともに、女性の書き手がそれらの言説を反復することで、時に規範をずらし、時に〈女〉というカテゴリーの本質化に寄与してきたことを検証している（小平麻衣子＊（二〇〇八））。

4 日本近代文学研究における問題領域（3）——男性性

ここまで女性規範に関連する問題についてみてきたが、いうまでもなく男性もまた「国民国家体制に合致する人格／身体」「資本主義社会が要請する人格／身体」へと仕立て上げられてきた。ただし、〈男〉と〈女〉は並列のカテゴリーではなく、「男を人一般と見なす社会では、女は、人（すなわち主体）である男にとって、主体であらざるもの（他者）であり、逆にいえば、男は女という他者を得て、初めて主体たる男であることが可能になる」（前掲『岩波　女性学事典』「ジェンダー」）。このことは文学作品や文学史、文学研究においても同様である。文学全集や研究書のタイトルにジェンダーカテゴリーが冠されるのは〈女性文学〉に限られており、文学研究の領域においても〈男〉というカテゴリーを対象化して捉える視座については未だ十分な議論の蓄積があるとは言いがたい。さしあたり、ここまで述べてきた女性に関連するテーマと対照させる形でいくつか例を挙げておきたい。

一般に近代国家における男性規範は、公的領域、とくに国家、軍事、政治、経済、労働の周辺に集中している。先に明治期政治小説には革命に命を賭す女性像が描かれていると述べたが、こうした女性像も結局のところ、それを語る男性の主体形成に寄与するものであった。山本良は、政治小説における自己の起源を遡及する語り、すなわち自由民権運動の起源に明治維新があり、維新にはさらに遡行すべき起源があるとする反復の構造に、「過去の他者を内面化し、個人を〈主体〉たらしめる」構図を見る（『小説の維新史——小説はいかに明治維新を生き延びたか』風間書房、二〇〇五）。このような〈主体〉のあり様には、政治と文学のはざまで形成された明治初期の男性規範の一例をみることができるだろう。

近代的な公／私区分が進行した時代の典型的な男性規範は、女性規範同様、『不如帰』に見出すことができる。前述のとおり武男の足跡は近代日本の帝国主義への歩みを示すものであり、また、高橋修が小説末尾の「武男さん、一処に行って、寛々《ゆる〱》台湾の話でも聞こう！」（引用は岩波文庫版（二〇二二）による）という片岡中将の言葉に、浪子の死が男たちを新たな戦いへと駆り立てる構図をみているように（高橋修『主題としての〈終り〉――文学の構想力』新曜社、二〇一二）、武男は浪子という他者の存在によって軍人として主体化され続けている。この他、戦争とは異なる側面から近代国民国家における男性規範を照らし出すものとして、二葉亭四迷『浮雲』（一八八七～一八九〇）や森鷗外『舞姫』（一八九〇）など官僚制への批評的視座を内包する小説や、近年研究が進んでいるサラリーマン表象（鈴木貴宇『〈サラリーマン〉の文化史――あるいは「家族」と「安定」の近現代史』（青弓社、二〇二二）など）などが挙げられる。

一方、武男のような「国民国家体制に合致する人格／身体」の持ち主たる男性たちの「無邪気な快活な生《ライフ》」を羨む田山花袋『生』（一九〇八）の銑之助のような文学者もまた、女性の他者化によって主体たり得たことが明らかにされている。飯田祐子は、芸術が国益に回収されない特権的な価値を帯びる中で、芸術の一形態である文学から女性読者が他者として理念的に排除され、文学という領域が男性ジェンダー化していくプロセスを検証している*（飯田祐子（一九九八））。

「資本主義社会が要請する人格／身体」として生成された視線の対象としての〈女〉は、視線の主体たる〈男〉を同時に生み出す。欲望する主体としての男性像を織り込んだ小説も枚挙に暇がないが、その背後にしばしばイヴ・コゾフスキー・セジウィックが『男同士の絆――イギリス文学とホモソーシャルな欲望』（原著一九八五。上原早苗・亀澤美由紀訳、名古屋大学出版会、二〇〇一）において示したホモソーシャルの構図がみられることに注意する必要がある。ホモソーシャル理論の詳細や具体例は別項（「脱構築、クィア批評」や「恋愛」など）に譲るが、性愛の三角形にジェンダー化された公的領域と私的領域の接続のあり様を見出すこともできよう。

〈男〉と〈女〉というジェンダーカテゴリーは互いに不可分であり、また、ジェンダーは、民族、階級、セクシュアリティなど他の問題系と連動している。ジェンダー規範を批判的に検討することは、〈女〉の問題を考えるだけでなく、男性規範や、ジェンダー以外の他の階層秩序についても再考する糸口となるだろう。

5 フェミニスト・フィクション

以上、ジェンダーカテゴリーと言語表現をめぐる諸問題について概観してきた。最後に、こうした問題意識と連動したフェミニスト・フィクションにふれて、論を閉じたい。

物語は鏡のように現実を映し出すこともあれば、既存の概念を批判的に強調したり、ずらしたりすることもある。リンダ・ハッチオン『ポストモダニズムの政治学』（原著一九八九。川口喬一訳、法政大学出版局、一九九一）はポストモダニズム芸術の特色を「表象された主体についての既成の概念を強調しかつそれを転覆させる」という共犯的・批判的立場に見出し、マーリーン・S・バー*（原著一九九三）はとくに父権的世界を脱自然化するフィクションを「フェミニスト・ファビュレーション」と名付けた。日本近代文学におけるこのようなフィクションの実践例として、たとえば、家父長制支配が女やその子供、若者たちを死に追いやり、その結果、共同体が滅亡へと向かう様を暗示した三枝和子『鬼どもの夜は深い』（一九八三）や、架空の島を舞台として母権的社会を造形した坂東眞砂子『天唄歌い』（二〇〇五）、同じく母権的な島を造形しつつ、同時にナショナリズムや異性愛中心主義をも脱自然化してみせた李琴峰『彼岸花が咲く島』（二〇二一）などを挙げることができる。
文学的言説に限らず、日々の言語実践においても、私たちはさまざまな社会的規範を再演することも、それをずらすこともできる。テクストとの対話がいかなる文脈の生成に寄与し得るのか、〈読む〉主体も無自覚ではいられないだろう。

【参考文献】
飯田祐子『彼らの物語――日本近代文学とジェンダー』（名古屋大学出版会、一九九八）
小平麻衣子『女が女を演じる――文学・欲望・消費』（新曜社、二〇〇八）
菅聡子『女が国家を裏切るとき――女学生、一葉、吉屋信子』（岩波書店、二〇一一）
久米依子『「少女小説」の生成――ジェンダー・ポリティクスの世紀』（青弓社、二〇一三）
関礼子『語る女たちの時代――一葉と明治女性表現』（新曜社、一九九七）
バー、マーリーン・S『男たちの知らない女――フェミニストのためのサイエンス・フィクション』（原著一九九三。小谷真理・鈴木淑美・栩木玲子訳、勁草書房、一九九九）
バトラー、ジュディス『ジェンダー・トラブル――フェミニズムとアイデンティティの攪乱』（原著一九九〇。竹村和子訳、青弓社、一九九九）
バトラー、ジュディス『触発する言葉――言語・権力・行為体』（原著一九九七。竹村和子訳、岩波書店、二〇一五）

03

女性作家・ガイノクリティシズム

書くこと／読むことによる逸脱と連帯

笹尾佳代

1 女性作家のポジショナリティ

女性作家とは、〈女性〉と無関係に書くことが出来なかった存在といってよいだろう。ここでいう〈女性〉とは、文化にはりめぐらされたジェンダーを意味する。歴史学者のジョーン・スコットがジェンダーを「身体的性差に意味を付与する知」と定義したように（ジョーン・スコット*〈原著一九八八〉）、〈女性〉とは、意味づけられ作られた文化的なカテゴリーである。

女性が書くこと・読むことについて考える本章ではまず、〈女性〉と結びつけられた文学表現に目を向けてみよう。明治期において見やすいのは、ジャンルのジェンダーである。最初の近代女性小説家となった田辺花圃も、明治期女性作家の代表ともいえる樋口一葉も、文学表現のスタートは和歌からであった。二人が同時期に、中島歌子によって開かれた歌塾「萩の舎」に通っていたことはよく知られている。一葉は女子であることを理由に小学校高等科以上の進学を許されなかったが、歌塾において和歌と古典文学を学ぶことは許容された。天皇制と結びついた文化表現として、明治になって新たに意味づけられた和歌は、女性にふさわしい教養として奨励されていたのである。続く日清戦争、日露戦争の中では、銃後の女性たちの感情表現に適当なメディアとされ、女性の「国民化」を促すものとして機能していく（菅聡子*（二〇一一））。

しかし、女性ジェンダーの圏内にあってアクセスが容易であったからこそ、規範を逸脱する表現を生み出したことも見逃すことはできない。たとえば、ジェンダー規範の枠を超えて、大胆な恋とセクシャリティを歌い上げた与謝野晶子の『みだれ髪』（一九〇一）はその顕著な例であろう。

女性作家による初めての小説の誕生も、女性表現のポジショナリティを感じさせるものであった。一八八八年六月に発表された田辺花圃『藪《やぶ》の鶯《うぐいす》』がそれに当たるが、この作品は、しばしば坪内逍遥の『当世書生気質』（一八八五〜八六）との関わりが言及されてきた。逍遥は、新たな文学論として提示した『小説神髄』（一八八五〜八六）の実践として『当世書生気質』を描いたが、そこで描写の対象として選ばれたのは東京帝国大学の学生たちの日常であった。そして、『藪の鶯』が対象としたのは女学生である。鹿鳴館の新年夜会から始まる冒頭など、その内容は、女学校の欧化熱と、女学生らが社交界に参入していたことを背景にしたものとなっている（関礼子*（一九九七））。

花圃は、他に類をみないほど多数の塾や新設の女学校で学び、東京高等女学校在籍中にこの小説を著した。金港堂から刊行された図書の表紙には花圃の著者名と並んで「春の屋主人閲」とあり、春の屋主人、つまり坪内逍遥の校閲を経たものでもあったが、新しい小説表現は、明治の新風俗であった男女の「学生」というジェンダーの力学の中から生まれていたのである。

女性作家の表現が男性作家とは異なる場所に位置づけられていく動きは、文学が芸術の一分野として承認されるとともに男性ジェンダー化を深めた日露戦争後の時期（飯田祐子『彼らの物語』名古屋大学出版会、一九九八）に顕在化している。この頃の女性作家の置かれた状況は、小栗風葉、柳川春葉、徳田秋江、生田長江、真山青果の連名記事である「女流作家論」（『新潮』一九〇八・五）に窺うことができるが、ここで「女流作家に望む所」とされるのは、「飽く迄も其女らしい所を保存し其女らしい所に適合するような作品」を書き、「男性の作家に於て満たされない所の要求を満たすこと」であった。

自然主義思潮の流行とも重なり合い、〈自然〉という指標の下で疑いもなく本質的にあると考えられた〈女らしさ〉の表出が、女性作家に求められていたことがわかる。表現をめぐる女性ジェンダーが縁取りを濃くし、文学一般とは異なる枠組に置かれたことを意味しているだろう。以上のように、女性表現の配置を定める、文化構造そのもののジェンダーを見逃すことはできない。

2 表現のジェンダー

次に、書く現在においてジェンダーがどのように働いていたのかに目を向けてみたい。興味深いのは、女性作家であることと女性を描くことが、滑らかに結びつかなかったことを示す一葉のエピソードである。一葉の小説の師であった半井桃水は、彼女の小説の「女の言葉が荒ツぽい」ことを「女優の演劇」とたとえ、その理由を「女仕種でも台詞でも多少自分を標準とする為」であると説いた。関礼子は、女性作家が「女優」であれば、「女形」は、「女装文体」を使用する「男性作家」に置き換えられると解説するが（関礼子[*]（一九九七））、「自分の平生用ふる言葉を全然使へば女であると気を許す」ことを戒めた桃水には、「男優」が演じる「女形」の台詞が、より「女の言葉」であるという評価がある（半井桃水「一葉女史」『中央公論』一九〇七・六）。つまり、女性作家が「女性」を描くこともまた、「女装文体」という、表現上のジェンダー規範をなぞる必要があり、その作られた「女装文体」が、表現の上ではリアリティを持ち得ていたことがわかるだろう。

表現のジェンダーを考える際、見逃すことができないのは、擬古文体から言文一致体への移行とその配置である。文学の男性ジェンダー化が強まる中で一般化した言文一致体は、男性ジェンダー化された文体として主流となり（平田由美*（一九九九））、一方の擬古文体は「美文」とも呼ばれ、書簡文・和歌など、女性ジェンダー化された文化の中の文体として周縁化されていった。

加えて、言文一致体はその中に、女性ジェンダー化された文体としての「女学生言葉」を生み出していく。「てよ・だわ」などの文末詞がその特徴であるが、しかし、ここでも注意が必要なのは、この女学生言葉の誕生もまた、女学生が使っていたものでも、女性作家が用いたものでもなかったことである。たとえば二葉亭四迷が、イワン・ツルゲーネフの『猟人日記』の一部を訳した『あいびき』（一八八八）の中で、西洋人の若い女性の文末詞に「てよ・だわ」を用いたことが注目されるように、西洋文学の翻訳の中で使われはじめたものであった。それが実在の女学生の言葉に影響を与え、さらに言文一致体小説の中で女学生の文末詞として定位され、女学生の指標性となるという、まさに幾重にも作られたものであった（中村桃子*（二〇〇七））。

文学表現のジェンダーが生身の身体とは別の水準にあることは、太宰治（一九〇九〜一九四八）の一連の〈女性独白体〉小説などにも明らかである。中でも『女生徒』（一九三九）や『千代女』（一九四一）

は、女学生とそれに近い年齢の少女の語りをもつ。言語学の研究によると、〈国語〉のジェンダー化が学校教育において積極的になされるようになったのは、戦時下であったという。〈国民〉のジェンダー化が強く押し進められる中で、文体はそれを言語の側面から促進するものであり、家族国家観を再生産するものであったと指摘される（*中村桃子（二〇〇七））。

そうした中で表された太宰の少女の語りは、少女を前面に出すことから守るべき〈国民〉の所在を明らかにしたものとも（中谷いずみ『その「民衆」とは誰なのか――ジェンダー・階級・アイデンティティ』青弓社、二〇一三）、男性ジェンダー規範が強固になる中で、その秩序から外れて書くための手立てとも捉えることができる。語り手という表現上のジェンダーにもまた、含意された意味が認められる。

3 作家イメージの氾濫

女性作家をめぐる特徴的な事態として指摘できるのは、作家自体への関心の高さと、客体化されることによる多様な作家像の流通であろう。

田辺花圃の登場後、その存在に直接的な刺激を受けた一葉をはじめ、多数の女性作家が小説執筆に向かいはじめた。そしてメディア上にも彼女たちの発表の場が作られていくが、その顕著な例は、初めての雑誌誌上における女性作家特集号の刊行であった。一八九五年一二月に刊行された、『文芸倶楽部』の臨時増刊号「閨秀小説」は、「閨秀」、つまり秀でた女性による小説の特集号であった。だがその関心が、彼女たちの小説に向かうものばかりでなかったことは、誌面に明らかである。最も大きな特徴は、巻頭に小金井喜美子、若松賤子、樋口一葉らの肖像写真が掲載されたことであった。発行元である博文館は、まだ写真がめずらしかった頃から雑誌に銅版写真を掲載し、売り上げを伸ばした出版社であったが、その技術によって女性作家たちの肖像を流通させた。

今日でも、「美人すぎる○○」といったように、能力よりも身体性に価値をおくセンセーショナルな報道を目にするが、「閨秀」作家の肖像もまた、能力よりも容貌に関心が向けられたことの表れであっただろう。当時の批評には、女性の身体性に関わるセクシャルなレトリックもあらわれた（菅聡子『メディアの時代――明治文学をめぐる状況』双文社出版、二〇〇一）。

このことは、女性作家の像《イメージ》が、メディア上をひとり歩きしていくことの象徴といってよいが、その現象と多様性の意味を問うことも、女性の書き手をめぐるジェンダー・ポリティクスを浮かび上がらせることにつながる。ここでも、樋口一葉を例に挙げてみよう。一葉については、『青鞜』に集った女性たちによる批判的な評価が興味深い。それらは、一九一二年に『一葉全集前編　日記および文範』（博文館）として一葉の生前の日記が流通し、日記からうかがえる作家像をめぐる言説が増えた中でのものであった。たとえば平塚らいてうは、一葉を「旧い日本の女」と述べ（「円窓より――女としての樋口一葉」『青鞜』一九一二・一〇）、田村俊子もまた「一葉の崇拝者であった」と語りながらも、同様に「自己本位」であると批判した（「私の考へた一葉女史」『新潮』一九一二・一二）。

「まことに我は女なりけるものを、何事と思いありとてそはなすべきことかは」（「みづの上」一八九六年二月二〇日）とは、一葉日記のよく知られることばであるが、日記をもとに、「女であることを省みて」「奥ゆかしい女情」を持った一葉像の顕彰（近松秋江「一葉女史の『一葉全集』」『文章世界』一九一二・六）がなされはじめていたこのとき、一葉への評価は、『青鞜』をはじめとした当時の「新しい女」たちへの抑圧ともなり得ていた。一葉を「過去の女」と位置づけた彼女らの批判は、一葉像を通して提示されようとしていた〈女らしさ〉の規範を退けるとともに、ポスト一葉の書き手として、自らの新しさを表明するものであったのである（小平麻衣子*（二〇〇八））。

一九一一年九月に刊行された『青鞜』創刊号の巻頭に置かれた与謝野晶子の詩『そぞろごと』は、「一人称にてのみ物書かばや。／われは女ぞ。／一人称にてのみ物書かばや。／われは。われは。」とうたいあげる。らいてうは先の文章の中で、「我は女なりけるものを」と沈黙した一葉と対比するものとして、晶子のこの詩をとりあげていた。それは、〈一葉像〉という規範を退けるとともに、女としての〈声〉を上げることを呼びかけるものであった。

関礼子は、らいてうや俊子らの一葉批判が、言文一致体で書かれたことにも注目している。晶子の『そぞろごと』は擬古文体であり、とりとめもなく綴るという「すずろごと（漫ろ事）」に通じたタイトルを持つなど、スタイルとしては女性ジェンダーの範囲にあった。一方で、同じ『青鞜』創刊号に掲載された平塚らいてうの「元始女性は太陽であつた」は、言文一致体に加えて漢語的表現も多用されるなど、革新性の表明が文体レベルにおいてもなされており、それは同様に一葉批判の言説にも認められる特徴であった（関礼子*（二〇〇三））。選ばれた文体そのもののも多弁なのである。

女性作家を語る言説からは、その時々におけるジェンダーや、女が書くことをめぐる規範がみえてくるとともに、それらと葛藤する新しい女性作家の位相を窺うことができる（笹尾佳代*（二〇一二））。

4 他者を経由して語ること

女性作家による女性作家への言及は、他に、一九二九年から三二年にかけて刊行された『女人芸術』においてなされた『青鞜』批判を挙げることができる。『女人芸術』は長谷川時雨が主宰し、『青鞜』以後、最も大規模に多様な女性の書き手を集めた総合雑誌であった。参加者は、『青鞜』とも重なり合っていたが、たとえば三周年を迎えた際に、「『青鞜』に属する婦人達が、階級闘争に盲目であつて、唯ブルジョワ的秩序の味方であるかぎり、その存在理由は当然喪失しなければならなかつた」(中島幸子「何を為すべきか——女人芸術三周年に際して」『女人芸術』一九三〇・七)などと、『青鞜』は批判的に話題にされている。それは、『青鞜』との差異を語ることを通した『女人芸術』の位相の表明であり、階級意識の高まりを表すものであった。

女性作家が女性作家を語る他の例としては、伝記小説類を挙げることができる。たとえば瀬戸内晴美は『田村俊子』(一九六一)をはじめ、岡本かの子の伝記『かの子撩乱』(一九六五)、金子文子の伝記『余白の春』(一九七二)など、次々と伝記小説をてがけた。これらは、取材旅行や周辺人物へのインタビュー、手記や新聞記事の調査などを重ねながら物語を紡いでいくという特徴を持ち、調査を行う「私」の姿を描いた私小説とも読むことができる。

ここに想起されるのは「女の自伝」の困難について語るショシャナ・フェルマンの議論である。フェルマンは「女の人生」には「トラウマの物語」が潜んでいるという。つまり、「自分についての物語を、私たちは自分では理解出来ず、自らの口で語ることもできない」。しかし、「私たちは他人の物語を通してならそれを語ることができる」（＊ショシャナ・フェルマン（原著一九九三））。「女の自伝」は他者の物語を語ることを通して可能となる。他者の物語によって言葉を与えられ、自分では語ることができなかった自己の物語を手にすることができるとするならば、伝記小説は語り手自身の物語でもあるだろう。『花芯』（一九五八）によって語ることの困難を抱えた私小説作家が、伝記物語に向かったことは、連帯性の中の語りであることを想像させる。

フェルマンの議論を参照するとき、多様な他者の物語を経由して女性作家が言葉を紡いでいたことに気づかされる。たとえば、メディアを巻き込んだ夫との絶縁事件として有名な「白蓮事件」の後、柳原白蓮は伝記小説『則天武后』（一九二四）を発表した。武后の物語を通して行われていたのは、事件の渦中で白蓮に投げかけられたさまざまな批判の言葉を引用し、反復することで、その意味をずらし、更新するふるまいであった。伝記という形式をとらないまでも、経由の構図は多様である。戦後復活第一回の芥川賞受賞作である由起しげ子『本の話』（初出『作品』一九四九・二）では、夫と別居した「私」が姉夫婦の物語を語る。女性作家の語りにくさは、読まれる未来を予見する感覚や思考が書く現在において生じる「被読性」として概念化された（＊飯田祐子（二〇一六））が、他者の物語を経由して語られていること、また、語り直される中に生じる行為遂行性《パフォーマティヴィティ》（＊ジュディス・バトラー（原著一九九〇））に留意することからは、語り難いささやきが聞こえてくる。

5 読むこと・書くことを通した連帯

文学研究の中において、女性の書き手が女性の物語を読むことが推進されたのは、ガイノクリティシズムにおいてであった。第二派フェミニズム運動を背景に、一九六〇年代の欧米ではじまったフェミニズム批評によって、文学もまた男性中心的なものであったことが明らかにされた。そして七〇年代後半頃からは、それまで看過されてきた女性作家の捉え直しがはじまる。女性はこれまでどのような表現を行ってきたのか。女性の文学の独自性、「女性に共通の経験」を見出していく批評は、その中心的な推進者であったエレイン・ショウォールターによってガイノクリティシズムと呼ばれた（エイレン・ショウォールター＊（原著一九七七））。

ここで目指されていたのは、フェルマンのいう、他者の物語を通して語られる「女の自伝」という側面を帯びたものであっただろう。他者の物語の中に共通の経験を見出していくことは「読みの絆」を通した女性間の連帯であり、集団的アイデンティティを通して〈声〉を高めることであった。日本でも、とりわけ一九九〇年代以降、周縁化されていた女性作家の研究が進むとともに、全集・選集や、女性誌の復刻版が次々に刊行された（岩淵宏子「フェミニズム」『日本近代文学研究の方法』ひつじ書房、二〇一六）。

しかし、「女性に共通の経験」を基盤としたガイノクリティシズムには、女性間の差異を不問にしているという批判が、その内部において起きる。〈女性〉の中にも複数性があり、一枚岩ではない。〈女性〉というアイデンティティが半ば本質的にたちあげられてしまうことや、女性作家を読むことが女たちだけの問題として閉じてしまうことは避けられるべきである。

女性作家については、女性が書くという意味においてすでに〈女性〉からずれているということへの再考も促された。〈女性〉からずれているという亀裂の経験の共同性が、代表性にかわるものとして提示されている（＊飯田祐子（二〇一六））。また、ジェンダーのみならず、国家やナショナリズム（＊内藤千珠子（二〇二二））、階級や民族（＊飯田祐子・中谷いずみ・笹尾佳代編著（二〇二二））など、複数のカテゴリーが複合的に機能し合っていることを捉える「交差性《インターセクショナリティ》」の分析がすすめられている。

以上のように、複数性の議論が重ねられてきているが、このこととフェミニズム的視座が求められることとは背反しない。〈女性〉というカテゴリーの問題はやはりあり、そのカテゴリーのなぞり直しは、現代女性作家からなされている。フェミニズムに積極的に関わる姿勢を持つ松田青子は、「ゆるくつながる」ことを提起しながら、多様性の中で見えづらくなっている〈女性〉の問題を浮き彫りにする（「インタビュー　松田青子」『文蔵』二〇二二・七）。そして川上未映子は、自身が責任編集を勤めた『早稲田文学』の増刊『女性号』（二〇一七・九）の巻頭で次のように語る。

> それが本当のところはいったいなんであるのかがついぞわからない仕組みになっている一度きりの「生」や「死」とおなじように、まだ誰にも知られていない「女性」があるはず。まだ語られていない「女性」があるはず。そして、言葉や物語が掬ってこなかった／こられなかった、声を発することもできずに生きている／生きてきた「女性」がいる。そしてそれらは同時

に、「語られることのなかった、女性以外のものやできごと」を照らします。〈女性〉を葛藤や交渉を生じさせないものへと解きほぐすことを目指して、女性作家はなお〈女性〉を負って書き続けている。

【参考文献】

飯田祐子『彼女たちの文学──語りにくさと読まれること』（名古屋大学出版会、二〇一六）
飯田祐子・中谷いずみ・笹尾佳代編著『プロレタリア文学とジェンダー──階級・ナラティブ・インターセクショナリティ』（青弓社、二〇二二）
小平麻衣子『女が女を演じる──文学・欲望・消費』（新曜社、二〇〇八）
菅聡子『女が国家を裏切るとき──女学生、一葉、吉屋信子』（岩波書店、二〇一一）
笹尾佳代『結ばれる一葉──メディアと作家イメージ』（双文社出版、二〇一二）
ショウォールター、エレイン『女性自身の文学──ブロンテからレッシングまで』（原著一九七七。川本静子ほか訳、みすず書房、一九九三）
スコット、ジョーン『ジェンダーと歴史学』（原著一九八八。荻野美穂訳、平凡社、一九九二）
関礼子『語る女たちの時代──一葉と明治女性表現』（新曜社、一九九七）
関礼子『一葉以後の女性表現──文体・メディア・ジェンダー』（翰林書房、二〇〇三）
内藤千珠子『「アイドルの国」の性暴力』（新曜社、二〇二一）
中村桃子『「女ことば」はつくられる』（ひつじ書房、二〇〇七）
バトラー、ジュディス『ジェンダー・トラブル──フェミニズムとアイデンティティの攪乱』（原著一九九〇。竹村和子訳、青弓社、一九九九）
平田由美『女性表現の明治史──樋口一葉以前』（岩波書店、一九九九）
フェルマン、ショシャナ『女が読むとき女が書くとき──自伝的新フェミニズム批評』（原著一九九三。下河辺美和子訳、勁草書房、一九九八）

ライトノベルとジェンダー

Column 01

新しいエンターテインメントの展開

久米依子

ライトノベルは、青少年向けエンターテインメント小説として一九九〇年代はじめ頃に発生し、急速に市場を拡大したジャンルである。ストーリーはSFや異世界ファンタジー、学園ラブコメなどを主調とし、マンガ・アニメ的なイラストが付き、内容面でもマンガ的な表現――擬音語・擬態語の多用、デフォルメされたキャラクター、ギャグを頻発するセリフなど――がとりいれられている。そのためマンガ・アニメ・ゲームなどとメディアミックスしやすく、その効果もあって、二〇〇〇年代には広範な人気を獲得した。二〇一〇年代前半には、文庫本の売り上げの三割をライトノベルが占めるともいわれた。また日本のマンガ・アニメが国際的な人気を得るのに伴い、ライトノベルも多くの作品が翻訳され、特に韓国・台湾・タイなどアジア諸国で読まれている。それらの国では、日本のライトノベルに刺激されて国産ライトノベルも生まれている。中国では、規制が厳しいために読むのも書くのも不自由な面があるが、確実に浸透している印象である。なお欧米圏では長らく翻訳は苦戦していたが、コロナ禍による巣ごもり需要で日本のアニメが好まれ、その原作としてのマンガやライトノベルにも人気が出て、売り上げがアップしているそうである。

さて、このライトノベルについて、フェミニズム・ジェンダー研究の観点からの考察を行うにあたり、以下の二つのトピックを挙げてみたい。

少女小説との関連性

「ライトノベル」は原則的に、男子青少年を主たる読者対象とする。これは、近代日本の大衆的青少年文化が男女別で展開してきた先例にならっている。また、少女向けエンターテインメント小説としては、明治期から連綿と続く「少女小説」という確固たるジャンルがあり、しかも八〇年代にリニューアルされて女子中高生の圧倒的な支持を集めていたので、競合を避けた面もあるようだ。しかし「ライトノベル」は、実は八〇年代以降の少女小説から多くの要素を摂取している。アニメ・マンガ的な表紙絵と挿絵、登場人物のマンガ的な言動、文章が軽快でギャグが多いこと、特に饒舌な一人称文体が多用され、巻末に作者が読者に親しく語りかける「あとがき」が付くこと——などである。また、ヒロインが元気活発で強気な少女であり、登場する少年と対等な関係でラブコメを繰り広げるというパターンも、少女小説の型の一つであったのを、ライトノベルが踏襲したものである。さらに、戦前期の少女小説で人気のあった少女同士の友愛物語を、九〇年代の一部の少女小説が引き継いでテーマとしたところ、男子読者の人気も集め、少女同士のいわゆる〈百合〉設定がライトノベルでも描かれるようになった。

このように八〇年代以降の少女小説の諸要素を、ジャンルの活気ごとライトノベルは移入したとみることができる。ただし少女小説と異なる点として、男子青少年向けであることから、よりセクシュアルな表現が用いられ、時に表紙イラストが過度に扇情的となり、女子読者を遠ざける要因ともなった。近年はライトノベルにも女子読者が増えたためか、図像の扇情性はやや緩和されたが、それでもまだ、女性イメージを商品的に消費させるような図像が掲載されやすいという問題を抱えている。

ライトノベルに包括される少女小説

そしてライトノベルが市場を広げるいっぽうで、少女小説の方は徐々に衰退に向かった。二〇一〇年代前半までは二〇巻以上となる人気シリーズも出版されていたが、八〇年代の少女小説ブームを牽引した老舗の集英社コバルト文庫が、二〇二〇年代には新作を電子書籍以外ではほとんど出版しなくなる。その代わりに、一〇代から四〇代くらいまでの女性読者をターゲットにする「ライト文芸」と呼ばれるジャンルが二〇一〇年代に発足し、順調に売り上げを伸ばしている。少女小説出身の作家が「ライト文芸」でヒットを飛ばす例もみられるようになった。「ライト文芸」という名称は、明らかにライトノベルから派生したものであり、また少女小説も現在では〈女子向けライトノベル〉などと呼ばれたりしている。こうした変化を、長い歴史のある少女小説が後発のライトノベルに呑み込まれた事態として捉えるべきかもしれない。ただし少女小説の衰退は、それ自体の限界が招いた面もある。八〇年代の少女小説では、現実の日本を舞台にした学園ラブコメが多数書かれていたのだが、二〇〇〇年代には大半の少女小説が現代日本から離れ、一九世紀以前の西欧や中華世界などのファンタジックな舞台で、王族や貴族の青年とヒロインとの、身分差ある恋愛と結婚が描かれるようになった。いわばシンデレラ物語が繰り返されたのである。その点で少女小説は保守的なジェンダー観と結婚至上主義を貫くようにみえ、むしろ女性にとって窮屈な話ともなっていた。「ライト文芸」はその基本路線をリセットし、お仕事もの、コージーミステリー、学園もの、あやかしものなど、二〇〇〇年代以降の少女小説に比べれば、自由な物語を展開している。日本女性の社会進出が進みながら、少女小説がなぜ読者の興味関心に寄り添い変貌できなかったのか、というのは検討するべき問題だが、いずれにせよ「ライト文芸」の発展は、女性向けエンターテインメントが進歩するための一つの過程とみなせよう。なお、女性向けBL小説（BLライトノベル）は九〇年代から一定の人気があり、男性同士の間で展開する性愛表現のファンタジーを提供し、異性愛表現にあきたらない女性読者の需要に応えていると考えられる。

ライトノベルのセクシュアリティ——ジェンダー制度の中で

次に、ライトノベルの示すセクシュアリティの問題を改めてとりあげたい。

先述したように、男子青少年向けエンターテインメントジャンルであるライトノベルは、時に扇情的なイラストや描写を含み、そこが女性読者に嫌悪されがちである。また扇情的とまではいえないとしても、ストーリー上で必ずといってよいほど展開する〈ハーレム設定〉——複数の女子に主人公がモテる——は、いかに男子青少年の夢であるとはいえ、そのワンパターンぶりは、ライトノベルが旧態依然のシス・ジェンダー感覚を脱していないことを示している。もちろん、少女小説や少女向けオトメゲームなどでも〈逆ハーレム設定〉は描かれるが、少女小説では純愛が重要な価値基準であることから、〈逆ハーレム〉は物語のスパイス程度に扱われることが多い。対してライトノベルの〈ハーレム設定〉には、それが実現するのなら異形の者になろうが異世界に飛ばされようが、時には身体が女体化しようが厭わない、という本気度が感じられる。ライトノベルと比較されることもある、海外のヤングアダルト小説などでは〈ハーレム設定〉はほとんどみられないので、なぜ日本の男子青少年はそれを夢と思わせられているのだろうか、という考察が、今後必要ではないかと思われる。

そのように旧来の男性中心主義を温存するようにみえるライトノベルだが、年間二〇〇〇点以上刊行される中で、登場人物の性指向について、踏み込んだ描き方に挑む例もみられるようになった。

トランスジェンダーを描く試み

数年前に話題となったのは、森橋ビンゴ『この恋とその未来』（KADOKAWAファミ通文庫、二〇一四～一六、写真1）という全六巻のライトノベルである。広島の全寮制高校に入学した主人公松永四郎は、同級生・織田未来と同室になるが、未来は身体は女性だが心は男性であり、いずれ性別適合手術を受けようと考えている。四郎以外の学友たちは未来の事情を知らない。やがて四郎は次第に未来に恋するようになるが、それは「ゲイ」になることなのではないかと悩む。いっぽう、心は男子である未来は、四郎の思いを受け入れない。二人はそれぞれにさまざまな葛藤を抱え、四郎は女子と付き合うが未来が忘れられず、未来は女性に恋して傷ついたりもする。やがて四郎は、自分が未

写真1

写真2

来の「体」に惹かれているのではなく、「心」が未来に恋をしているのだと理解する。はじめは思春期の男子らしく、相手の「体」への関心がまさっていたのが、やがて「心」が求め合うこと、そして自分自身が多様なセクシュアリティの可能性をもつことにゆっくり気づいていくのである。二人は親友として別れるのだが、主人公とトランスジェンダー男子との関係の築き方を丁寧に描き上げ、ライトノベルファンにも評価の高い作品である。

その後二〇二〇年代に、トランスジェンダー女子が描かれる作品、八目迷『ミモザの告白』（小学館ガガガ文庫、二〇二一～ 現三巻、写真2）が登場した。田園風景が広がる町の平凡な男子高校生である紙木咲馬は、幼馴染のクラスメート・槻ノ木汐《つきのきうしお》が、美形で運動神経抜群、成績優秀で誰にでも親切という非の打ち所がない少年であるため、劣等感を抱いている。とところがある朝、担任教師に促され教室に入ってきた汐は女子の制服を着て、「今日から女子としてやっていきます」と宣言する。その日から汐はクラスで孤立し、苛めにもあう。咲馬が汐をかばう中、汐は「咲馬のことが好きだ」と言うが、咲馬は、好意をもつ女子生徒・星原夏希が汐のことを好きと知っているので複雑な思いになる。やがて三人の関係は徐々に変化する――という物語である。それぞれが片思いである三角関係を軸に、互いを思いやりながら悩み傷つくエピソードを連ね、さらにそこに、「身体に考え方を合わせた方が、よっぽど健康的」と主張するクラスメートの女子や、汐と咲馬では「物の見え方が違うから、分かり合うのも難しい」と忠告する他クラスの男子らが絡む。また、汐に男子に戻るよう迫る、陸上部の同級生男子も登場する。『この恋とその未来』では、四郎は未来との関係を他者に批判的に干渉されることはなく、もっぱら未来と向き合って精神的変化を遂げた。しかし『ミモザの告白』の咲馬と汐は、学校という共同体の中で他者の偏見や非難を受け止めて、自らの生き方やふるまいを自問せざるをえない。第一巻の「あとがき」には、「誰にでも身近に感じられて、自由に解釈できる物語になればいい」とあり、ネット上の読者のコメントも、「難しい」「重い」「居たたまれない」と評しながら、多くが「考えさせられた」と述べている。読者がトランスジェンダーの問題を他人事ではなく、自身の身にひきつけて考えて、作中の多様な見解に自ら判断を下すよう、導いていると考えられる。

気楽に接するエンターテインメントジャンルの作品が、セクシュアリティに関する読者の固定観念を揺さぶり、その思考の枠組みに切り込んでいく。ライトノベルの一部には、そのような成果も現れているのである。

【参考文献】
一柳廣孝・久米依子編著『ライトノベル研究序説』(青弓社、二〇〇九)
一柳廣孝・久米依子編著『ライトノベル・スタディーズ』(青弓社、二〇一三)
岩淵宏子・菅聡子・久米依子・長谷川啓編『少女小説事典』(東京堂出版、二〇一五)

04

脱構築・クィア批評

性の〈普通〉を読みなおす

黒岩裕市

1 クィア批評と脱構築

〈クィア（queer）〉という言葉は、もともとは日本語でいえば〈おかま〉や〈変態〉を意味する強い侮蔑語であったが、一九九〇年前後から、アクティヴィズムやジャーナリズムで価値転覆的に用いられるようになった。〈クィア〉と罵られた人びとがこの言葉を肯定的に意味づけなおし、〈クィア〉という言葉で特定の人や集団を貶めようとする側が〈普通〉とみなすものに疑義を突きつけ、性に関する規範や制度を根本的に問い返すことが試みられたのである。学術の領域では、一九九〇年の研究会議でテレサ・デ・ラウレティスが用いたことが始まりである。

〈クィア〉は九〇年代の日本にも紹介されたが、特徴的な二つの用いられ方がうかがえる（これは日本語圏だけのことではない）。一つは、九六年の『ユリイカ』の〈クィア・リーディング〉特集号が示すように、読みの手法としての〈クィア〉である。クィア批評へとつながっていくもので、性をめぐる「安易な二項対立を認めない横断的思考や横断的現象と同義語である（脱構築的と呼ぶこともできる）」

と説明される（大橋洋一「クィア理論［ほか］」竹村和子編『″ポスト″フェミニズム』作品社、二〇〇三）。もう一つは、同じ九六年に出版された『クィア・スタディーズ'96』に見られるような「ゲイ／レズビアン」よりも「もっと広範囲に性的少数者を表現する言葉」、「これまで否定されてきたアイデンティティやライフスタイルを積極的に引き受け、意識的に「ストレート」ではない生き方を選択していく人々を表現する言葉」という意味合いである（クィア・スタディーズ編集委員会編『クィア・スタディーズ'96』七つ森書館、一九九六）。既存の性規範に懐疑的なマジョリティをも含め、性的マイノリティを包括するような用法といえよう。もちろん、「横断的思考」によって非規範的な性を生きる人びとがつながり、また、そこからさらなる「横断的思考」が生まれるわけで、この二つの用法は相反するものではない。

さて、「脱構築的」と形容されるように、クィア批評は脱構築批評の影響の下に成り立つものである。脱構築とはフランスの哲学者ジャック・デリダが掲げた概念であり、西洋の思想が前提としている二項対立を、その境界線の流動性や不安定性に目を凝らし、問いなおすものである。そもそも二項対立の二つの項は階層的な優劣関係に置かれるものだが、優位に置かれたものが、その優位性を成り立たせるために、劣位に置かれたものを必要としていること、あるいは、周縁へと外部化されているはずのものが中心（内部）に保持されているということを暴き出すものであった。したがって、大橋洋一『新文学入門』の言葉を借りれば、「脱構築とは二項対立崩し」であり、脱構築批評においては、テクストを精緻に読み、そのテクストが内包する矛盾や綻びに光を当てることで、テクストが前提としているはずの「二項対立関係にひそむ「暴力的階層関係」を暴き逆転」することが最大の課題となる。「この逆転が脱構築批評の腕のみせどころであり、これなくして脱構築批評は成立し」ないのである（大橋洋一*（一九九五））。脱構築批評はポール・ド・マンを中心としたイェール学派によって、一九七〇年代のアメリカで一世を風靡し、文学研究に定着することになる。ド・マンらの脱構築批評は現実世界の政治とは一線を画す傾向が強かったといわれるが、中心／周縁、西洋／非西洋、男性／女性、異性愛／同性愛といった「二項対立関係にひそむ「暴力的階層関係」を暴き逆転」することを企てる脱構築批評は明らかに政治的批判力を持つものであり、それゆえに脱構築批評自体が勢いを失うことになった八〇年代以降も、脱構築はポストコロニアル批評やフェミニズム批評に非常に大きな影響を与えたのである。

このような流れの中で成立したクィア批評は、性をめぐる二項対立の優位の項、すなわち、性的なマジョリティの側に目を向け、そこに潜む矛盾や綻びを読みの手がかりにするという戦略を取る。「最初からクィアであると疑う余地なく認定されるものは、むしろゲイ的ないしレズビアン的ないしトランスジェンダー的etc…と呼ぶべきではないか。一見固定した性的枠組みが機能している場所に斜めの線を引き、アイデンティティの機能を書き換えていくことは、また違った作業である。課題は、見ること、批評することを通じて、いわば動詞的に「クィアする」とでもいうべき介入を通じて、見えない欲望を引き出し、新たな解釈を生産することなのだ」という村山敏勝の解説が脱構築とクィア批評の結びつきを端的に表している（村山敏勝*（二〇〇五））。要するに、性的に安定したテクスト、さらには、性とは無関係に見えるようなテクストに介入し、「クィアする」時にクィア批評は効果を発揮するということなのである。したがって、「最初からクィアであると疑う余地なく認定されるもの」とクィア批評は実はあまり相性が良くないということになるのだが、村山がこの一節をレズビアン・スタディーズやゲイ・スタディーズがすでに制度化されていた二〇〇〇年代前半の英語圏のアカデミズムを前提に述べている点も見落とすべきではない。一方で、そうした状況にはない日本では、必ずしもクィア批評という構えを取らなかったとしても、性的マイノリティの表象分析が取り残されないようにすることも重要な課題になる。こうした論点と重なるものとして、性的マイノリティをつなぐ意味合いの「クィア」と藤野千夜の『夏の約束』（二〇〇〇）を関連づけて読む跡上史郎「クィア」（『國文學　解釈と教材の研究』四六巻三号、二〇〇一・二）がある。

2 イヴ・コゾフスキー・セジウィックとホモソーシャル理論

脱構築的なクィア批評に大きく貢献したのが、イヴ・コゾフスキー・セジウィックが『男同士の絆』（イヴ・コゾフスキー・セジウィック（原著一九八五））*で提示したホモソーシャル理論である。三角関係において愛の対象との絆よりもライバル二人の絆のほうが強固であり、行動や選択を決定するというルネ・ジラールの〈欲望の三角形〉の議論を参照しつつ、セジウィックはそこで一人の女性をめぐる二人の男性のライバル関係が論点になっていることに改めて目を向け、「男同士の絆」から家父長制の支配構造を分析する。キーワードになるのは、「時折歴史学や社会科学の領域で使われ、同性間の社会的絆を表す」ホモソーシャルという用語である（イヴ・コゾフスキー・セジウィック（原著一九八五））*。同性ホモソーシャルの性質は、森山至貴が解説するように、「三角関係に巻き込まれる女性の意志や欲望を軽視ないし無視」し、「ライバル同士で一種の共犯関係を結ぶ」ことで「男同士の絆」が強まる点にある。だが同時に、「男同士の絆」がどんなに強まっても異性愛として留まるために、男性同性愛が侮蔑の対象となる。つまり、男性のホモソーシャルは女性蔑視（ミソジニー）と同性愛嫌悪（ホモフォビア）によって支えられたものなのである（森山至貴*（二〇一七））。このようにホモソーシャルという用語の定義そのものは明確であり、適用度の高いものであるため、さまざまな領域で使われるようになった。だが、セジウィックの議論で注目すべきことは、『男同士の絆』の刊行の段階ではほとんど使用されることのなかったホモソーシャルという用語を持ち出すと同時に、「ホモソーシャルな欲望」という撞着語法的な用い方を提案し、強烈なホモフォビアによって分断されているように見える男性の「ホモソーシャルとホモセクシュアルとが潜在的に切れ目のない連続体を形成しているという仮説を立てる」ところにある（イヴ・コゾフスキー・セジウィック*（原著一九八五））。つまり、セジウィックはホモソーシャルという用語を導入すると同時に脱構築し、シェイクスピアから十九世紀末までのイギリス文学の中の男性間の関係性を再検討することで、家父長制の支配構造を暴き出すのである。

村山敏勝がセジウィックの『男同士の絆』を「十七世紀から十九世紀末にいたる正典文学の読み直し」とまとめるように（ただし「正典といっても微妙に周縁的な作品」が多いともいうのだが）（村山敏勝*（二〇〇五））、そもそも文学作品において一人の女性をめぐる二人の男性のライバル関係は馴染み深いものであり、ホモソーシャル理論は正典の読みなおしという点で威力を最大限に発揮する。だからこそ、日本近代文学の領域でも夏目漱石のような正典の再読が試みられた。こうした試みの早い例としては、大橋洋一の『こゝろ』論「クイアー・ファーザーの夢、クイアー・ネイションの夢」（『漱石研究』

六号、一九九六・五）がある。『こゝろ』（一九一四）の青年、先生、Kのホモソーシャル連続体に（男性間の）共同体の再構築の契機が探り出され、『こゝろ』が「同性愛小説の傑作」と位置づけられるのである。

セジウィックのホモソーシャル理論は異性愛／同性愛の脱構築を試みるものであり、結果的にホモソーシャル＝異性愛だけではなく、同性愛の輪郭も曖昧なものになる。だが、セジウィックが分析対象とするのは、あくまでもホモソーシャル（な欲望）である。ここで、脱構築批評の要は「暴力的階層関係」の逆転であるということを思い起こそう。大橋の『こゝろ』論のように、ホモソーシャル＝異性愛のプロットを同性愛として読みなおすことは、制度や規範の再検討になるが（もっとも、この場合はミソジニーへの抵抗にはならないが）、反対に同性愛のプロットを異性愛として読みなおすことは、異性愛社会にとっては好都合な同性愛の抹消に他ならず、規範や制度の補填、強化になるのである。より明示的な同性愛（者）表象をも扱う『クローゼットの認識論』（原著一九九〇。外岡尚美訳、青土社、一九九九）でセジウィックは、近代の異性愛／同性愛の定義にまつわる「マイノリティ化の見解」（異性愛と同性愛の境界線を固定的に画定し、〈同性愛者〉という明確な少数者がいるとする見方）と「普遍化の見解」（異性愛と同性愛は相互に影響し合い浸透し合うものだとする見方）の矛盾そのものを研究の課題に据える。ホモソーシャル理論は明らかに「普遍化の見解」と相性が良いものであるにもかかわらず、「普遍化の見解」で同性愛（者）を脱構築するという方向には向かわないのである。異性愛／同性愛の定義が「いったい誰の人生において主要で困難な問題であり続けるのか」（『クローゼットの認識論』）という問いを念頭に置くセジウィックのクィア批評は真空状態で行われる思考実験ではないのだ。

3 ジュディス・バトラーと精神分析のクィア・リーディング

セジウィックの議論とともに初期のクィア批評に大きな影響を及ぼしたのがジュディス・バトラーの『ジェンダー・トラブル』（ジュディス・バトラー（原著一九九〇））*である。同書でもっとも有名な一節は「実際おそらくセックスは、つねにすでにジェンダーなのだ」だろう。バトラーは、それまでのフェミニズムが前提としていた、身体的な性差＝セックスを基盤とし、その上に社会的文化的な性差が成立するという見解に介入し、セックスも社会的文化的に構築されたジェンダーに他ならないと指摘し、従来のセックスとジェンダーの関係を逆転させた。そして、ジェンダーとは不断の模倣によって構築されるものであり、その強制的な反復の過程において思いがけないズレが生じるという議論（ジェンダー・パフォーマティヴィティ）を展開した。バトラーは異性装（特に女装）やレズビアンのブッチ／フェム（男役／女役）を女性蔑視や異性愛主義の表れであるという従来の見方から、ジェンダーのパフォーマティヴな性質を端的に示すものとして位置づけなおしたのである。ミシェル・フーコーの権力論を踏まえ、彼方のユートピアではなく、あくまでもジェンダーが強制的に反復されるところ、すなわち、現行の支配構造の「ただなか」に目を向けるバトラーは、反復の中で生じるズレに、ジェンダーを「流動化させ、攪乱、混乱させ、増殖させる」契機を見出し、既存のジェンダーとは別のあり方への変容可能性を探ろうとする（ジュディス・バトラー（原著一九九〇））*。

このように支配構造の「ただなか」を注視するバトラーは、既存のジェンダー規範を反復・再生産する精神分析に介入し、そこに内包された綻びに光を当てる。ジグムント・フロイトは幼児が両親に対して抱く愛情と敵意、その葛藤をギリシア悲劇の『オイディプス王』に基づいてエディプス・コンプレックスと呼び、自我や男性性／女性性の形成の鍵とみなしたわけだが、バトラーはそのエディプス・コンプレックスの議論で前提になっている（そのため議論されることもない）異性愛主義を俎上に載せ、近親姦タブーの前に同性愛タブーがあることを指摘する。「男児がたいてい異性愛を選ぶのは、父による去勢に怯える結果ではなく、去勢不安の結果——つまり、異性愛文化のなかで男の同性愛に対して連想される「女性化」を恐怖する結果——なのである」というふうにフロイトのテクストが再解釈されるのである（ジュディス・バトラー（原著一九九〇）)*。そして、何が失われたのかわからない喪失はその対象が自我に取り込まれるというフロイトのメランコリーの議論を参照しつつ、意識されることもないまま禁止された同性愛は消え去るわけではなく、異性愛主体に取り込まれると論じる。つまり、異性愛主体の中には禁止されるべきものとしての同性愛の欲望が生きつづけることになるというのである。このようにフロイトのテクストにクィアに介入することで、異性愛／同性愛の二項対立が脱構築されることになるのだ。なお、異性愛が成立するために、禁止されるべきものとしての同性愛が必要だという指摘はセジウィックのホモソーシャル理論にも通じる。

さらに、バトラーが精神分析にクィアに介入し、提起したものに「レズビアン・ファルス」という概念装置がある（『問題＝物質となる身体』原著一九九三。佐藤嘉幸監訳、以文社、二〇二一）。フロイトは「ナルシシズムの導入にむけて」（一九一四）で、「性源活動をすべての器官の一般的な属性とみなす」という見解を示しつつも、結局はペニスに性的快楽をもたらす身体部位を一元化させる（『フロイト全集』一三巻、岩波書店、二〇一〇)。バトラーはそれを反転させ、性源域を再び「すべての器官」へと開いていこうとする。そこで生み出される「レズビアン・ファルス」という概念は、〈ファルス〉(現実の器官であるペニスに対し、象徴的なものとしての男性器を指す)を〈レズビアン〉と結び、「ファルスを脱特権化させて規範的な異性愛的交換形式から取り除くと同時に、女性同士の間に再循環させ再特権化させる」ことを企むものである(『問題=物質となる身体』)。こうした〈ファルス〉の再意味化の企てには、反復する過程で予測できないズレが生じるというジェンダー・パフォーマティヴィティの議論との共通点がうかがえる。

バトラーの精神分析の読みなおしはそれ自体がクィア・リーディングの実践に他ならず、文学研究にとっても示唆的なものである。たとえば、市村孝子は、松浦理英子の『親指Pの修業時代』(一九九三)の「親指ペニス」という設定に、「レズビアン・ファルス」との呼応を指摘する(「ジュディス・バトラーと松浦理英子」『Artes liberales』六二号、一九九八・六)。『親指Pの修業時代』とは、午睡から目覚めると右足の親指がペニスのようなものに変形していた真野一実が、その「親指ペニス」に導かれるように、それまで特に意識することもなかった恋愛や性の〈普通〉——男性のホモソーシャルな関係性や一実自身が内面化していた異性愛主義、さらには性器結合を中心とするような性愛観——に徐々に疑問を呈するようになる物語である。確かにこうした展開には、バトラーが「レズビアン・ファルス」に託したものとの重なりがある(ただし、「レズビアン・ファルス」はあくまでも概念であり、新たな身体部位ではない点にも注意が必要である)。あるいは、バトラーの議論との関連では、松浦が一九八〇年代に断続的に発表し、「優しい去勢のために」というタイトルを持つ、「何とかして性器結合中心主義的性愛観を突き崩そうという情熱が込められ」た「呪文とも散文詩ともつかないテキスト」も興味深いものだろう。そのタイトル自体が、フロイトの議論において男児に恐怖を、女児に（去勢されてしまっているという）劣等感を与える役割の〈去勢〉を意味づけなおすものだが、そこではあえて異性と思しきペアが設定され、その二人の性愛を通して、臍へ皮膚へ、体熱へ影へステップへと快楽の場はじわじわと広がり、一方で性器は「ただの器官」として、その特権性が剥ぎ取られる。性器はもはや性別を表すこともやめ、その結果〈異性愛〉が攪乱されることになるのである（松浦理英子*（一九九七））。

4 流動性を問いなおす

ここまでクィア批評の出発点と、セジウィックとバトラーの議論を概観してきた。その後も〈クィア〉をめぐって多彩な論点が提示されているが（井芹真紀子*（二〇一三）、清水晶子*（二〇一三））、その一つとして、本項では、脱構築の影響を受け、現行の性の制度や規範の変容可能性を探求してきたクィア批評がその手がかりとしてきた〈流動性〉を問いなおす議論についてふれよう。

クィア批評において重視された流動性や柔軟性は、クィア批評とほぼ同時期に世界的に定着したネオリベラリズムに基づいた経済・政治体制でも特権化される概念である。一般的に、ネオリベラリズム体制下では労働市場における流動性や柔軟性が称揚されることになるが、ネオリベラリズム的な価値観は浸透度が高いため、流動的なアイデンティティといったものも望ましいものとみなされるようになっていった。そうなると、「二項対立関係にひそむ「暴力的階層関係」を暴き逆転」

させる契機として、境界の攪乱や越境を引き起こす流動性が、結果的にネオリベラリズムが要請する能力と対応し、体制は維持されてしまうことになる。こうした論点で近年の文学作品をとりあげたものとして、黒岩裕市『ゲイの可視化を読む』（晃洋書房、二〇一六）がある。同書ではよしもとばななの『王国』シリーズ（二〇〇二〜二〇一〇）を対象に、ネオリベラリズム的な価値観と結びついた性の流動性が最終的には規範的な家族のあり方の（再）強化へ合流してしまうことが指摘される。

流動性に基づいた境界攪乱や越境を手がかりに、性の制度や規範の変容可能性を探求する目論見は、クィア批評の強みといえるものであり、魅力的な側面でもあるだろう。また、二〇〇〇年代以降（日本では二〇一〇年代半ばから）、マジョリティとマイノリティの境界線を固定的に維持し、マジョリティの中心性を損なわない形で〈性の多様性〉が称賛され（それもまたネオリベラリズムが要請する性的マイノリティのあり方なのだが）、特にビジネスの場面で〈ダイバーシティ〉が華やかに喧伝される傾向が顕著になったが、そうした現状への介入としても、脱構築的なクィア批評は有効な営みになり得る。しかし、そうであればなおさら、その営みに伴う危うさを見過ごさずに、個々のテクストにクィアに介入することが求められるのである。

【参考文献】

井芹真紀子「フレキシブルな身体――クィア・ネガティヴィティと強制的な健常的身体性」(『論叢クィア』六号、二〇一三・九)

大橋洋一『新文学入門――T・イーグルトン『文学とは何か』を読む』(岩波書店、一九九五)

清水晶子「「ちゃんと正しい方向にむかってる」――クィア・ポリティクスの現在」(三浦玲一・早坂静編『ジェンダーと「自由」――理論、リベラリズム、クィア』彩流社、二〇一三)

セジウィック、イヴ・コゾフスキー『男同士の絆――イギリス文学とホモソーシャルな欲望』(原著一九八五。上原早苗・亀澤美由紀訳、名古屋大学出版会、二〇〇一)

バトラー、ジュディス『ジェンダー・トラブル――フェミニズムとアイデンティティの攪乱』(原著一九九〇。竹村和子訳、青土社、一九九九。新装版、二〇一八)

松浦理英子『優しい去勢のために』(筑摩書房、一九九四。ちくま文庫、一九九七)

村山敏勝『(見えない)欲望へ向けて――クィア批評との対話』(人文書院、二〇〇五。ちくま学芸文庫、二〇二二)

森山至貴『LGBTを読みとく――クィア・スタディーズ入門』(ちくま新書、二〇一七)

05

メディア論
雑誌とアダプテーションからみえるもの

井原あや

1　メディアとは何か

〈メディア〉という言葉は文学研究の場に限らず、多くの人が日常的に用いる言葉である。メディアとは「「中間」あるいは「媒体・手段」の意味をもつ「ミディアム（medium）」という単語の複数形」で「何らかの情報やメッセージを人に伝える際に用いる、さまざまな媒体や手段」（浪田陽子「メディア・リテラシー」浪田陽子・福間良明編『はじめてのメディア研究〔第2版〕――「基礎知識」から「テーマの見つけ方」まで』世界思想社、二〇二一）を意味する。具体的にはスマートフォンやタブレット端末、パソコン、SNS、テレビ、ラジオ、映画、演劇、広告、雑誌、新聞など私たちが身近なツールあるいは娯楽として接しているものがメディアに該当する。

このようにメディアは実に多様だが、ここでは雑誌（なかでも女性雑誌）と、メディアを介して行われるアダプテーションの二点をジェンダーの視点を通して見てみたい。そこで、まずは女性雑誌の研究の概要を示し、その後、近現代文学と関係の深い女性向けの文芸雑誌を中心に、誌面の特徴や分析を振り返りつつ現在の雑誌の動きをみていく。最後に、近年の文学研究において注目されているアダプテーションについて、その意味と具体的事例を示したい。

2 ジェンダーとメディア——雑誌が描き出したもの

メディアを論じる際にジェンダーの視点が取り入れられたのは、第二波フェミニズムの影響が大きい。第二波フェミニズムの契機となった『新しい女性の創造』（ベティ・フリーダン[*]（原著一九六三））の著者であるベティ・フリーダンは、この著書の「職業婦人から主婦業へ」において、アメリカの女性雑誌に掲載された記事や小説を分析し「意気盛んな「新しい女」が「幸福な主婦」と交替した」と誌面に描かれた女性像の変化を提示して「女らしさを賛美する風潮」が高まっていると指摘した。こうした動きの中でメディアを論じる際にジェンダーやフェミニズムの視点を用いる手法が取り入れられ「メディアをテクスト（表象）、オーディエンス（視聴者・読者などメディア・メッセージの受け手）、プロダクション（メディア・メッセージの送り手、コンテンツを作る側）」の三点に分け、それらに組み込まれた性規範や支配と抑圧の関係を論じていったのである（田中洋美[*]（二〇二一））。

メディアをフェミニズム・ジェンダーの視点で論じていくことは、〈周縁〉と見做された雑誌、あるいは雑誌が生み出す文化にも光を当てる。カルチュラル・スタディーズの登場と連動することで少女雑誌などそれまで〈周縁〉と見做されていたメディアの研究成果も積み重ねられていったのである。さらに、近年ではポスト・フェミニズムとメディアに関する研究も進められ、自分の楽しみと自己監視が表裏一体の状態に置かれていることが指摘されており（菊地夏野『日本のポストフェミニズム——「女子力」とネオリベラリズム』大月書店、二〇一九）、今後、メディアを読み解く研究は進展していくだろう。

3　近現代文学と雑誌の一〇〇年

ここまで女性雑誌全般という広い視点から雑誌とジェンダーの関係を確認してきたが、次に近現代文学に接続してみたい。近現代文学とメディアの関係を考えた時、雑誌分析は、重要なアプローチの一つである。雑誌を研究する際には、その雑誌が誌面を通して何を目指し、どのような価値観を持っているのか、検討する小説のみならず誌面に掲載された記事や評論なども幅広く読み解く必要がある。さらに、雑誌と小説がどのような関係を組み立てているのか、たとえば雑誌に掲載された小説は雑誌自体の持つテーマと接続しテーマを補強しうるものなのか、それともテーマとずれることで規範を揺るがし、問題提起を促すものと読み取ることができるのか、などを検討していくこととなる。また、投稿雑誌も文学とジェンダーの関係を考える上で重要な意味を持つ。こうした点に注目しつつ、女性向け文芸雑誌を中心に確認してみたい。

明治も終盤にさしかかった頃、二つの雑誌が誕生した。一九〇五年創刊の『女子文壇』、そして一九一一年創刊の『青鞜』である。『青鞜』は平塚明子（らいてう）、木内錠子、中野初、保持研子、物集和子が発起人となり「女流文学の発達」と「女流の天才」（一九一一・九）を生むことを目指す雑誌として出発した。創刊号（一九一一・九）は、らいてうによる「元始女性は太陽であった——青鞜発刊に際して」のほか、与謝野晶子の『そぞろごと』、田村俊子の『生血』や森しげの『死の家』などが掲載された。女性たちの手で作られる『青鞜』は誌面を通じてさまざまな問題提起も行った。たとえば二巻一号（一九一二・一）ではイプセンの演劇「人形の家」をとりあげ、三巻一号（一九一三・一）では「新らしい女、其他婦人問題に就て」と題して伊藤野枝（「新らしき女の道」）、岩野清（「人類として男性と女性は平等である」）らが評論を発表している。他にも伊藤野枝が自伝的小説『わがまま』（一九一三・一二）で、叔父たちに結婚を強いられる主人公登志子の心の内を「自分で自分の生活が出来るやうになれば私は黙つてやしない」と書き記している。当時の女性が「自分で自分の生活」を打ち立てることは困難であるし、登志子も自分を解放できる居場所が一人で泣いている蒲団の中のみという状況に追い込まれるが、野枝の小説からは女学校の卒業を控えた女学生たちの大半が向き合わざるを得なかった結婚に対しての違和感が読み取れよう。

一方、『女子文壇』は河井酔茗が編集に携わった投稿雑誌で、誌面は名家による寄稿のほか、投稿者による創作欄や「誌友倶楽部」と呼ばれる読者の交流の場で構成され、田山花袋の『蒲団』（一九〇八）の横山芳子のモデルとなった岡田美知代も投稿し天賞を受賞したほか、『青鞜』に参加する投稿者も生み出した。こうした背景の一つに、一八九九年に高等女学校令が公布されたことによる女学生の誕生と増加がある。ゆえに社説には「今日の女子は相当の教育を受けて置かなければ、他日非常に他より後れることがあるでせう。（中略）今こそ女子の学問すべき時代です」（「遊学を憚る勿れ」一九〇五・九）と〈遊学のすすめ〉が説かれていて女性たちの〈書く〉行為を大いに後押ししたように見えるが、内実は規制されたものであった。「現今の女子を観察するに一番出ないのは女らしい作家です、文学は教育ばかりで成功するものでなく、自個の天分を最も善く自ら養ふことが必要で、でないと文学的作物の上に女らしい感情が現れない」（社説「女らしき思想」一九〇五・五）といい「眼の着けどころ、情の寄せどころさへ、美しく優しくあつたならば、諸嬢が平素に使つて居られる文字だけ」で文章ができあがるとし、そうした投稿を積極的に採用すると明言する（社説「試に投稿せよ」一九〇五・六）。この呼びかけからは「各欄とも決して政治的時事論に渉るべからず」（一九〇五・一）という投稿規定と響き合って投稿者の文学が私的領域に囲い込まれていく様が見て取れよう。こうした文学と女性の関係は、実際の投稿作品をみるとより明らかである。『女子文壇』の誌面を分析した小平麻衣子は投稿者の小説や誌面のジャンル分けを丹念に追いながら「散文の肥大が『女子文壇』の特徴」となっていること、「投稿小説欄に多くみられる〈まだ小説になっていない〉旨の低い評価とあわせて、男性向きの小説より下位のジャンルとして女性の散文が置かれている」ことを指摘している（小平麻衣子*（二〇〇八））。

先ほど、投稿雑誌もジェンダーと文学の関係を考える上で重要な意味を持つと述べた。投稿者の傾向を分析し、選者が投稿者をどのような形で雑誌に位置づけようとしているのか、投稿者にとって何が〈良し〉とされたのかを検討することは、規範を知ることに繋がり、選者と投稿者の間に生じる力学などを考えることに繋がるのである。

ここで時間を遡って『女学世界』（一九〇一年創刊）をみてみよう。『女学世界』も投稿欄に力を入れていた雑誌で、『女人芸術』（一九二八年創刊）を主宰する長谷川時雨が「水橋康子」の名で投稿していたことでも知られている。投稿欄で繰り返し描かれる物語の類型と、同じく『女学世界』に作家として参加していた大塚楠緒子の描く『軍事小説　一美人』（一九〇四・九）を比較する金井景子は、日露戦争開戦を受けて投稿欄が「女性の国民化」の流れに乗るなか、大塚の『一美人』は、『女学世界』の投稿者たちが好む物語を描きながらも、海軍士官の妻が決して戦争に協力的とはいえない態度で描かれていることに注目して『一美人』の持つ批評性が投稿者たちの作品には見られないことを指摘し、投稿者が男性編集者たちから解放されることの困難を示した（金井景子「自画像のレッスン――『女学世界』の投稿記事を中心に」小森陽一・紅野謙介・高橋修ほか『メディア・表象・イデオロギー――明治三十年代の文化研究』小沢書店、一九九七）。

このような雑誌側と投稿者、そして女性作家の緊張関係は他誌でも確認されている。一九二五年創刊の『若草』は、同じく宝文館が刊行する『令女界』（一九二二年創刊）の投稿欄拡張の要望を受けて用意された雑誌で、創刊からしばらくの間、女性作家が積極的に起用され、投稿者が女性作家を「お姉さま」と呼ぶ親密な空間が作られていた。しかし、その呼称は「文学者としてではなく、女性の先輩としてお手本にされた」からであり「彼女たちのテクストが〈文学〉として召喚されたからでは」ないのである（徳永夏子*（二〇一八））。一方、『若草』と同じ頃、闘争する女性たちを生み出す『女人芸術』も誕生した（一九二八年創刊）。『女人芸術』は長谷川時雨が主宰し、林芙美子の「放浪記」が発表されたことでも知られた雑誌で、創刊号の「編輯後記」で城しづかが「現代雑誌界に二つなき、女人のみの集ひなり」（一九二八・七）と高らかに書くようにさまざまな立場の女性が集まり、女性の多数性が示された雑誌である。一九三〇年頃から無産者解放運動と結びついていった後も多くの女性作家を生み出し、闘争の中心に位置しない女性作家たちが描く「闘争の周縁」の物語には、

「プロレタリア文学」が取りこぼした内実が示されていた（笹尾佳代*（二〇一九））。

一九三四年には女性教養誌として『むらさき』が創刊している。『むらさき』は紫式部学会出版部発行の雑誌だが所謂学会誌とは異なり、会員の多くは女学生を含む女性たちであった。こちらも近年研究が進み、誌面が読者に伝えようとしたのは学びの〈専門性〉ではなく〈母性〉を備えた〈教養〉であるという、よくあるジェンダーの構図の中で作られた雑誌であったことが示されている（今井久代・中野貴文・和田博文編『女学生とジェンダー――女性教養誌『むらさき』を鏡として』笠間書院、二〇一九）。

また、一九三〇年代から四〇年代の『少女の友』（一九〇八年創刊）や『新女苑』（一九三七年創刊）、『婦人公論』（一九一六年創刊）の投稿欄には、この時期、選者を務めていた川端康成と読者であり投稿者でもある少女たちとの投稿作品をめぐる攻防が示され、彼女たちがその文才を伸ばすのではなく〈素人〉に留め置かれた有様が確認できる（小平麻衣子*（二〇一六））。

投稿者や書き手がどのようなジャンルと結びつくかという点も、ジェンダーが関係している。通常、雑誌の創作欄は「小説」「散文」「詩」「短歌」「俳句」などに分類されるが、飯田祐子は後期の『青鞜』において、岩野清や生田花世の「〈告白〉的な文章」が誌面の中心的な話題であったといい、同様に『女子文壇』でも一九一〇年頃から「〈告白〉的要素の強い「散文」というジャンルが雑誌を特徴づける基軸となった」と指摘する（飯田祐子*（二〇一六））。当時散文とは自らをありのままに綴るもので技巧の要らぬものとされており「最も女性ジェンダー化したジャンル」として下位に置かれたのである（飯田祐子*（二〇一六）、小平麻衣子*（二〇〇八））。小説以外を下位に見做す背景には、一九一〇年代に作家という職業が男性ジェンダー化したことが関係している（飯田祐子*（一九九八））。

さらに、女性雑誌の読者にも目を向けてみよう。一九一〇年代後半には『婦人公論』（一九一六年創刊）や『主婦之友』（一九一七年創刊）などが登場し、二〇年代に入って消費文化と結びつくことで、さらに女性雑誌が誕生した。この時期、『婦人倶楽部』（一九二〇年創刊）や『女性』、『女性改造』、そして『令女界』（いずれも一九二二年創刊）、『若草』（一九二五年創刊）などが相次いで刊行されているが、次の記事からは女性雑誌の活況の裏面がみえるだろう。一九二五年五月二一日（朝刊）の『読売新聞』は「文士達随一の米櫃、と云つては悪いか知らないが事実もつとも手近な原稿の売れ口は、そして又原稿料のもつとも割のいいのは、何と云つても当今婦人雑誌に限るやうだ。（中略）文芸雑誌は汗だくの登龍門で婦人雑誌は煙草一ぷくの夏座敷か」と女性雑誌を取り巻く状況を揶揄を含んで記している（無署名「女の雑誌が文士達の米櫃か知ら　婦人雑誌六月号の小説しらべ」）。当時の女性雑誌の稿料は総合雑誌の四〜五倍であったという（前田愛『近代読者の成立』有精堂出版、一九七三）。つまり女性雑誌の読者は、小説の質は問わないが、進んで雑誌を購入する体のいい消費者ということになる。「購買者以上に成長してはならない」読者の姿が、この記事にも刻印されているのだ（小平麻衣子*（二〇一六）。なお、当時の読者については本書の飯田祐子「文学史・文学場」も参照）。

一方、戦後、高度経済成長期に目を向けてみると、〈ＢＧ／ビジネスガール〉〈ＯＬ／オフィスレディ〉と呼ばれる女性事務職の増加に伴って女性週刊誌が相次いで刊行され、源氏鶏太など当時の人気作家がＢＧを主人公に据えた小説――〈ＢＧ小説〉を発表した。これらは誌面のＢＧ関連の記事と共振して「コミカルな娯楽小説という形でＢＧの規範を提示し」読者を導いているといえよう（井原あや「『女性自身』と源氏鶏太――〈ガール〉はいかにして働くか」『国語と国文学』九四巻五号、二〇一七・五）。

複数の雑誌を読むうちに、抑圧や規範がさまざまな雑誌に見られることに気がつくかもしれない。といって、それを「よくあること」と捉えるのではなく、いくつも抽出していくことで抑圧や規範の根深さが明示できるだろうし、そこで格闘した書き手の姿も見て取れよう。だからこそ、よく分析する必要がある。

次に、この節の締め括りとして、近年刊行された雑誌が見せるエンパワメントや文学の可能性についても確認してみたい。二〇一七年九月、『早稲田文学増刊』「女性号」が刊行されたことは記憶に新しい。誌面には石垣りんや左川ちか、津村記久子、イ・ランやヴァージニア・ウルフなどの名が並び、詩人や小説家、そして研究者が、時代も国も越えて集まった雑誌に仕上がっている。責任編集の川上未映子は「女性が女性について語ったり書いたり、読んだりする」〈場〉の必要性を巻頭言で述べているが、「女性号」はまさにその〈場〉を提供した一冊といえよう。

もう一つ、二〇一九年八月の『文藝』は「韓国・フェミニズム・日本」という特集を組み、八六年ぶりの三刷となった。こうした現象は特集タイトルが示す通り一国主義を越え、互いが痛みや生きづらさをフェミニズムによって共有し、分かち合おうとする意志表明でもあるだろう。翻訳家の斎藤真理子は近年の女性を描く文学に「今まで声になっていない女性の思いを顕在化させる、という目的意識」（対談　斎藤真理子・鴻巣友季子「世界文学のなかの隣人――祈りを共にするための「私たち文学」」）があると述べている。この動きはさらに広がり、同年一一月には『完全版　韓国・フェミニズム・日本』（斎藤真理子責任編集、河出書房新社）が刊行され、翌二〇二〇年五月には『小説版　韓国・フェミニズム・日本』（チョ・ナムジュほか著、河出書房新社）が刊行された。『完全版』の巻頭言を執筆した斎藤は「今から十年後、二十年後の目が今このときを見ている」(「未来から見られている」)と巻頭言を締めくくる。誌面を通した繋がりが一過性のものではなく、この先も続いていくことが求められているのである。

4 アダプテーション――〈名作〉のその先へ

最後にアダプテーションについてまとめてみたい。ここまで雑誌について、受け手側にあたる読者や投稿者にふれながら確認してきたが、アダプテーションも「翻案」と訳されるように〈受け手〉の視点が差し挟まれる点で共通しているといえよう。アダプテーションとは、原作を「別のメディアや、別の文脈に移し替えて再生産し、流通させること」を意味する(沼野充義「「アダプテーション論的転回」に向けて」小川公代・村田真一・吉村和明編『文学とアダプテーション――ヨーロッパの文化的変容』春風社、二〇一七)。その際、リンダ・ハッチオン*が『アダプテーションの理論』(原著二〇〇六)で指摘する通りアダプテーションを二次的創作として見ずに複数のメディアへ連動する自立したものと見做すことが求められている。この例としてドラマ『雪国――SNOW COUNTRY』を挙げてみたい。二〇二二年は川端康成の没後五〇年にあたるため、NHK BSプレミアムで『雪国』(一九三七)が『雪国――SNOW COUNTRY』と題してドラマ化された(脚本・藤本有紀、主演・高橋一生、奈緒。以下「ドラマ版」と「小説」と記す)。

ドラマ版では小説のクライマックスである繭倉の火事までを描いた後、小説には詳細に描かれなかった、駒子が家族や周囲のためにいかに転々と身を売ってきたかが駒子の日記の形で描かれ主人公の島村がそれを村の映写機を通して見るという幻想めいた場面が差し挟まれる。小説では駒子も葉子も島村に〈見られる〉存在であるため心の内は捉えがたく、むしろそれが彼女たちの〈謎〉になるが、ドラマ版では日記を取り入れ、駒子の視点で描き直す手法を取っている。たとえば小説では、駒子は島村に「東京でお酌をしているうちに受け出され、ゆくすえ日本踊の師匠として身を立てさせてもらうつもりでいたところ、一年半ばかりで旦那が死んだ」（以下、引用は新潮文庫〔二〇二二〕による）、「きょうだいじゅうで、一番苦労したわ。考えてみると、私の大きくなる頃が、ちょうどうちの苦しい時だったらしいわ」と、駒子が自らの境遇を語る場面があるが、詳しくは描かれない。しかし、ドラマ版では芸者として身を売ることに対して「貧乏は嫌」と繰り返し日記に綴る姿や、畳を針で刺す駒子の姿が映し出される。貧困の中で家族には笑顔を向けながら、誰にも語り得ぬ心の内を日記に綴るドラマ版の駒子の姿は、女性が貧困に否応なしに向き合わざるを得なかった現実を示しており、『雪国』の美しさや抒情とは異なる女性と貧困の物語が立ち上がる。加えて、小説で「無為徒食」とされる島村の東京での暮らしぶりはほとんど描かれないが、ドラマ版では島村の東京の生活が描かれており、ドラマ冒頭、島村の自宅の奥向きを取り仕切る女性が書斎にいる島村に、彼の息子たちが古伊万里の深鉢を割ったことを伝えるが、島村は「割れた」ことを女性に尋ねても、それは息子たちが「遺産の取り分を減らしただけ」と言って叱ろうとはしない。またドラマ版では、東京で豪華な食事を前に舞踊の原稿について話す場面も描かれていて、こうした島村の東京での暮らしと、同じくこのドラマ版が描く駒子の日記に記された貧しさの犠牲になる駒子の姿は対をなしている。島村にとって『雪国』の女たちは謎めいた存在であるが、『雪国』のアダプテーションであるドラマ版は、小説が〈謎〉として描いた駒子の内面を丁寧に掬い取り、語り直すことで従来の〈名作〉とは異なる新たな物語を立ち上げたといえよう。

【参考文献】

飯田祐子『彼らの物語――日本近代文学とジェンダー』(名古屋大学出版会、一九九八)

飯田祐子『彼女たちの文学――語りにくさと読まれること』(名古屋大学出版会、二〇一六)

小平麻衣子『女が女を演じる――文学・欲望・消費』(新曜社、二〇〇八)

小平麻衣子『夢みる教養――文系女性のための知的生き方史』(河出書房新社、二〇一六)

笹尾佳代「目覚めの途上にあること――「女人芸術」の文学作品にみる闘争の周縁」(飯田祐子・中谷いずみ・笹尾佳代編『女性と闘争 雑誌「女人芸術」と一九三〇年前後の文化生産』青弓社、二〇一九)

田中洋美「ジェンダーとメディア」(門林岳史・増田展大編『クリティカル・ワード メディア論――理論と歴史から〈いま〉が学べる』フィルムアート社、二〇二一)

徳永夏子「啓蒙される少女たち――『若草』の発展と女性投稿者」(小平麻衣子編『文芸雑誌『若草』――私たちは文芸を愛好している』翰林書房、二〇一八)

ハッチオン、リンダ『アダプテーションの理論』(原著二〇〇六。片渕悦久・鴨川啓信・武田雅史訳、晃洋書房、二〇一二)

フリーダン、ベティ『新しい女性の創造』(原著一九六三。三浦富美子訳、大和書房、一九六五。改訂版、二〇〇四)

第2部

項目篇

06 恋愛

小平麻衣子

1 〈恋愛〉という抑圧

恋愛は、成就するにしてもしないにしても、相手を思いやり、自分を成長させようとする充実した時間であり、理屈以前に、胸がときめく。仮に結婚が計算も働く行動だとしても、あるいはそうであればこそ、恋愛は若い期間に許された、それ自体を目的とする行為だから、できるならしたい、と思っている人は多いかもしれない。その恋愛を、フェミニズムやジェンダー論が扱う場合、多くは批判的にみる。しかし、フェミニストが冷淡であるとか、女であることを否定しようとしているわけではない。

フェミニストは、恋愛が、特定の形に限定されていることを問題視する。その中にある、あるいはそれを利用する権力関係が、誰かを抑圧すること、あるいは抑圧されているのにその構造が気づかれにくいことを問題にしており、より多様な人との関係や、恋愛をする／しない自由を求める。ここでは、歴史性をふまえて、恋愛がもたらした変化と、それに付随する問題の両面をみていく。

男女の恋愛に絞って説明し、それ自体が問題であることは、別項に譲る。

2 〈恋愛〉における男女の非対称

近代的な概念である〈恋愛〉の立役者は、北村透谷である。彼は西洋文学やキリスト教の影響を受け、汚辱に満ちた現実世界を離脱させる想念の世界として文学を夢み、恋愛をその象徴とした。この〈恋愛〉は、近世まで男女の仲に使用していた〈色〉の語が身体的な関係を含み、芸者や娼妓との間に表れていたのに対して、精神性を求め、対象としての女性も崇敬するものであり、それまでの男尊女卑の考え方に大きなインパクトを与えたのである。このような思想を欲する階級において、結婚は家の存続を目的とし、親の意向に従うのが一般的だったため、恋愛は旧習を批判し、個人を確立する象徴的なふるまいだと位置づけられ、これが以後長く続くことになった。女性自身にとっても、恋愛相手の男性を通じて、思想や理想、文化や知にふれるきっかけになった。

ただし、男性側の概念的な理想であることが、女性の実際とは乖離した事態につながったり、無二の関係であることを結婚によって保証し、また処女性の尊重が具体的状況を超えて独り歩きするなどの拘束も生んだ。このように、恋愛と結婚とセックスを一体不可分のものとする考え方を、人為的に作られたものだというニュアンスを込め〈ロマンティック・ラブ・イデオロギー〉と呼ぶ。加えて、男性にとって文学を通した恋愛は、国家や政治に別のあり方を提示する社会的な行為だったのに対し、女性にとってはそもそも政治的な運動への参加が法律によって禁じられ、専門性の高い職業を男性に占有される中で、恋愛（から結婚）自体が自己を模索する数少ない領域であるという非対称があった。女性自身が恋愛を積極的に受け止めていればこそ、〈恋愛〉自体に含まれる男女の権力関係や拘束について、見過ごされやすい状況もあったといえる。このように、〈恋愛〉を考える際には、それが社会の仕組みをどのように手助けし、人々の納得の手段になっていたかを考える必要がある。

恋愛概念への批判を、理論的に支えた著作は多くあるが、日本の文学研究に大きな影響を与えたものに、イヴ・コゾフスキー・セジウィック*『男同士の絆』（原著一九八五）がある。これは、〈ホモソーシャル〉という概念を提示し、〈恋愛〉を、特に男性二人と女性一人の三角関係のモデルで説明したものである。

男性が女性をめぐって競争的な関係になるのは、一見対立にみえても、同じ価値観を共有するもので、女性を通じてそれを確認することによって、男性たちの絆が強められる。この絆が経済や情報のネットワークとして社会的な権力の獲得につながっているのに対して、女性は、男性たちの絆の媒介でしかなく、私的領域に置かれて分断されていく。この構図については、第1部の「脱構築・クイア批評」でも解説があるが、ここでは異性愛が自然な欲求というだけではなく、特に資本主義的な社会システムであること、そして、男女が対称ではないいびつな形としてしか成り立っていないことに注目しておこう。

具体的な三角関係がいつも生じるとは限らないが、〈モテ〉や〈非モテ〉ができてしまうのも、人間においては、生物としての優位というよりは特定のふるまい（や、その先の結婚を見据えた役割遂行能力）

について好まれるタイプがあるということだから、これは社会的な様式であり、憧れや羨ましさを媒介に、男性／女性それぞれ類似の性質が形作られていくシステムと考えれば身近になるだろう。

このような構図は、夏目漱石の作品、たとえば『こゝろ』（一九一四）の「先生」と「お嬢さん」と「K」の三角関係などに見出すことができ、研究は男性と女性の非対称な関係性を指摘してきた。これは、三角関係で顕在化するが、それ以外でも見い出すことができ、また作中人物のレベルを超えても指摘できる。このころすでに文学は北村透谷のようなロマンティシズムを脱し、自然主義的な描写が行われるようになっているが、男性作家（あるいは作中人物）の女性への関心が西洋的な文学への憧憬と共にあるとき――たとえば田山花袋『蒲団』（一九〇八）の主人公は、ゲアハルト・ハウプトマン『寂しき人々』（一八九一）のような恋を求めているし、森田草平『煤煙』（一九一〇～一九一三）の主人公は、ガブリエーレ・ダヌンチオ『死の勝利』（一八九四）のように生きたいと考えている――求められる女性像は依然として、西洋文学に憧れるように理想的なものとしてあり、実際の女性は疎外され、男性たちは文学を通してホモソーシャルな関係を結んでいるといえる。

3 社会システムや国家に左右される〈恋愛〉

ホモソーシャル概念は近代に広くみられる構造をうまく言い当てたといえるが、それぞれの時代の人々が〈恋愛〉をどのように考えたかには、思潮に応じた変化もある。明治末には『青鞜』など女性たちの問題意識も明確になり、続く大正期は、大正教養派や白樺派といわれる人々が、〈人格〉

や〈個性〉を重視し、恋愛もまた互いの個性を認め合うことであるため、恋愛ブームもいっそう沸騰する。自然主義が、ありのままを描く、つまり恋愛や男女関係も現状のままであることを許容したことへの反動として、大正教養派や白樺派は、個性が生まれ持ったものであっても、良い方向に伸ばしていくことを目指したため、そこに向けられる期待も大きかった。こうした恋愛を結婚において実現しようとした例として、宮本百合子『伸子』（一九二八）を挙げられる。

が一方、すでに成立している結婚を否定し、その外側に恋愛を実現する事件も増えている。島村抱月と松井須磨子の恋愛、日蔭茶屋事件、原阿佐緒と石原純の婚外恋愛、白蓮事件、有島武郎の情死などであるが、これらはスキャンダラスに報道され、偏向したイメージが作られることも多かった。作品としても、有島武郎の『或る女』（一九一九）では、主人公葉子の身を焦がす恋愛が破滅への道として描かれている。また、すでに述べたような非対称性を保管したまま〈個〉が説かれることは、男／女のような集団間の利益の差から目を逸らせることにもなった。どんな立場でも、それが個性だといわれてしまえば、生まれついてのものだとしてそのまま承認するしかなくなるからである。

これに批判的意識が向けられるのは、一九二〇年代から一九三〇年代に、プロレタリア運動が勢いを増し、恋愛（に一直線に結び付けられる結婚）についても階級間の不平等という観点が持ち込まれるときである。たとえば、ロシアのアレクサンドラ・コロンタイ『赤い恋』（原著一九二三。松尾四郎訳、世界社、一九二七）の周辺などをみると、〈恋愛〉が金銭や時間の余裕のある階級特有の考え方に過ぎないという階級批判は、恋愛・結婚・性行為の一体化への懐疑を生じさせた。だが林房雄の評論などによって刹那的な肉体的欲求を満たす方向に傾くに至り、女性論者からは、それは女性の自由につながるのかという問いが投げかけられ、論争になっている（飯田祐子・中谷いずみ・笹尾佳代〔二〇一九〕）*。そもそも共産主義的な思想では、階級の差が解消され個々人が平等になれば男女の差別もなくなるはずだとの考えもあり、運動の中にも存在するジェンダーに起因する差別は、一部を除いては突き詰めにくかった。

ただ文学は、特異な形式で現実をずらすことも可能である。一九三〇年代に、〈恋愛〉の概念自体に強烈な違和感を表した作品として、モダニズムや少女小説にも近しい、尾崎翠『第七官界彷徨』（一九三三）がある。詩を書くことを志す町子によって、これが〈恋〉の物語であることが表明されながら、兄たちとの、世間とは少しずれているくらしが語られるだけで、意中の男性へは告白もしない先に失恋したと言い、恋愛の成就など望んでいないかのようである。兄というのも、親密であっても決して恋愛やセックスの対象にはならない男性である。当時の精神分析学の流行を受けて、シュールな夢のような不思議な表現をするこの小説では、〈蘚《こけ》の恋愛〉が語られるが、それが身体の関係や実を結ぶこととは縁遠いように、町子の〈恋〉は肉体関係をゴールとせず、男／女の明確な区分や、その間で行われる〈恋愛〉とは異なる関係性を志向している。異性愛を唯一のあり方と考える社会においては〈未熟〉とネガティブに評価されるあり方を、尾崎は、別の恋の形として継続的に提示したのである。

4 戦後の動向

このような萌芽の一方、続く第二次世界大戦期は、将来の兵士や労働力としての国民を増やすため、国家が異性愛を絶対としながらも、戦意の高揚を阻害するとされた恋愛の表現は抑圧された。また、恋愛が国籍や民族を異にする男女の間で生じることで権力関係が顕在化するのも、移動を伴う戦時やその前後であり、さまざまな分析が必要である。それらを過ぎ、敗戦後に男女平等や民主主義が謳われるようになると、恋愛もその象徴として小説や映画に身体的な接触も伴って多く描かれ（一九四七年の石坂洋次郎『青い山脈』など通俗的な小説も普及に一役買った）、ようやく身近なものになる。

恋愛の一般化の一つの象徴として、出生動向基本調査による、見合い結婚と恋愛結婚の構成比率が挙げてみよう。戦前に約七割を占めていた見合い結婚は、徐々に減少、一九六〇年代末に恋愛結婚と比率が逆転し、二〇一〇～二〇一四年になると五・五％にとどまっている。さらに、一九七〇年代のウーマン・リブを経て、日本が好景気に恵まれた一九八〇年代は、女性の経済的自立の増加と見合うように女性作家の数も増えており、女性の視点からこれまでとは異なる恋愛のバリエーションが追求されるようになり、恋愛小説も女性作家の活躍場になったといえる。文学だけの効果ではないだろうが、こうした動向は、確実に恋愛の形も変化させている。谷本奈穂と渡邉大輔によれば、結婚を恋愛のゴールと考えることも、一九七〇年代までは顕著だが九〇年代には極端に減少するとされ、「友達以上恋人未満」の関係を持つ人も増えた。

ただし、恋愛は結婚とは切り離されたといえるかというと、そうではなく、結婚するには恋愛が必要だと考えている人は若い層にも多いという（谷本奈穂・渡邉大輔「ロマンティック・ラブ・イデオロギー再考――恋愛研究の視点から」『理論と方法』三一巻一号、二〇一六・八）。すると、複数の恋愛はよりよい結婚相手を探す行為でもあるといえるし、結婚にあたっては経済力や出産の希望、パートナーの育児参加などの条件が考慮されるのだから、良い悪いはともかく、そうした条件と合致する範囲内に恋愛が収まりつつあるということはいえるだろう。現代ではマッチング・アプリも流行になったが、〈気の合いそうな人〉がまず条件で選ばれるというシステムは、恋愛と見合いの定義を再考しなければならないような、現代の恋愛事情を物語るだろう。

互いにその存在自体にひきつけられてその人しか見えなくなり、世間から孤絶することで純粋が保たれるというような恋愛は、そもそもなかったたか、世にも稀なものだったのだろう。現代では〈恋愛〉という語を使っても、その内実は、社会的なもの、あるいは関係性として育てられるものなどに変化しており、次には、そうであるから起こっている〈恋愛〉忌避について、あるいは男性が感じる抑圧など、新たな分析課題は多い。文学は、その折々で〈恋愛〉の支配的なイメージを助長してきたともいえ、それらの影響力や役割を歴史的に検証することも必要である一方、新たな恋愛や〈非〉恋愛を描く文学の挑戦にも注目したい。

作品紹介

田村俊子「生血」（『あきらめ』三陽堂、一九一五。『田村俊子全集』第二巻、ゆまに書房、二〇一二）

男性と浅草の宿屋で初めて肉体関係を結んだゆう子。翌朝、金魚の目玉をピンで突き刺す暴力は、自らの身体の生臭さへの懲罰でもあることが、さまざまなイメージを重ねて表現される。自らの意志で関係を結びながら、身体が汚れたと感じる一方、男性のそばを離れることができないゆう子のあり方を、掲載された雑誌『青鞜』の周辺で議論されていたことと合わせて、解釈、評価してみたい。

宮本百合子『伸子』（改造社、一九二八。新潮文庫、青空文庫）

伸子は、仕事も含む自分の個性を成長させることを望み、「私どもの心に育っているものを、まっすぐ伸ばして立派なものにしたい」、「お互いが安心して、少しでも深みや広さの増した人間になりたい」と、その成就を恋愛に見出す。だが結婚してみると、育った環境の違いや男女の役割分業、子どもを望むかなどをめぐり、夫とすれ違う。母との軋轢もある。大正教養主義とプロレタリア文学をつなぐ重要な作品だが、ロマンティック・ラブ・イデオロギーへの信奉も見出せる。

高群逸枝「黒い恋」（『黒い女』解放社、一九三〇。『高群逸枝全集』第九巻、理論社、一九六六）

組合運動の盛んな時期に知識欲に目覚めた「私」は、参加している勉強会で、ある男性に告白される。「私」も彼が好きだが、その男性に思いを寄せる女性がある。恋の自由は発揮されるべきものだろうか。高群は、コロンタイ『赤い恋』に批判を行った一人。赤は共産主義や革命を表すのに対し、黒はアナキズムを意味するが、ここでの「黒い恋」は「ごく地味」で「古い恋」ともみえるが、「私」にとっての「自然」であると宣言される。

岡本かの子「金魚撩乱」（『鶴は病みき』新潮社、一九三九。『越年』角川文庫、青空文庫）

崖下の金魚屋に生まれた復一は、崖上の令嬢・真佐子が金魚のようであるのをいじめるが、彼女の父親から援助を受け、科学的な金魚の飼養方を学ぶことになる。人間に作りうる最も美しい新種の金魚を期待するとの真佐子の言葉に、彼女が別の男性と結婚し、子どもをもうけるようになっても、復一は金魚の研究に没頭し続ける。ある日、最も美しい金魚が誕生するが、それは思ってもみぬ経緯であった。触れ得ぬ女性への執着から、美と人為の関係を提示する。角川文庫『越年』に収録されている「老妓抄」も、老女の恋愛観を描き、注目される。

林芙美子『浮雲』（六興出版社、一九五一。新潮文庫、青空文庫）

戦時中、タイピストとして仏印（ベトナム）へ渡ったゆき子は、農林省で働く富岡と出会い、彼には日本に妻がいることを知りながら関係を持つ。敗戦後に日本で再会するが、戦時という非日常で見た夢を取り戻すことはできない。ゆき子が米兵と関係を持ち、富岡も夫のある別の女性と関係を持つなど、もつれながらも切れない執着の果てに、ついに二人は屋久島に落ちのびるが、ゆき子はすでに重篤な病を得ていた。男女の力学が、日本帝国の威光や領土の変転とどのように結び合わされているのかを描き、身体や記憶の痛みを注視する。

大原富枝『婉という女』（講談社、一九六〇。『大原富枝全集』第一巻、小沢書店、一九九五。『婉という女・正妻』講談社文芸文庫電子版）

婉は、土佐の藩政改革を行った野中兼山の娘である。兼山は反対派によって蟄居させられ、お家取り潰しが決定する。そのため、父や男兄弟が亡くなったあとも、母と娘たちは四〇年の長きにわたり、家から一歩も出ることを許されなかった。成熟していく自らのやり場のなさは、年に一度だけ文通できる父の弟子・谷秦山との学問的交流に、精神的だけともいえない欲望を重ねて凝固していく。女性の目から見た歴史として評価されたが、描かれた抑圧は象徴的なものでもあろう。

金井美恵子「才子佳人」（『プラトン的恋愛』講談社、一九七九。講談社文庫）

作家である「私」が語るM子とYの恋愛の物語。二人は文芸を介して年月を超えた恋愛をし、引用に満ちた手紙のやり取りをする。「私」は、M子からの手紙で恋愛のいきさつを知るが、それとまったく同じ内容をそれぞれが書いた小説を二人から受け取る。体験と書くことはどちらが先行するのか。恋愛と文学の根源的な模倣性とオリジナリティについて考える小説。『プラトン的恋愛』は他に、「あなたの名前で発表された小説を書いたのはわたしです」という手紙をもらい続ける作家を書いた「プラトン的恋愛」など、書くことをめぐる短編集。

吉本ばなな「キッチン」「満月」（『キッチン』福武書店、一九八八。新潮文庫、角川文庫）

祖母を亡くし、身寄りがなくなった大学生のみかげは、祖母の縁で知り合ったばかりの雄一と、彼の父であったが女性になることを選んだえり子と暮らす。父・母・子どもという、一般的とされる家族の形からは離れた関係の中で、親子や恋人とは呼べないかけがえのない関係を深め、喪失を生きることに変えていく。食事を作ること、食べることが多く描かれ、性別役割や、性的欲求にも通じる生の欲求について、ストレートに捉え返す。

川上弘美「溺レる」（『溺レる』文藝春秋、一九九九。文春文庫）

コマキは、恋人のモウリさんと逃げている。駆け落ちのような形には見えるものの、何から逃げているのかはわからない。ただ、死ぬほどには切迫しており、二人はすべてを振り払うように「アイヨクにオボレ」る。幻想的な作品を得意とする作者らしく、職を転々として逃げる日常があっても、性行為があっても、伝統的な「愛欲」はみごとに肩透かしをされ、だれかと離れがたい情動の核心だけが夢のように浮き上がる。『溺レる』単行本は、他に「亀が鳴く」「百年」などを含む短編集。

村田沙耶香「コイビト」（『授乳』講談社、二〇〇五。講談社文庫）

日常の何にも関心が持てず、ヌイグルミのホシオと触れ合うことだけに生きている「あたし」は、それを周囲に隠しているが、小学生の美佐子に見破られる。美佐子は、ヌイグルミのムータへの強烈な欲望を隠さない。引きずられるように一緒にラブホテルに入った「あたし」は、ムータとひとつになるという美佐子の儀式に立ち合うことになる。人間世界のルールへの違和感と逸脱の狂気を描く。

【参考文献】

飯田祐子『彼らの物語――日本近代文学とジェンダー』(名古屋大学出版会、一九九八)
飯田祐子・中谷いずみ・笹尾佳代編著『女性と闘争――雑誌「女人芸術」と一九三〇年前後の文化生産』(青弓社、二〇一九)
菅野聡美『消費される恋愛論――大正知識人と性』(青弓社、二〇〇一)
小谷野敦『「男の恋」の文学史』(朝日新聞社、一九九七)
佐伯順子『「色」と「愛」の比較文化史』(岩波書店、一九九八)
セジウィック、イヴ・K『男同士の絆――イギリス文学とホモソーシャルな欲望』(原著一九八五。上原早苗・亀澤美由紀訳、名古屋大学出版会、二〇〇一)
谷本奈穂『恋愛の社会学――「遊び」とロマンティック・ラブの変容』(青弓社、二〇〇八)
田中亜以子『男たち/女たちの恋愛――近代日本の「自己」とジェンダー』(勁草書房、二〇一九)
内藤千珠子『小説の恋愛感触』(みすず書房、二〇一〇)
『現代思想 特集=〈恋愛〉の現在 ――変わりゆく親密さのかたち』(青土社、二〇二一・九)

07

セクシュアリティ

光石亜由美

1 セクシュアリティとは

セクシュアリティという言葉には、性的欲望、性的アイデンティティ、性幻想、性的表現など〈性〉に関連するあらゆるものが含まれる。〈私〉はどのような欲望や幻想を持つのか、誰を愛するのか、どのように性愛を表現するのか、など、セクシュアリティとは、〈私〉自身を見つめ、〈あなた〉と〈私〉の関係を考える契機となる。しかし、セクシュアリティによって〈私たち〉は縛られ、セクシュアリティの違いによって他者を抑圧・差別することもある。〈性〉の表現が国家や権力によって検閲・規制されることもある。

本来、多様であるべき〈性〉のあり方を、一つの型に押し込めようとしたのが近代という時代であるとすれば、そこにはどのような力学が働いているのか。近代は性愛を一つの型——「異性愛主義《ヘテロセクシズム》」に押し込める。異性愛主義とは、男性と女性の生殖を基盤とした結びつきだけが唯一〈正しいもの〉として強制する異性愛中心的な考え方・規範・制度である。異性愛主義社会では、セックス、ジェンダー、性的欲望が、あたかも自然に連続して繋がっているという〈普遍性〉（たとえば、男性であるなら、男らしくあるべきで、当然女性を愛する）に基づき、〈正常な性〉と〈異常な性〉の線引きがなされる。そして、それは社会的・歴史的に構造化されて強固となり、〈異質なもの〉を排除してゆく権力となる。〈異質なもの〉と想定されるのは、同性愛、トランスジェンダー、異性装、サディズム、マゾヒズム、フェティシズムなど異性愛ではないセクシュアリティ、生殖に結びつかないとみなされたセクシュアリティであり、そして、女性の過剰なセクシュアリティである。

この章では、近代において〈性〉や〈性欲〉はどのように発見されたのか、男性の〈性的欲望〉は近代文学においてどのように表象されたのかを確認したのち、女性とセクシュアリティ表現、そして、異性愛主義のもと〈異質なもの〉とされた「変態性欲」の表象、そして、現在の〈性〉の多様性までを概観してみたい。

2 近代文学と〈性〉

大昔から、人と結びつきたい欲望は存在する。それに「性欲」や「性」という言葉を当てたのは近代である。明治時代、西洋のロマンティック・ラブ・イデオロギーの移入によって、精神的な恋愛《プラトニック・ラブ》に対して、性的な欲望は「淫欲」「獣欲」として否定的に扱われていた。しかし、「性欲」そして「性」という言葉は、それまでの「淫欲」とは別の認識を人々にもたらした。〈性〉は隠すべきものであるからこそ、告白の対象となり、〈性〉の中に自己のアイデンティティを見出すように人々は促される。つまり、〈性〉を語ることは、自らの〈内面〉や〈真実〉を語ることであり、文学もまた、〈性〉を語ることにその存在意味を見出してゆく。

たとえば、自然主義文学の代表作である田山花袋『蒲団』（一九〇八）では、男性作家の女弟子に対する欲望が「煩悶」「懊悩」という表現を通じて語られる。しかし、作中その欲望は決して実行されるものではない。性的な欲望に煩悶すること、そしてそれを語る＝「告白」することが、男性作家のアイデンティティの核となっている。このように〈性〉を語ることを通じて、自己の〈内面〉や〈真実〉が形成されるのである。

また、愛する主体は男性であり、女性は愛される客体という構図は近代小説に根強い。夏目漱石『こゝろ』（一九一四）においても、Kと先生に愛されるお嬢さんは、愛する主体ではなく愛される客体であり、ゆえに、彼女の内面はほとんど描かれない。その理由の一つとして、男性＝主体・能動／女性＝客体・受動というジェンダーの非対称性が影響しているのだが、特にセクシュアリティの言説に関しては、男性の「性欲」は自然で自明なもの、女性の「性欲」は存在しないか、あっても男性によって導かれるものとみなされる。

〈性〉の表現が商品として消費されることもある。たとえば、遊廓や花柳界での遊女や芸者との情交を描いた花柳小説、エロティックな題材を扱った軟派文学、戦後のカストリ雑誌などにおけるセクシュアリティ表象の拡散と商品化である。そこでは往々にして女性のセクシュアリティが鑑賞と消費の対象となっている。純文学、大衆文学問わず、花柳界や繁華街は小説の舞台となり、そこで働く遊女や芸者、女給、ホステスなどの玄人女性は魅力的なヒロイン、もしくは男性を誘惑する娼婦的存在、男性を破滅させるファム・ファタールとして描かれている。公娼制度のもと買売春が許容されていた時代、将来、遊女になる運命を背負った少女の視点から描かれた樋口一葉『たけくらべ』（初出一八九五〜六）や同じく一葉の『にごりえ』（一八九五）のように私娼窟で働く女性の視点から描いた例外もあるが、女性のセクシュアリティは客体化され、男性の快楽の対象となる。また、こうした男性の欲望のまなざしによって、女性そのものも快楽の対象となる娼婦的存在と生殖の担い手となる妻・母的存在に二分される。前者には過剰なセクシュアリティが付与され、後者には生殖以外のセクシュアリティは存在しないとみなされる。

3 家父長制と女性のセクシュアリティ

近代になって一夫一婦制が基本になると、性愛は生殖を目的とした既婚の夫婦の中に限定される。家父長制のもとでは、妻や娘の〈性〉は父や家によって管理・所有され、妻の不貞、不倫には厳しい目が向けられ、未婚の女性には純潔が求められる。

一夫一婦制が基本であるといっても、近世からの遊廓制度を温存した近代公娼制度下では、男性の買売春、不倫は実質許容される。男性が不倫をしてもそれは「男の甲斐性」として許されるが、女性の不倫は不道徳な行為として離婚の原因や、スキャンダルという社会的制裁の理由となる。男女のジェンダーによって性規範が異なることを〈性のダブル・スタンダード〉というが、セクシュアリティにおいては、特に女性に厳しいルールとペナルティが課される。家父長制度、良妻賢母思想下において、女性には貞淑な妻としての役割、〈産む性〉としての母親の役割が求められ、それ以外の性愛のかたちが禁じられていた。たとえば、夫以外の男性に恋愛感情を持つこと、あるいは、〈過剰〉な欲望を抱き、それを放出することなどである。

男性作家のセクシュアリティの表現は、文学史においては一つのジャンルとなっている。たとえば、近世期の遊女と客の情交を描いた洒落本、明治以降も遊女や芸者をヒロインとした花柳小説は数多く描かれる。また、先述した自然主義文学では〈性〉を赤裸々に描くことが小説のテーマにもなる。男性作家においてはセクシュアリティを描くことが自己表現として、また文学として評価される。しかし、女性作家はそうはいかない。女性作家が自らの〈性〉や〈身体〉を描くことは、結婚制度や性規範との格闘を意味していた。

たとえば、与謝野晶子は短歌集『みだれ髪』（一九〇一）で若い女性の身体的表現を多用し、恋する主体としての女性の立場から歌を詠んだ。田村俊子は小説『炮烙の刑』（一九一四）で夫以外の男性への欲望を堂々と宣言した。女性のセクシュアリティの表現は同時代の貞淑な女性像から逸脱しているとされ批判も浴びた。柳原白蓮が社会活動家の青年と駆け落ちをした白蓮事件などのように女性の性愛はしばしば新聞記事となることもある。女性の〈性〉はそれだけでスキャンダラスだったのだ。

女性たちにとって〈父の娘〉〈家の妻〉という呪縛から解き放たれる手段の一つが、欲望される側から欲望する側へ移行すること——自らのセクシュアリティの表現を手に入れることだった。

4 異性愛主義とセクシュアリティ

異性愛主義とは、その体制を強化するため〈性〉に関する〈正常〉／〈異常〉の線引きを行い、〈異質なもの〉を排除してゆこうとする権力の力学そのものである。フランスの思想家ミシェル・フーコーは、〈性〉を統制・管理の対象とする性科学・精神医学などの新しい科学を〈性のテクノロジー〉と呼んだ（ミシェル・フーコー*（原著一九七六））。近代において〈異質なもの〉を排除する一つの学問的根拠となったのが、当時、新しい科学であった性科学である（赤川学*（一九九九）が詳しい）。ドイツ・オーストリアの精神医学者であるリヒャルト・フォン・クラフト＝エビングは『Psychopathia sexualis』（一八八六）で、ホモセクシュアル、サディズム、マゾヒズム、フェティシズムなどを〈性の病理〉として分類した。こうした性科学書は数多く翻訳紹介され、〈正常な性〉に対する〈異常な性〉という意味で「変態性欲」という言葉が誕生する。

「変態性欲」の一つとみなされたのが同性愛である。男性同性愛は、古代ギリシャの少年愛や、中世寺院の稚児文化、江戸期の男色文化のように、さまざまな形で普遍的に存在してきた。しかし、一九世紀後半に移入された性科学において同性愛は〈性の病理〉とみなされてゆく。森鷗外『キタ・セクスアリス』（一九〇九）は男色から同性愛への過渡期的な状況を描いている。

性科学においては男性同性愛と同様、女性同性愛も〈性の病理〉として扱われたが、男性同性愛と女性同性愛は異なる価値づけをなされてゆく。赤枝香奈子*（二〇一一）によれば、当時、女学校での女性同士の親密な関係は、一時的・精神的な「仮性」のもので、結婚という異性愛への移行段階と思われていた。当時の言葉で「エス」や「オメ」と呼ばれた女性同士の親密な関係は、女学校文化、少女雑誌文化を背景に、吉屋信子『花物語』（一九二〇）、『屋根裏の二処女』（一九二〇）のような少女小説を誕生させた。しかし、家父長制下では、女性同士の親密な関係は少女文化に囲い込まれ無害化されるか、「女性同性愛」は存在しても不可視化されていた。

一方、女性解放運動の先駆となった雑誌『青鞜』における女性たちのように、女性同性愛的関係は、女性同士の連帯、シスターフッドとして家父長制社会へのアンチテーゼとなることもある。「レズビアン」という言葉を得て、自らのセクシュアリティを確認し、コミュニティを形成してゆくのは戦後のことである。

次に、「変態性欲」の表象に目を向けてみよう。先述した性科学の翻訳紹介によって、「変態性欲」という概念が生まれ、同性愛やトランスジェンダーなどに〈性の病理〉というスティグマが与えられる。しかし、「変態性欲」は、谷崎潤一郎の小説や、江戸川乱歩の探偵小説などにおいて、新奇なテーマとして再構成される。さらに、「変態性欲」が芸術的資質としてみなされることもある。谷崎潤一郎『饒太郎』（一九一四）では、リヒャルト・フォン・クラフト＝エビングの著書を読んだ主人公が「彼は文学者として世に立つのに、自分の性癖が少しも妨げにならないばかりか、自分はMasochistenの芸術家として立つより外、此の世に生きる術のない事」を悟る。マゾヒズムは「変態性欲」であるがゆえに芸術家のオリジナルな要素となるのだ。性科学においては「変態性欲」は〈病理化〉される一方、文学において「変態性欲」は〈芸術化〉される。「変態性欲」は、人々の興味と好奇心をひきつけながら、創作のモチベーションとなることもあるのだ。そして、「変態性欲」が大衆の娯楽として〈通俗化〉してゆくのは、一九二〇〜三〇年代のモダニズムの時代である。梅原北明が企画出版した『変態十二史』シリーズ、雑誌『変態・資料』など、「変態」を冠した出版物が量産される。そこでは「変態性欲」は「猟奇」や「犯罪」と結びつき人々の好奇心を喚起する起爆剤となり、娯楽として消費される。しかし、見方を変えれば、「変態」ブームは、凝り固まった権威や〈正常なもの〉を強制する社会システムに対するひそやかなる抵抗ともいえるだろう（竹内瑞穂*（二〇一四））。

「変態性欲」は、〈正常〉と〈異常〉の間に線引きをする異性愛主義の産物であるが、〈異質なもの〉〈排除されるもの〉の位置に立ってみてからこそ、普段当たり前と考えている価値観を捉え直すこともできるだろう。

5 〈性の多様性〉の先へ

セクシュアリティの近代の呪縛からの解放の道筋は、抑圧・差別から避難したクローゼットの中の表現から、レズビアン、ゲイという主体性の獲得、さらに〈性〉の多様性の肯定へと進んできた。セクシュアリティは生物学的な本能や性衝動に還元されがちであるが、ジェンダーと同じく、文化的歴史的に構築されるものである。社会的構築物であれば、変えることができる。セクシュアリティを考えるとは、〈私〉という主体を問いつつ、解体することであり、〈私〉と〈世界〉の関係を問い直し、作り替えてゆく契機となるだろう。

近年、「ＬＧＢＴ」という言葉の認知度が高まっているが、ＬＧＢＴではカバーできない多様な〈性〉もあり、「ＬＧＢＴＱ」、もしくは、「ＳＯＧＩ」（性的指向と性自認）という言葉が使われることもある。また、アロマンティック（他者に恋愛感情を抱かない）、アセクシュアル（性的に他者に惹かれない）という概念を通じて、〈恋愛〉〈性愛〉そのものの歴史性を問い直せるかもしれない。

〈私〉のセクシュアリティは何なのか？――カテゴライズすることによって、〈私〉の生を肯定でき、同じ仲間と結びつくことができる。またＬＧＢＴＱの存在を社会に広め、性と生の多様性を祝福するプライドパレードなどの広がりは社会の意識変革につながる。しかし、一方、カテゴライズされることの不自由さもある。不定形で、グラデーションのある〈性〉の形をどのように描くのか。文学の創造性と可能性が試される。

作品紹介

吉屋信子『屋根裏の二処女』（洛陽堂、一九二〇。『吉屋信子乙女小説コレクション2』国書刊行会、二〇〇三）

吉屋信子の代表作『花物語』初巻刊行と同年に書き下ろされた自伝的長編小説。女子寄宿舎の四階に住む滝本章子は美しい友人・秋津環と親密な関係を築きながらも、彼女への募る思いと嫉妬に涙する。友人の死、すれ違いを経て、二人は「新しい運命」を求めて、思い出のつまった屋根裏の部屋に別れを告げる。優美な衣装や小道具、溢れる感情表現は『花物語』の少女たちを彷彿とさせるが、「自我」を求め、「強い女」になりたいという意志は、学校や屋根裏という守られた空間からの自立を感じさせる。

森茉莉「枯葉の寝床」（『枯葉の寝床』新潮社、一九六二。『薔薇くい姫・枯葉の寝床』講談社文芸文庫。『恋人たちの森』新潮文庫）

フランス貴族の父と日本人の母を持つギランは大学の助教授をしながら小説を書いている。彼はレオ（山川京次）という青年を耽溺している。しかし、レオがサディストの麻薬常習者・陶田オリヴィオにマゾヒズムの性質を見出されると、ギランもレオにサディスティックな愛撫を与え続ける。レオへの惑溺にオリヴィオへの嫉妬も加わり、懊悩するギランはとうとうレオを射殺し、森の枯葉の中に隠す。レオをモデルにした小説を残し、ギランは毒薬を飲む。二人の愛撫と陶酔を森茉莉の独特な世界観と装飾的な文体でつづった作品である。

山田詠美『ベッドタイムアイズ』（河出書房新社、一九八五。河出文庫、『ベッドタイムアイズ　指の戯れ　ジェシーの背骨』新潮文庫）

駐留米軍相手のクラブ歌手・キムと、軍隊から脱走したアフリカ系アメリカ人のスプーンとの同居生活を描いた作品。「私」は心と体にずれを感じながらも、お互いが溶け込むような濃密な関係を続けていた。しかし、軍の機密情報を売ろうとしていたスプーンは逮捕されてしまう。セックスとアルコール、ドラッグと暴力に満ちた生活を描く本作は一見、過激で不道徳であるが、そこには男女の「支配」や「所有」、「対話」といった問題が隠されている。

松浦理英子『ナチュラル・ウーマン』（トレヴィル、一九八七。河出文庫）

「私」と夕記子は恋人であるが、「私」は夕記子に恋していない。「私」にとって漫画の同人サークルで出会った花世との関係が情熱の沸点だった。サディスティックな愛され方も許容するほど花世に惹かれていたが、最後は手ひどい別れ方をしてしまう。多様な性の実験が行われ、異性愛とは異なる性愛の形が模索される一方、性愛に歓びを感じつつも怯える「私」は、常に「自分が何なのか」を問い続けている。性器なき性愛を描いた本作は、異性愛、同性愛を越えて、性愛とは何か、「女」とは誰か、を考えさせられる作品である。

江國香織『きらきらひかる』（新潮社、一九九一。新潮文庫）

情緒不安定でアルコール依存気味の笑子と勤務医の睦月は新婚夫婦であるが、睦月には紺という男の恋人がいる。笑子は睦月が同性愛者であることを承知で結婚し、紺とも友人関係を結んでいる。やがて、紺の存在が笑子の両親に知られてしまう。ゲイ男性とストレート女性の契約結婚を描いた本作は、あたりまえの恋愛・結婚を越えた新しい関係性を描いているが、睦月へ依存する笑子、睦月の二重生活を予感させるラスト、結果的に異性愛／同性愛の境界線は越えられたのかなど、評価ポイントがいくつかあるだろう。

河野多恵子『みいら採り猟奇譚』（新潮社、一九九〇。新潮文庫）

昭和一六年、一九歳の比奈子は、年上の外科医・正隆と結婚する。正隆はマゾヒストで、徐々に比奈子のサディスト感覚を育ててゆく。「殺してくれるならば、それ以上の望みは僕にはない」と切望する正隆は、比奈子の手によって快楽死を遂げる。医者の家系に生まれ育った二人の生活の内側に潜む被虐と加虐の快楽を描きつつ、日米開戦、食料統制、空襲など、戦争へと進んでゆく時代を背景に、歪みつつある日常生活を緻密に描く作品である。

藤野千夜「少年と少女のポルカ」（『少年と少女のポルカ』ベネッセコーポレーション、一九九六。『少年と少女のポルカ』講談社文庫）

ゲイのトシヒコと心は女性のヤマダは、男子高校の同級生。トシヒコの幼馴染・ミカコは進学校に進むが、電車に乗ることができず休学中である。ゲイのトシヒコとトランスジェンダーのヤマダは性的指向は異なるが、お互い理解しあえる部分がある。「自分がホモだということでは悩まないと決めた」トシヒコと、いじめられても暴力を受けても、自分の心の性に正直であろうとするヤマダの青春を描いたこの小説は、LGBT表象の新しい局面を開いたといえるだろう。また、二〇一八年に刊行されたキノブックス文庫には、後日談「六月の夜Ⅰ」「六月の夜Ⅱ」が書きおろしで収められている。

笙野頼子『水晶内制度』（新潮社、二〇〇三。エトセトラブックス、二〇二〇）

女神ミーナ・イーザの信託により原発建設予定地に建国した女人国ウラミズモ。目を覚ますと「私」はウラミズモに亡命し、古事記神話の語り直しの国家任務を与えられていた。ウラミズモは原発を国の中枢に据え、保護牧では男性が飼われ、女子高ではロリコン男性が観察・処刑の対象となっている女尊男卑の国である。死を前にした「私」は、肉体を離れ、性別を越え、魂として水晶夢の中に浮遊する。男の神話を裏返し、女の神話に書き換えるという壮大な企図とともに、国家とは、女性とは、セクシュアリティとは何かを攪乱的な文体で問い直す超大作である。

村田沙耶香「ギンイロノウタ」（『ギンイロノウタ』新潮社、二〇〇八。『ギンイロノウタ』新潮文庫）

臆病な少女・有里が文具店で買った銀のステッキは彼女にとって魔法のステッキだった。早く大人になりたい、そして男性に欲望されたいと願う有里は、広告から切り抜いた男性の目玉を押入れの天井に星空のように貼り、自慰行為を覚える。女性としての価値が認められないことへの焦り、外部の世界が自分の心に土足のまま入り込んでくる恐怖から、有里は殺人衝動を膨らませる。少女の自慰行為や見られることに女性の価値が置かれる社会への違和感など、少女のセクシュアリティを正面から扱っている。

李琴峰『ポラリスが降り注ぐ夜』（筑摩書房、二〇二〇。ちくま文庫）

新宿二丁目のミックスバー〈ポラリス〉を舞台に、日本人、台湾人、中国人など国籍も異なり、レズビアン、トランスジェンダー、アセクシャル、ノンセクシャル、パンセクシュアルなど性的指向の異なる人々が交差する短篇連作小説。〈ポラリス〉の店主・夏子は、お客は一人一人みな違うという。カテゴライズすることのできない、性のグラデーションを、政治運動や町の歴史とともに描く。

【参考文献】

赤枝香奈子『近代日本における女同士の親密な関係』（角川学芸出版、二〇一一）
赤川学『セクシュアリティの歴史社会学』（勁草書房、一九九九）
伊藤氏貴『同性愛文学の系譜 ——日本近現代文学におけるLGBT以前／以後』（勉誠出版、二〇二〇）
竹内瑞穂『「変態」という文化——近代日本の〈小さな革命〉』（ひつじ書房、二〇一四）
竹村和子『愛について——アイデンティティと欲望の政治学』（岩波書店、二〇〇二）
フーコー、ミシェル『性の歴史Ⅰ』（原著一九七六。渡辺守章訳、新潮社、一九八六）
前川直哉『男の絆——明治の学生からボーイズ・ラブまで』（筑摩書房、二〇一一）
森山至貴『LGBTを読みとく——クィア・スタディーズ入門』（ちくま新書、二〇一七）

少女マンガとジェンダー

Column 02

大串尚代

ふたつのハート

少女マンガは読者として少女を対象とするジャンルであるがゆえに、その成立要件にすでにジェンダーが含まれている。そもそも少女マンガの始まりとされる手塚治虫の『リボンの騎士』(一九五三〜五六)が、ジェンダーの攪乱を前景化する物語だ。誰もがよく知るこの作品は、天使チンクの悪戯により、男の子のハートと女の子のハートのふたつの心を持って生まれてきてしまったサファイヤが主人公だ。出生時の乳母の「玉のようなお姫さまです」(一巻)という言葉から推察されるとおり、サファイアは女であると示唆されるが、作品内では生殖器の差異による身体的特徴は明らかにされない。この作品において性別は、文字通り生まれたときに「割り当てられた」性となる。さらに、王子として公表されたサファイヤの性別を確かめようとする悪大臣を牽制するために、赤子の周囲に男の子のオモチャを置きなさいという妃の言葉は(一巻)、社会的・文化的な期待に基づく性——すなわちジェンダー——と、生物学的差異をもとに人為的な判断で決定づけられるセックスとの境界が近接するこんにちのジェンダー概念を想起させる。

サファイヤは男の子の心と女の子の心を奪われたり奪い返したりするたびに、ジェンダーアイデンティティがゆらぐ。もちろん最終的にサファイヤは女性というジェンダーを獲得するものの、その心が身体によって割り当てられた性と一致しているかは、不明なまま物語は終わる。本作品は、レイウィン・コンネル*（二〇〇二）が論じるように、ジェンダーは身体によってのみ決定づけられるものでもなく、また社会的・文化的な期待によってのみ生成されるものでもなく、ジェンダー実践によって形成されることを示している。

一見すると予定調和的であり、恋愛至上主義や異性愛的側面が多い少女マンガの中には、ジェンダーをめぐる固定化された価値観への問題提起や、多様性への志向を含んでいることも多い。もちろん、女らしさ、女の子らしさそのものがつねに否定されるわけではない。むしろ、ジェンダーに投影されている社会的・文化的な価値観がわれわれの生活にどのように関わってくるのか、ということが浮かび上がる。

少女マンガと異性装

少女マンガにおける男装といえば、池田理代子の『ベルサイユのばら』（一九七二〜七三）がその代表例だ。本作は主人公オスカル（とフェルゼンおよびマリー・アントワネット）の生誕から物語が始まるが、オスカルには女という性が割り当てられる。しかし「泣き声だけは男なみ」という父親の判断によって、オスカルの「男」としての人生が始まる。オスカルは

「生まれたときから男としてそだてられてきた　これで不自然だとも思わないしさびしいと思ったこともない」と語りつつ（二巻）、自身の割り当てられた性は女であると認識しており、愛の対象としては男性を選んでいる。

岸裕子の『玉三郎　恋の狂想曲』（一九七二～七九）は、自身のジェンダー自認は男性である一方、日本舞踊の女形として活躍し、外見も立ち居振る舞いも女らしい玉三郎を主人公としたラブコメだ。大和和紀『はいからさんが通る』（一九七五～七七）に登場する、歌舞伎の人気女形である藤枝蘭丸も同様である。近年でも、主人公が性別を偽って男子校に転入する中條比紗也の『花ざかりの君たちへ』（一九九六～二〇〇一）や、性別を偽って女子校に転入する弟をえがく吉住渉『ミントな僕ら』（一九九七～二〇〇〇）などでも異性装が物語に大きな意義を持つ。

少年という幻想、夢としてのオトメチック

『ベルサイユのばら』と同時期には、萩尾望都の『トーマの心臓』（一九七四）、青池保子の『イブの息子たち』（一九七五～七九）、竹宮惠子の『風と木の詩』（一九七六～八四）、木原敏江『摩利と真吾』（一九七七～八四）などの作品が相次いで発表された。これらの作品では、主要登場人物が男性で占められており、かつ同性愛的関係性が描かれている。ただし、少女マ

ンガにおいて女性のいない世界を描くことは、女性の存在を抹消するということではない。小谷真理[*]（二〇二二）は、『トーマの心臓』は、女の子らしさに縛られてしまい「自由に動くことができ」ない少女たちにとって、「それまで持っていなかった理想の姿」が描かれていると論じている。少女を想定した読者に対して描かれる少年や男性たちは、少女の幻想の上に成り立っているのである。

対して、陸奥A子、田渕由美子、太刀掛英子、岩館真理子といった、いわゆる〈おとめちっく〉と呼ばれるマンガ家たちは、「少女幻想」を日常の中に引き戻したと米澤義博[*]（二〇〇七）は述べている。異性愛的ハッピーエンドが多くを占める陸奥A子の作品について、橋本治[*]（一九八四）は「お嫁さんになっちゃうのが一番幸福」といった保守的な態度が表れていることを指摘しつつ、重要なのは自己肯定という「当分の間続く夢」が描かれる点にあると論じる。おとめちっく作品は、性差役割や性差規範を強化するものとも考えられるが、同時にそうしたものが夢であることも伝えている。

規範をめぐる明暗

少女マンガにおいて重要なのは、異性愛的恋愛の成就というよりも、その過程で得られる他者との関係性や自己肯定感である。大島弓子の『さようなら女達』（一九七六）は、マンガ家志望の女子高校生・毬を主人公にした物語だ。担任教員への淡い片思い、女子校の級友からのアプローチ、母の死を経て成長する毬は、ジェンダー規範の内部にとどまりつつも、自分を受け入れることで未来へと一歩踏み出す。

女性が期待されるジェンダー規範や、家父長制度の中で生きる困難さを感じる主人公の悲劇は、山岸涼子の『天人唐草』(一九七九)で切実に描かれる。厳格な両親から女の子はこうあるべきと教えられ、男性との交際も制限されてきた響子は、父親に長年の愛人がいたことを知ってしまう。娘には清く正しい態度を求めつつ、まったく正反対の女性を愛人とする父親の二重基準に驚く響子は、その後通りがかりの男性に暴行され、狂気の中に救いを見出す。

戦う少女が登場する作品が人気を博すのは、少女たちが日常的にさらされる脅威を、物語の中で払拭してくれるからかもしれない。武内直子の『美少女セーラームーン』(一九九二~九七)やさいとうちほ(原作・ビーパパス)『少女革命ウテナ』(一九九六~九八)は、かわいらしさや女の子らしさを保持しながら戦う女の子たちを登場させる。戦う少女としては、サファイヤやオスカルはもちろん、水野英子の『銀の花びら』(一九五八)などの男装の系列があり、また社会の周縁にいる存在にスポットを当てた和田慎二の『スケバン刑事』(一九七六~八二)などもあるが、『セーラームーン』や『ウテナ』は、普通の学校生活を送る女の子たちが戦いを繰り広げる。CLAMPの『カードキャプターさくら』(一九九六~二〇〇〇)も同様だ。

ジェンダーと身体

ジェンダーは社会的な構造を内包する概念であるがゆえに、身体もまた社会的な意味づけがなされる。女性とみなされる身体を持つ場合、性化された身体を期待され、暴力や侵害を受けることもある。昼間はＯＬ、夜は身体を売る主人公ユミを描いた岡崎京子の『ＰＩＮＫ』（一九八九）は、商品としての女性の身体を前景化する。岡崎の『ヘルタースケルター』（一九九五～九六）では、全身整形手術を施したカリスマモデル・リリコが登場し、ルッキズムとジェンダーの関係、美と消費文化の行き着く先がグロテスクな形で描かれる。妊娠・出産もさまざまな社会的意味が付与されることを、少女マンガは示唆する。沖田×華の『透明なゆりかご――産婦人科医院看護師見習い日記』（二〇一三～二二）では、産婦人科医院でアルバイトをする×華が、中絶手術によって体外に排出された「命だったカケラを集める」仕事をこなしながら、生まれこなかった命も生まれてきた命も、等しく重いものだと知る。同時に×華が、なぜ消える命があるのか、生まれたとしてその後はどうなるのかを考えるとき、そこに女性というジェンダーが置かれた社会的な位置が浮かび上がる。

未成年である高校生の妊娠を描いた蒼井まもる『あの子の子ども』（二〇二一年より連載中）では、主人公の福が、産むか産まないかの判断さえ周囲の大人たちに決められそうになる。年若い女性が行為主体となることの難しさが示される。

「少女マンガの心底にはジェンダーがある」と、文化人類学者ジェニファー・プロー*は著書『心からまっすぐに』（二〇一一）で述べている。先述のコンネルは、ジェンダーを「人間社会が人間の身体を扱う仕方と、その『扱い』が私達の個人的生活や集合的命運にもたらす多くの結果に関わるもの」と定義しているが、少女マンガは、社会がわれわれをどう扱うかを示すジャンルでもある。社会とどう対峙するか。少女マンガは、ジェンダー規範を発信する側面もあるが、その規範を相対化していく物語をこれからも紡いでいくのである。

【参考文献】
池田理代子『ベルサイユのばら』（全九巻、フェアベル。Kindle）
大島弓子「さようなら女達」（『さようなら女達』白泉社、二〇一五。Kindle）
押山美知子『少女マンガ ジェンダー表象論――〈男装の少女〉の造形とアイデンティティ』（彩流社、二〇〇七）
Gills, Melissa J., and Andrew T. Jacobs. *Introduction to Women's and Gender Studies*. Second Ed. (Oxford UP, 2020)
小谷真理「『トーマの心臓』――究極の愛と、解放される魂」（『100分de名著　萩尾望都――時をつむぐ旅人』ＮＨＫ出版、二〇二二）
コンネル、レイウィン『ジェンダー学の最前線』（原著二〇〇二。多賀太監訳、世界思想社、二〇〇八）
手塚治虫『リボンの騎士　少女クラブ版』（全二巻、手塚プロダクション、二〇一四）
橋本治『花咲く乙女たちのキンピラゴボウ　後編』（河出書房、一九七九。河出文庫、一九八四）
Prough, Jennifer. *Straight from the Heart: Gender, Intimacy, and the Cultural Production of Shojo Manga*. (Univ of Hawaii Pr, 2011)
米沢嘉博『戦後少女マンガ史』（ちくま書房、一九八〇。ちくま文庫、二〇〇七）

08 結婚・家族

泉谷瞬

1 制度としての〈結婚〉と〈家族〉

結婚とは、個人的な出来事でありながら、そこに異なる層がいくつも積み重なっている。そして、それらの層が不可視化されやすく、（特に〈恋愛〉を中心とした）個人的な出来事という性質のみが際立つところに、厄介な点が凝縮されている。

世に流通するさまざまな〈物語〉を見渡せば、これらの構造において結婚という出来事がどのように活用されているかはおおむね把握できるだろう。運命的な出会いによって導かれた男女のカップルが、困難を乗り越えた果てに永遠の愛を誓い合うための舞台として、結婚ならびに家族の形成は用意されている。言い換えれば、〈物語〉の幸福な結末にうってつけの出来事として、結婚は想定されているのである。読者である我々は気を抜いた途端、この出来事にたやすく押し流されてしまう。

まずはこのことを恋愛・結婚・性が一致する信条の体系＝〈ロマンティック・ラブ・イデオロ

ギー〉と見なし、近代社会における構築物という視線から結婚を捉えることが求められる。現に、フェミニズム批評やジェンダー理論は、ジェンダーの非対称性を強化するために結婚がいかに機能していたかを暴き、それが人間にとっての〈自然〉や〈本能〉と結びついたものではなく、あくまでも一つの〈制度〉に過ぎないことを指摘し続けてきた。

たとえば、一組の夫婦がいると仮定してみよう。夫が家庭の〈外〉で収入を得るための労働に励み、妻が家庭の〈内〉で家事や育児に専念するという典型的な性別役割分業は、家庭を成立させるためにそれぞれが違う持ち場を担当しているだけであって、二人の関係性としては対等である――このような言い方は、本当にまかり通るだろうか。

実際の賃金が支払われる対象は夫の労働であり、妻が行う家事・育児といったケア労働に正当な評価は与えられない（夫からの感謝の言葉も、テレビドラマ化で大ヒットした『逃げるは恥だが役に立つ』風に言うならば、もはや「愛情の搾取」にしかならない）。この資本主義社会において、二者の間におけるキャリアの差は、夫婦生活が続けば続くほど開いていく。すると結婚とは、夫の稼ぎに依存する／せざるをえない主体として、妻を積極的に組み替えていく側面を持つことに気づかされるだろう（なお、これが共働きの形態であっても、根本的な非対称性が解消されないことは、スーザン・モラー・オーキン『正義・ジェンダー・家族』（原著一九八九。山根純佳・内藤準・久保田裕之訳、岩波書店、二〇一三）で論じられている）。

結婚とジェンダーの関わりにふれるとき、こうした理解――個人的な愛情による出来事ではなく、〈制度〉としての側面――を基本的な前提とすることはもちろん重要である。ただしそれでも、この〈制度〉上で、すでに多くの人々が実際の生活を営んでいることも事実である。ここに結婚、そして結婚から派生する家族を思考することの難しさが含まれている。

文学をはじめとした多くのテクストは、確かに〈物語〉の中で結婚を特権的な位置に配し、家族の絆を強調してきた。現在の社会にジェンダーの不公正が残存するのであれば、結婚と家族を扱った数々の文学テクストもその偏向に加担していることは間違いない。だが、それと同じぐらいに、近代社会において設計された結婚と家族を相対化する力も文学テクストは持っている。むしろ〈制度〉と実態の狭間において、記録化されないような感情や人々の営みを描出することが、文学には可能である。本項では、近代以降の日本における〈制度〉としての結婚・家族の特徴を概括しながら、文学研究による介入の余地を考えていきたい。

2 〈結婚〉と〈家族〉を多面的に捉える

近代日本の結婚を見通す上で欠かすことのできないポイントは、それがいつの時期であったかということだ。一般的には、第二次世界大戦が終わる一九四五年がその基準となる。

明治民法は、一八九八年に施行された。婚姻に関わる点から明治民法の特徴を述べるならば、戸主権の存在が目立つ。戸主権とは、その家族を統率するために、一家の長＝〈戸主〉に認められていた諸権利である。家族のさまざまな行動を制限することが戸主には許されており、具体的には家族の婚姻や居住地の指定などがその対象であった。婚姻の成立については、男子は三〇歳未満、女子は二五歳未満の場合、戸主の同意が必要だったのである。

また、妻の財産は夫が管理するものとなり、財産の相続は長子・男子が優先されること（家督相続）からも、家族内部における男性の優位性が、この頃の法律によって根拠づけられたとみることができる。明治民法が想定していた結婚とは、男子の血統を存続させるための容器となる〈家〉を確立させるものなのである（それはまさしく天皇制のアナロジーでもあることが、多くの研究により指摘されている）。

第二次大戦後、日本国憲法は第二四条で、両性の合意にのみ基づき成立し、夫婦が同等の権利を有する契約として婚姻制度の基礎を固めた。一九四七年に改正された民法（昭和民法）では戸主の規定や家督相続が廃止され、成年者の婚姻についても父母の同意を必要とせず、個人の尊重および両性の本質的平等が目指される内容へ大きく変更される。

これらの改正によって、〈家〉の存続という理念は法的に根拠を失ったのだが、しかし、人々の意識に根づいた観念としての〈家〉は現在まで部分的に引き継がれているといわざるをえない。身近な例を挙げるならば、多くの結婚式で「〇〇家」という記載が見られ、「主人／嫁」という呼称が日常会話の中で通用していることなどが考えられる。さらに、選択的夫婦別姓の導入といった法的な課題が今後どのような展開をたどるかも注目されるところだが、何よりも男性／女性という二元的な発想で、〈制度〉としての結婚を維持・再強化する役割を民法が今も果たしている事態は、批判的な検証に晒されている。

以上のように、一九四五年を境界線とすることで、近代日本が結婚・家族をどのような性質を持つ〈制度〉に画定しようとしてきたか、その大筋がみえてくるだろう。だが注意すべきは、これらの時代的な前提の差をそのままテクスト分析に当てはめるような姿勢である。明治民法＝〈家制度〉に支配された抑圧的な結婚／戦後＝個人の意思に基づく自由な結婚といった図式化は、かえって個々のテクストが持つ性格を歪める恐れがある。

たとえば明治民法下の文学に焦点を当てると、川村湊は志賀直哉『和解』（一九一八）における父子の対立を、家制度と個人（＝近代的自我）の対立という枠組みで解釈するのではなく、「二人の家父長が互いの〝権力〟を争いあっているにしかすぎない」（川村湊「近代文学にあらわれた家族の肖像」『海燕』一五巻九号、一九九六・九）と牽制している。

他にも〈家〉と〈個人〉の葛藤といえば、文学研究では夏目漱石の小説も引き合いに出されることが多い。ところが作品背景と同時代の法を直接的に結びつける単純化に対して、法学研究の分野から疑問が付されていること（大村敦志『文学から見た家族法――近代日本における女・夫婦・家族像の変遷』ミネルヴァ書房、二〇一二）は、じゅうぶんに考慮しなければならない。最低限のトピックを挙げるとしても、明治期からの良妻賢母規範、大正期の自由恋愛思想の流行と都市部の中間層による核家族形成、戦時体制における女性の位置づけといった複数の要因が合流／相反する様相を押さえつつ、テクストの具体性を探るという多面的なアプローチを念頭に置きたいところだ。

このことは、戦後から現代に至るまでの結婚のあり方を、〈多様化〉が進んでいるという一語で説明するような傾向にも指摘できよう。高度成長期の経済発展、ウーマンリブの隆盛、男女雇用機会均等法の施行、ポストフェミニズム状況の到来といった線が引かれる中で、家事労働や生殖、家族介護のような個人的な出来事を、人々（特に女性ジェンダーの役割を担う人々）がどのように切り抜けているのか、やはり多面的な見方を採用する必要がある。

社会学的な用語でいえば、〈近代家族〉（＝血縁と愛情を紐帯とする関係性）から〈親密圏〉（＝具体性・代替不可能性を伴った他者の生存への配慮を基盤とした関係性）へ移行するという概念操作を借用することも役立つだろう。そこでもただの言い換えに留まらず、テクストの読み込みによって〈親密圏〉の内実を細かに腑分けしていく点に、文学研究の意義が生じてくるのではないか。

そうした〈親密圏〉のあり方を最先端で切り開く作家の一人に、津村記久子がいる。津村の長編小説『ウエストウイング』（二〇一二）で主な役割を担うのは三〇代の女性会社員、二〇代後半の男性会社員、そして小学五年生の男子であり、それぞれ設定上は何の関わりも持たされていない。だが、この三人は放置された事務所の空きスペースを舞台に、簡潔な文書での応答や物々交換を通して、直接会うことはない形での交流をはじめていく。男女が恋愛に発展することもなければ、三人の関わりが〈疑似家族〉の機能を果たすこともない。しかし具体的な他者の存在を感知し合うような〈親密圏〉が、ここには瞬間的に発生している。我々の日常においては無価値なレッテルを貼られる出来事およびそこから派生する生物たち（あえて〈人間〉とは限定しない）の交わりを文学表現が前景化しているとき、それを見逃さないだけの敏感な読解が待たれている。

3　関係性の相対化を見据えること

ここまで述べてきた中での展望をまとめるならば、大きく分けて二通りの方向性が想定される。

一つ目は、現在の日本社会において異性のペアだけに承認されている婚姻関係を、他のセクシュアリティを生きる人々にも解放するという方向性である。それまで排除されていた存在を包摂するための方法として、現在、誰もが思い当たるものに同性婚の制定やパートナーシップ法の整備が挙げられる。これはいわば、より自由でジェンダー的にも公正な内実を持つ〈制度〉として結婚を鍛え直す道である。婚姻関係・家族関係が財産相続や生活保障に強く関わるものである以上、これは情緒的な次元を超えた基本的人権の問題と把握されなければならない。だがその一方で、結婚・家族が人間の生にとって中心的な出来事であるという観念自体は、温存されることも予想できる（その是非については見解が分かれるだろう）。

こうした観念自体を相対化していくならば、二つ目の方向性とは、既存の結婚の範囲を拡張するようなあり方ではなく、特定の二者関係や法が承認するような家族の編成からは逸脱する親密性をどのように構想するかという道につながるはずだ。〈名づけようのない関係〉という用語は早くも使い古された感があるものの、定式化され難い〈親密圏〉の中身を描くための媒体として、文学は今もなお有効であると信じたい。

ただし、規範や性的秩序に縛られない関係性を無前提に称揚するのではなく、そのあり方が社会的にどのような位置に立たされた上で、複数の他者に対して効果を及ぼしているかという観点は、同時に携えておくべきである。なぜならば、その時点においては抑圧的な〈制度〉やジェンダー規範に対する批評性を持っていた表現が、異なる場面でたとえば新自由主義的な資本の仕組みに易々と横領される危険性も起こり得るからだ。これを見極めるためのバランス感覚は、常に同時代状況に伴走して勉強を行うことでしか確保できない。

いずれにせよ、これら二つの方向性に優劣があるわけではないことは注意しておこう。本項が繰り返し重視したいのは、個人としての我々がなにか自由な意思をもって結婚を選び、家族を作っていくという〈常識〉的な考え方ではなく、結婚にまつわる種々の規範や法、慣習こそが我々の生存にまつわる様式を密かに規定しているのではないかという疑いを持つことだ。その疑念は、数多の制約の中でテクストが試みる戦略を浮き彫りにすることへの手掛かりとなるだろう。

作品紹介

清水紫琴「こわれ指環」（『女学雑誌』万春堂、一八九一・一。『紫琴全集』草土文化、一九八三。青空文庫）

結婚に消極的な「私」は、父の勧めもあって不本意ながらも見合い結婚をする。しかし、夫は前妻との関係を絶っておらず、「私」は苦しい思いに苛まれる。相談相手だった母の死を経験してから、「私」は当時流行していた女権論を学び、最終的に離婚を選ぶ。そのとき、指環の玉を「記念」に抜いたことがタイトルの由来となっている。多くの女性が自立できる世の中を作るために働く意思を持つ「私」だが、作品末尾において、玉の欠けた指環への未練のような感情を見せる箇所をどのように解釈するかは読者に託されている。

岩野清子『愛の争闘』（米倉書店出版部、一九一五。復刻版、不二出版、一九八五）

『青鞜』グループにも参加した評論家・岩野清子による、夫・岩野泡鳴との結婚生活／離婚の記録が綴られた著作。一つの夫婦関係の破綻として単純に理解するのではなく、まさに〈個人的なこと〉が〈政治的なこと〉である事実を示すかのように、本書からは大正期の女性が置かれた状況を推し量ることができる。先行研究では本作に対する虚構性も指摘されており、〈日記〉というよりは、重層的な語りが入り混じった〈文学〉として読む必要性も求められる。

佐多稲子『灰色の午後』（講談社、一九六〇。『宮本百合子・佐多稲子集』一九六四、筑摩書房。『佐多稲子全集』第一〇巻、一九七八、講談社。講談社文芸文庫）

戦時下、閉塞的な状況の日本に生きる共産主義の作家・川辺折江は、夫の惣吉が知人の吉本和歌と不倫関係にあるのではないかと勘づく。しかし惣吉の態度は煮え切らず、ごまかしや開き直りが折江の精神を不安定にさせていく。佐多稲子本人の経験を土台とした〈私小説〉であり、共産党内部で理想化される同志愛と夫婦関係という観点から多く読まれているが、モデル問題にのみとらわれず、女性同性愛的な表現など、小説の細部を検討する可能性も残されている。

宇野千代「幸福」（『幸福』文藝春秋、一九七二。『雨の音』講談社文芸文庫）

「男と女がいつでも一つ家の中で暮す生活の中で、しばしば一枝ははみ出して了う」――本作の主人公である一枝は、自分のやりたいことを率先して行う女性である。常に「思いつき」で動く人物であり、そのせいで結婚した相手とも折り合いを欠き、何度も離婚している。「思いつき」で十一軒も家を建てた一枝が、その二階から見る雪景色＝「思慮の及ばない、架空な世界のようなもの」とは果たしてどんな光景だったのか。

増田みず子「独身病」（『独身病』新潮社、一九八三）

医科大学の研究室助手を務める福江は、退職前のある日、乳房に痛みを感じることに気づく。瘤の状態を自ら確かめることができないという「不定形の未知」に対して、福江は不安を覚える。診断の結果、痛みの原因は良性の乳腺症によることが判明するが、医師からは「一番いい治療法は、お嫁に行って赤ちゃんを生むこと」と言われてしまう。社会的に期待される女性の役割を拒否し、身体・意識の両面において、既存のジェンダー観をリセットしたような状態を想定することが模索される。

干刈あがた『ウホッホ探険隊』（福武書店、一九八四。福武文庫、河出文庫）

夫と離婚し、二人の子供を育てる「私」が、最初の息子である「太郎」に呼びかける形で綴られる長編小説。「私」は子供たちを〈子供〉扱いせず、可能な限り対等な関係性を持とうとする。なぜ離婚するに至ったのか、夫＝子供たちの父親とこれからどのように接していくのか、太郎と次郎の率直な疑問にも、「私」は誠実な応答を心がける。タイトルの意味は作中で「離婚ていう、日本ではまだ未知の領域を探険する」と語られており、あくまでも前向きな方向性が物語の軸として存在している。

姫野カオルコ『不倫《レンタル》』（角川書店、一九九六。角川文庫）

作家の力石理気子は、パーティーで出会った出版社社員・霞雅樹と性的関係を結ぶ。逢瀬を繰り返すうちに、霞は既婚者であり、妊娠中の妻がいると告白する――このような設定とタイトルでもある「不倫」という単語を結びつけると、ほとんどの読者は特定の〈型〉を持つ物語を想像するだろう。だが姫野カオルコの作品は、そのような連想の欺瞞を鮮やかに解剖してみせる。恋愛・結婚・性の一致を目指す〈ロマンティック・ラブ・イデオロギー〉と本作は無縁の位置にいる。

柳美里「家族シネマ」（『家族シネマ』講談社、一九九七。講談社文庫）
自分の破綻した家族が再集合する様子を撮り、映画にするという企画に素美は巻き込まれてしまう。父、母、妹、弟は自らの利害や欲望に沿って〈家族〉を演じようとする。素美はそんな〈家族〉の姿、そして自身の仕事を中心とした生活を冷ややかに凝視する。元々壊れていたものが放置され、原形を留めなくなったとしても、それでも人生に脈絡をつけることの意義を問う小説。

篠田節子『百年の恋』（朝日新聞社、二〇〇〇。朝日文庫、集英社文庫）
売れないライターである岸田真一が、大手信託銀行に勤める大林梨香子と意気投合し、短い交際期間を経て結婚する。仕事＝夫／家事＝妻という典型的な夫婦の役割を逆転させた場合、夫側はどのような感覚を抱くのか。一九九九年に施行された男女共同参画社会基本法にユーモアを加えつつ、いち早く応答した文学作品とも読める。家事や育児に苦闘する真一の姿ばかりではなく、梨香子と母親の対立にも注目してみたい。

津村記久子『ポースケ』（中央公論新社、二〇一三。中公文庫）
作者の芥川賞受賞作「ポトスライムの舟」にも登場したヨシカが経営する喫茶店「ハタナカ」を中心に、各章ごとに視点人物が入れ替わる連作短編集。「ハタナカ」に関わる人々の日常によって構成される物語は決して派手なものではないが、瞬間的に家族や血縁とは異なる親密性が出現する。些細で、大きな力を持たないものとして見過ごされかねないその光景に、津村記久子はかけがえのない価値を描き出す。

松浦理英子『最愛の子ども』（文藝春秋、二〇一七。文春文庫）
三人の高校生女子にそれぞれ「パパ」「ママ」「王子様」の役割を与え、その三者が繰り広げる美しい「ファミリー」の空想を紡ぎ続けるクラスメイトたち。笑い、戸惑

い、傷つき、悩みながら成長を遂げていく見事な〈青春小説〉の型を採用しながらも、その裏で一般的なセクシュアリティとジェンダーを鮮やかに相対化してみせる。本作の前では、〈疑似家族〉という括りすら凡庸なキーワードとして古びたものに見えてくるだろう。

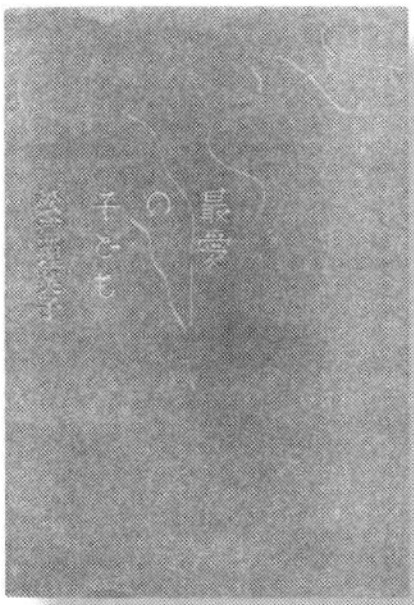

金原ひとみ『アタラクシア』（集英社、二〇一九。集英社文庫）

複数の男女がそれぞれの〈孤独〉を抱え、それを解消するために結婚し、不倫を繰り返す。だが、どこまで進んでも満たされない登場人物たちの心情が克明に描かれるところからも、この小説が、夫婦関係について何らかの出口や結論を提示するものでないことは明白だろう。解消されない〈孤独〉が存在するとき、セクシュアリティという要素でその埋め合わせを無理やりに図ろうとする現行の社会に対する懐疑が、本作の底には潜んでいる。

【参考文献】

泉谷瞬『結婚の結節点――現代女性文学と中途的ジェンダー分析』（和泉書院、二〇二一）
上野千鶴子『近代家族の成立と終焉　新版』（岩波書店、二〇二〇）
落合恵美子『近代家族とフェミニズム　増補新版』（勁草書房、二〇二二）
加藤秀一『〈恋愛結婚〉は何をもたらしたか――性道徳と優生思想の百年間』（筑摩書房、二〇〇四）
西川祐子『借家と持ち家の文学史――「私」のうつわの物語』（三省堂、一九九八）
二宮周平『家族と法――個人化と多様化の中で』（岩波書店、二〇〇七）
野崎綾子『正義・家族・法の構造変換――リベラル・フェミニズムの再定位』（勁草書房、二〇〇三）
服部早苗監修『歴史のなかの家族と結婚――ジェンダーの視点から』（森話社、二〇一一）
ブレイク、エリザベス『最小の結婚――結婚をめぐる法と道徳』（原著二〇一二。久保田裕之・羽生有希・藤間公太・本多真隆・佐藤美和・松田和樹・阪井裕一郎訳、白澤社、二〇一九）
湯沢雍彦『明治の結婚　明治の離婚――家庭内ジェンダーの原点』（角川学芸出版、二〇〇五）
『国文學　解釈と教材の研究　特集＝小説を読む、家族を考える』（學燈社、一九九七・一〇）
『現代思想　特集＝婚活のリアル』（青土社、二〇一三・九）

09 母性・生殖

篠崎美生子

1 制度としての〈結婚〉と〈家族〉

女性には子どもを自己犠牲的に愛する「本能」があり、「母」は女性の天職であるという言説は、今なおある程度流通している。しかし、第二次世界大戦後から今日までのさまざまな研究を参照すれば、〈母性〉が歴史的な産物であり、一定の社会構造が〈母性〉言説を成り立たせてきたことがよくわかる。

その研究の嚆矢は、フィリップ・アリエス*（原著一九六〇）の仕事だろう。アリエスは、中世絵画の「子供」が子ども服を着ておらず、「小さな大人」としてあつかわれていることに注目、「子供を中心」とする「家族意識」がヨーロッパで定着したのが、一七世紀以降であることを論証していった。これを受けたエリザベート・バダンテール*（原著一九八〇）も、フランスにおいて子どもを育てる立役者として「母親」がまつり上げられた時期を一八世紀に見ている。子どもが徴税と徴兵によって国家を富ませる宝として発見されるとともに、女性たちは「母」として自ら育児に携わるよう、社会から要請されるようになった。こうして、近代国民国家の不可欠な構成要素として〈母性〉が創られた結果、女性たちは政治や社交の領域から追放されたのである。

2 日本社会と〈母性〉

日本における〈母性〉も、やはり近代国民国家の産物である。上野千鶴子*（一九九四）などが明らかにするとおり、「主人」と「主婦」の分業によって成り立つ家庭を教育者や文化人が推奨するようになったのは「明治二十年代」以降のことである。「主婦」は「主人」と対等の立場で家庭内の運営に責任を持つべしという言説が、当時の若い女性たちにとって、一種の自己実現の道として新鮮に映ったであろうことは想像に難くない。良妻賢母教育をうたう高等女学校令も一八九九年に施行され、「主人」と「主婦」とその子どもを核とした近代家族は、都市部から順に増加していった。

もちろん、現実には「主人」と「主婦」は対等ではなく、「主人（父）」は天皇の小さな代理人として家族メンバーの管理を代行し、その「家族」が国民国家を構成する一単位として機能した（＝家族国家主義）。なお、その管理体制が「情緒」によって巧みにカムフラージュされていたことを指摘した牟田和恵*（一九九六）の仕事も忘れてはならない。牟田は修身国定教科書が、親子関係は儒教的な「孝」では片づけられない特別な「情愛」に基づくものであるとする価値観を児童にすりこんでいった経緯を検証した。臣民（赤子）にとって天皇は親であるというレトリックは、この前提があってこそ活きる。「赤子」たちが天皇のために命をささげたのはそのためなのだ。

それではこのように「情緒」に彩られた日本的近代家族の中で、〈母性〉はどのようにあつかわれたのか。小説に頻出するのは、外部の論理や規範の力（「父」がそれを象徴することも多い）から子どもを守ってくれる存在としての「母」像である。たとえば芥川龍之介『杜子春』（一九二〇）では、畜生道に堕ちた両親のうち、母だけが口を開いて息子にこう呼びかける。「心配をおしでない。私たちはどうなつても、お前さへ仕合せになれるのなら、それより結構なことはないのだからね。大王が何と仰有つても、言ひたくないことは黙つて御出で。」——このように論理を越えて差しだされる母の自己犠牲が、息子の杜子春だけでなく、幻影をつくりだした鉄冠子にも全面的に肯定されていることは、当時の日本社会が「母」にどのような役割を期待していたかをよく示している。

しかし、上述したように、こうした自己犠牲は決して女性の「本能」によるものなどではない。「母」役割の完遂は、国民国家における社会参加、自己実現が困難であった当時の女性たちに提供された、ほぼ唯一の生き方だったと言ってよい。男の子を立派に育てて「靖国の母」となる栄誉と生活の保障を得た女性の多さは、その有効な例証となるだろう。

有島武郎『小さきものへ』（一九一八）を見てみよう。これは、幼い子どもたちを残して病死した妻の思い出を「私」が子どもたちに書き残すスタイルの短編だが、そこで「私」は、妻が短い生涯の間にどれほど自分の心身を犠牲にして子どもを愛したかを強調する。一方で小説の末尾には、最初の出産前に妻が漏らした「産は女の出陣だ。いゝ子を生むか死ぬか、そのどつちかだ」という覚悟の言も引用されている。ここには、女性の出産を兵士の出陣をパラレルとする考え方のほかに、生まれる子どもは優れた男子でなくてはならないという優生思想も見え隠れしている。

実際に、日本の近代小説で「母」の自己犠牲の対象となるのは十中八九男児である。樋口一葉『たけくらべ』(初出一八九五～一八九六)や、広津柳浪『雨』(一九〇二)には、娘をセックスワーカーにすることで自身の経済の安定を図る母が登場する。同じような母は戦後にも、たとえば坂口安吾『母の上京』(一九四七)などに現れる。他家の「主婦」になるなら育て損と言わんばかりに、娘を金銭に替えるこれらの「母」は、日本社会が「慈母」ばかりで構成されていなかったことをよく示している。

ところで、『小さきものへ』が世に出た一九一八年は、母性保護論争が激化した年でもある。きっかけは、「妊娠分娩の時期にある婦人が国家に向つて経済上の特殊な保護を要求」する態度を批判した与謝野晶子(「女子の徹底した独立」『婦人公論』一九一八・三)に対し、平塚らいてうが、出産によって「社会的、国家的な存在者となる」女性を国家が保護するのは当然(「母性保護の主張は依頼主義か」『婦人公論』一九一八・五)だと反論したことにあり、ほかの論者を巻き込みながらも、二人の姿勢は基本的に変化しなかった。晶子の主張を現代風にいえば、子どもを産み育てるなら「自己責任」でということになり、きわめて危うい。一方、らいてうの立場は、福祉国家の要請を飛び越えて、近代家族が国家権力の一部であることをすすんで肯定するものともいえ、これもまたきわめて危うい。これでは女性は、国家の経済支援を受ける代わりに、徴兵、徴税に応じて国家に役に立つ男子を提供するだけの存在になりかねない。らいてうは女性の権利拡充のために働き続けた人ではあるが、戦時下の彼女が国家のよい子を生み育てることを女性の務めとみなし、優生思想と天皇制賛美の立場を明らかにしていたことも忘れずにおきたい。

3 〈母性〉による支配

もっとも、日本社会において〈母性〉が子どもにとってより大きな影響を与えるようになったのは、「父」権が弱まった敗戦後のことだといえよう。「主人」と「(専業)主婦」と未婚の子どもからなる核家族が一般的になるのは、皮肉にも一九六〇年代以降の高度経済成長期だ。子どもの数も減り、ひとりの子どもにより多くの時間とお金をかけられるようになった女性たちは、「教育ママ」として、息子を企業戦士にしたてようとしはじめる。さらに時代が下り女性の社会進出が進むと、「母」の自己実現は娘においても求められるようになっていく。そして、息子に対するよりも過剰になりがちな「母」から「娘」への支配は、一九九〇年代以降、心理学、カウンセリング、社会学などの場で問題化され、当事者からの証言も多くまとめられることになった。

斎藤学*(一九九九)は、過剰に「娘」を支配しようとする「母」は「第二次世界大戦後に青春期を迎え」「自分なりの理想を大学時代に培うことのできた世代」だと説明する。彼女たちは「学生時代には個人的達成の「大志を抱く」ように励まされながら、他方では伝統的な妻・母の役割(他人に奉仕する役割)」を担った結果、「ダブル・バインド」に陥り、本来は夫(もしくは社会構造)に向けるべき不満を「娘」に向けてしまったのだと斎藤は述べる。その結果、「娘」は息子以上に「母」の不満に罪悪感を抱き、「母が断念した社会的成功への野心」を代わりに達成しようとする。このような強烈な共依存が、しばしば病理を生んできたのである。

のちにも挙げる笙野頼子[*]（一九九六）が書くのも、ほぼ「父」不在の家庭において、「娘」に過剰な期待をかけ、虐待する「母」と、その期待に応えられない「娘」との間に起こる母殺しの物語である。産む／生まれ（させられ）るという権力の不均衡の下、「娘」に憑依したり、意にそわない「娘」を暴力的に支配したりする「母」の姿は、萩尾望都『イグアナの娘』（一九九四）などのマンガでもしばしばとりあげられてきた。

出産・育児が、「母」の人生を左右する大きな負担であることは間違いない。近現代の日本社会における「母」たちが、その負担に対するなんらかの見返りを子どもに求めてきたのはそのためなのだ。

4 〈生殖〉

子どもを支配しコントロールすることは、出産前、または妊娠前にもおよびうる。斎藤美奈子[*]（一九九四）は、「望まない妊娠」を扱った小説の多くが、女性が中絶手術を受ける（しかも術後に死亡する）パターンを踏襲していることを指摘した。ここには、相手の女性の妊娠から自分の社会的立場を守ろうとする男性（社会）の無意識の欲望が見てとれる。〈生殖〉における女性の身体と人生は、長らく個々の女性自身のものではなかったのである。

近代とは、女性たちがその地点から、避妊の方法と権利を獲得してきた時代であったともいえる。現代ではそれだけでなく、卵子や精子を凍結保存して適切な時期に子どもを得ることもできるようになった。キャリアと経済力を身に着けたのち、卵子バンクに預けておいた若い時の卵子を用いて出産する一部の現代女性の姿は、子どもを生むなら国家にも男性にも頼るなかれと説いた母性保護論争時の与謝野晶子のようで、〈生殖〉が完全に個人の領域に確保されたかにもみえる。しかし、こうした人工的な生殖の一般化は、むしろ国家権力が生殖に干渉する危険性を呼び寄せてしまうかもしれない。そのような（想像上の）社会が人間をいかに生きづらくさせるかに警鐘を鳴らすディストピア小説が、二〇〇〇年代以降に多数生まれていることに注意を向けたい。

生殖医療技術の進歩が引き起こす問題はほかにもある。柘植あづみ*（二〇一二）は、不妊治療としての体外受精、顕微鏡受精、子宮移植などの技術が、同性のカップルやシングルにも子どもを持つ可能性を開いた現状を紹介するとともに、出産前診断を受けるべきかどうか、胎児に病気が発見された場合にどうするか、また、卵子や精子を他者に提供されて出産に至った場合に、生まれた子どもにその情報を伝えるべきかどうか、子どもはどの程度知る権利を有するのかなどの問題が生じたことを示した。「父」「母」が、子ども（胎児）に対して「優生保護」を名目に圧倒的な力を行使し得る点は、今も昔も変わっていないのだ。

5 社会構造に立ち向かう

徴兵はともかく、徴税の対象として子ども（次世代の大人）の存在が国民国家の存続に不可欠であるという状況もまた、近代以降変化がない。高齢者の増加と少子化、年金制度の危機などが喫緊の課題として横たわる中、だれが子どもをどのような責任において産むのか、産まないのか、そこに子どもの意思はいかに関わり得るのか、また、誰が子どもに見返りを求めずに「母」役割（女性とは限らない）を果たしていくことができるのかといった課題も山積している。

とはいえ、「母」にまつわる生きづらさが、弱者に負担をかける社会構造に根ざしていることだけは明らかである以上、それに立ち向かう道は残されている。たとえば、信田さよ子*（二〇一七）は、支配／被支配の関係を反復しがちな家族関係において、「母・娘・祖母」がそれぞれ相手の立場を理解しつつ自らを守るための具体的な道を示そうとしている。また実際に、マイノリティが共闘して社会構造を変えようとした事例は、はやくも一九七〇年代に見出すことができる。「優生保護法」を改正して「中絶」を規制しようとした動きに対し、「ウーマン・リブ」の女性たちが「産むか産まぬかの選択は女の権利」（ビラ「中絶禁止法（優生保護法改悪）の成立を許すな！」一九七二）だと反論したことがあった。これに対し、脳性麻痺の当事者団体「青い芝の会」は強く反発した。「リブ」の女性たちが自分の身体と人生を取り戻そうとした運動が、「青い芝の会」にとっては生存権を脅かす主張とみなされたわけである。究極の対立ではあったが、その時両者は互いの接点を模索し、生産性最優先の現状が双方を隘路に追い込んでいることを見出した。その経緯は荒井裕樹*（二〇二〇）に詳しい。

性と生殖に関する議論に「生産性」という言葉が堂々と紛れ込む現代こそ、「リブ」がその時点で導き出したスローガン「産める社会を！　産みたい社会を！」を思い出したい。子どもを持ちたい人がその機会を得られ、また生まれてきた子どもが生まれてきてよかったと思える社会が一日も早く実現するように。

作品紹介

水野仙子「徒労」（『文章世界』一九〇九・二。『新編日本女性文学全集』第三巻、六花出版、二〇一一）

骨盤狭窄のために数日にわたる陣痛に苦しむ「お愛」を、母や妹ははらはらした思いで見守るが、ついに死産となり、医師の手で掻破される。長い妊娠と陣痛の苦しみが「徒労」に帰したとき、「嫁になんぞなるもんでねえ」という無念と、「女の果敢なさ」が、母、お愛、妹及び女中に共有されていく。死産という不幸を通じて結ばれる女性たちの連帯が印象に残る。

平林たい子「施療室にて」（『施療室にて』文藝戦線社出版部、一九二八。『日本近代短篇小説選　昭和篇1』岩波文庫）

テロを企んだ夫のために逮捕された「私」は、妊娠脚気のために施療室に入れられ、女の児を産む。脚気の乳が乳児にとって危険であることを「私」は知っているが、医療とは名ばかりの施療室において、「私」は牛乳を要求することを諦め、「張る乳」からほとばしる母乳をわが子に与えてしまう。「私」は「母」の快感を味わうが、子どもは激しい下痢の末に命を落とす。赤ん坊がもし男児であればどのような展開であったのかなど、謎の残る一篇。

坂口安吾「母の上京」（『人間』一九四七・一。『坂口安吾全集』第四巻、筑摩書房、一九九八。青空文庫）

「夏川」は、空襲前に故郷へ帰した父母や妻と音信を断ち、戦後は東京の焼け跡の借家で過ごしている。隣家の娘だけでなく母とも関係を持ち、歌舞伎の女形崩れの「ヒロシ」の好意に甘えて過ごしている彼だが、ついに故郷の母に居場所を知られてしまう。男性の「夏川」が「心の中に住む母」を慕いながら生身の母との再会を怖れる態度と、母親に「闇の女」にされながらも母の「貞操と純潔」を案じる娘の態度との差異が印象深い。

中沢けい「海を感じる時」（『海を感じる時』講談社、一九七八。『海を感じる時・水平線上にて』講談社文芸文庫）

高校生の「私」は幼時に父を亡くし、母は「私」を優秀な娘として育てることに人生をかけてきた。しかし、「私」が高校の先輩と関係を持ち続けていることを知った母は狂乱し、海に向かって亡夫の名を呼ぶ。母娘は互いへの愛情に囚われながらも、相手の女性性が許せず、苦悩の中で立ちつくすしかない。母娘共依存の不条理についていちはやくとりあげた、いまなお新鮮な小説。

小川洋子「妊娠カレンダー」（『妊娠カレンダー』文藝春秋、一九九一。文春文庫）

姉夫婦と同居する女子学生の「わたし」は、妊娠した姉の心身の変化を観察し、日記に記す。胎児の成長を「染色体」の「増殖」とみる「わたし」は、防かび剤の付いたアメリカ産グレープフルーツで姉にジャムを作り続け、「破壊された姉の赤ん坊」を見届けようとする。「わたし」の発想は、姉が自分の妊娠の経過を超音波診断によって把握することとパラレルでもあり、医療の進歩によって従来よりも安全になった出産が、社会的な意味をどのように変化させたかについてを考えさせられる。

笙野頼子『母の発達』（河出書房新社、一九九六。河出文庫）

大学受験の際、女医になるべく母から責められ続けた「ダキナミ・ヤツノ」は、結局中年期まで母と暮らした挙句に母を撲殺、しかし母はゾンビとなって甦り、「ヤツノ」は母とともに世間が正しいというお母さん像を解体するために五十音の小話を広めようとする。〝「母」はこうあるべき〟という思いこみが言語によって形成されていることを知らしめる痛快な一篇だが、小話作りの際にも母に褒められることを喜びに励む「ヤツノ」の姿は不気味でもある。続編に「母の発達、永遠に」（『母の発達、永遠に　猫トイレット荒神』河出書房新社、二〇一三）がある。

角田光代「八日目の蝉」（中央公論新社、二〇〇七。中公文庫）

愛人との間の子どもを中絶させられた「希和子」は、愛人夫婦の女の赤ん坊を誘拐し、女性だけのホームなどに身を潜めつつわが子として大切に育てる。「希和子」の逮捕とともに「薫＝恵理菜」が実の両親のもとに戻された際、実母は歓喜したが、異物を迎えた家庭は崩壊する。一八歳になった「恵理菜」は恋人の子を妊娠、「母」になりきることができなかった実母とともに子どもを育てようと決意する。「母性」が血縁によってではなく、子どもとの関係の中で構築されるものだと気づかされる一篇。

佐野洋子『シズコさん』（新潮社、二〇〇八。新潮文庫）

「植民地」でモガとして結婚生活を送った「私」の母は、溺愛していた息子（「私」の兄）が死ぬと、娘である「私」を虐待するようになる。成人後は母と距離を取ってきた「私」は、老いて「呆けた」母をやはり愛せず、罪悪感の代償に高額な老人ホームに母を入居させる。「私」が初めて母と「優しい会話が出来るように」なったのは、母が完全に「正気」を失ってからだった。多くの女性の共感を呼んだ佐野洋子の自伝的小説。同じく佐野の「北京のこども」（原題『こども』リブロポート、一九八四。『北京のこども』小学館、二〇一六）と合わせて読むことを勧めたい。

古谷田奈月『リリース』（光文社、二〇一六。光文社文庫）

男女同権の建前の下、異性愛が制度的に抑圧された「オーセル国」。異性愛者であることを隠して生きる「オリオノ・エンダ」は、国立の精子バンクで権力を持つことに成功、自分の精子によって生まれた「子ども」たちからなる「新オーセル国」を夢見る。性や生殖を管理する権力は、それがどのような正義に基づいていたとしても、別の抑圧を生むことがわかる。

田中兆子『徴産制』（新潮社、二〇一八。新潮文庫）

特殊なインフルエンザで若い女性のほとんどが死んだ近未来の日本で、若い男性に最大二年間「女」になることを義務づける「徴産制」が敷かれた。女性となり男性と長く結婚生活を営もうとする者もいれば、「徴産制」を利用して政治家になろうと企て失敗する者などもいる。その背景には、ルッキズムのほか、原発問題や中国（らしき国）脅威論なども垣間見える。国家や社会から産めと要請されることの暴力性が、男女を逆転させることにより際立って見える。

李琴峰『生を祝う』（朝日新聞出版、二〇二一）

「疫病の終息」から五十年後の日本、出産前に胎児の意思確認を必要とする『合意出産制度』が定められた。同性パートナーを持つ女性の「私」は手術によって妊娠、胎児の性別、性的指向、国籍、出生地、先天性疾患や親の経済力などから測られる「生存難易度」は低かったはずだが、臨月を前に胎児に〈リジェクト〉されてしまう。「私」は煩悶するが、人生の最初に「自分の意思が無視」されたという呪いが子に及ばないよう、〈キャンセル〉(=堕胎)を受け入れる。生殖医療が生まれてくる子どもの意思とは無縁のところで進展していく現状を想像させる一篇。

【参考文献】

荒井裕樹『凜として灯る』(現代書館、二〇二二)

アリエス、フィリップ『〈子供〉の誕生――アンシャン・レジーム期の子供と家庭生活』(原著一九六〇。杉山光信・杉山恵美子訳、みすず書房、一九八〇)

上野千鶴子『近代家族の成立と終焉』(岩波書店、一九九四。新版、岩波現代文庫、二〇二〇)

斎藤学『家族依存症――仕事中毒から過食まで』(誠信書房、一九八九。新潮文庫、一九九九)

斎藤美奈子『妊娠小説』(筑摩書房、一九九四。ちくま文庫、一九九七)

柘植あづみ『生殖技術と親になること――不妊治療と出産前検査がもたらす葛藤』(みすず書房、二〇二二)

坪井秀人編『戦後日本を読みかえる4　ジェンダーと生政治』(臨川書店、二〇一九)

信田さよ子『母・娘・祖母が共存するために』(朝日新聞出版、二〇一七)

バダンテール、エリザベート『母性という神話』(原著一九八〇。鈴木晶訳、筑摩書房、一九九一。ちくま学芸文庫、一九九八)

牟田和恵『戦略としての家族――近代日本の国民国家形成と女性』(新曜社、一九九六)

10 少女・学校・友情

竹田志保

1 女学校の成立

近代の学校教育制度は、一八七二年に制定された「学制」に始まる。「国民皆学」の理念のもと、女子にも男子と同等の教育の必要が謳われ、公布当時には二〇％程度だった女子の尋常小学校就学率は、一九〇〇年代には九〇％程度に達する。また一八七九年の「教育令」によって、中等教育の制度も整備されていくが、一八七二年創立の官立東京女学校、また一八七〇年創立のフェリス和英女学院をはじめとしたキリスト教系の私立女学校などが開校されて、女子の中等教育の先鞭を担っていた。一八九九年に施行された「高等女学校令」によって各県一校の女学校設置が定められ、一九一〇年には一九三校であった女学校数は二〇年代には二倍近く、ほぼ男子の中学校と同数になり、女学校進学率も一〇～一五％まで向上するに至った（稲垣恭子[*]（二〇〇七））。

女学校では、小学校卒業後の少女たちが概ね三年から五年の期間を過ごす。明治初年のころには男袴に下駄を履いた女学生像が物珍しい存在として注目を集めたが、髪にリボン、矢絣の着物、海老茶袴で自転車に乗って颯爽と登場する女学生をヒロインに据えた小杉天外『魔風恋風』が発表されるのは一九〇三年のことである。小栗風葉『青春』(一九〇五)、田山花袋『少女病』(一九〇七)などに登場する女学生たちは、いずれも独特のスタイルを持ってその魅力を眺められる存在となっている。

こうして女学生たちは近代日本に登場してきたのであるが、女学校の拡充は、ただ女性への平等な教育機会を保証するためのものであったのではなく、国家体制が〈良妻賢母〉としての女性の養成を必要としたことを示している。高等女学校は男子の中学校と対応するものとしてあったが、「家事」「裁縫」などの女子特有の科目の比重も高かった。卒業後の進学先としては女子高等師範学校などがあったが、進学率はわずかで、女学校は男子のような学歴や就職につながるものではなかった。多くの場合、女学生たちは卒業まもなく結婚して家庭の妻・母となるのであり、女学校で身につけた知識と教養は、結婚市場で価値を持つものでもあった。

しかし学ぶことへの渇望を持つ少女たちは少なくなかった。野溝七生子の自伝的小説とされる『山梔』(一九二六)には、軍人の父をはじめとする周囲から強い否定を受けながらも、ひたすらに知を希求する少女・阿字子が描かれている。野溝自身は女学校卒業後に同志社大学、東洋大学に学んだ。一九〇一年には日本ではじめての女子高等教育機関である日本女子大学が創立され、多くの女性作家を輩出している。

2 〈少女〉文化

「高等女学校令」による女学生の増加は、少女読者を対象とするメディアの発展にもつながる。それまで少女向けの読み物は少年向けの雑誌に包括されていたが、一九〇〇年代には少女雑誌が数多く創刊される。また、それまで教訓的な性質を強く持っていた少女向け言説も変容していくようになる（久米依子*（二〇一三））。少女雑誌では読者欄が活況を呈し、短文などの創作投稿のほか、少女たちは「てよだわ言葉」といわれる独特の文体と、華麗なペンネームでさかんに交流し合うようになる。本田和子はそのような雑誌メディアを通じて、現実には出会うことのない異なる地域と階級の少女たちが、同じ言葉と感性を共有し合うことで、〈少女〉というアイデンティティ——想像の共同体を作り出していったことを指摘している（本田和子*（一九九〇））。

大正期の代表的少女小説である吉屋信子『花物語』（一九二〇）では〈エス〉と呼ばれる少女同士の濃密な友愛関係が繰り返し描かれた。少女同士の友愛は先行する少女小説においても、また当時の女学校の中でも多く確認できる一種の流行現象でもあった。赤枝香奈子によると、〈エス〉はしばしば問題視され議論の対象となってはいたが、女学校という特殊な環境下で起こるものであり、卒業によって解消される一時的なものであること、またあくまで精神的な次元で行われるものであることによって許容されていたという（赤枝香奈子*（二〇一一））。それゆえ『花物語』に描かれる少女同士の関係には、卒業や転居、死別などのさまざまな理由で最後には別れがもたらされる。それを憂い悲しむ感傷性も当時の少女文化の特徴である。

昭和戦前期は『少女倶楽部』と『少女の友』の二大少女雑誌の時代となる。大衆的な娯楽性に富む『少女倶楽部』は地方で、洗練されたモダンさとセンチメンタリズムを持つ『少女の友』は都市部を中心に支持された（遠藤寛子『少女小説名作集』解説、三一書房、一九九四）。

一九三七年の日中戦争開始以降、少女雑誌は徐々に戦時色を強めていくことになる。小説にも、兵隊や戦地の話題が登場するようになり、読者欄の軽佻浮薄な雰囲気も反省されて、少女たちも進んで戦争に貢献すべきとの意見も表明されていくようになるが、田辺聖子がのちに回想しているように、かつての少女雑誌が見せた楽しく美しい夢を大事に守るものたちも多かった（田辺聖子「『花物語』と私」『吉屋信子全集』月報一二、一九七五）。

一九四五年に終戦を迎え、戦後はさまざまな制度の再編成が行われる。教育に関しては、それまでの中等教育における男女別学が改められ、共学が推進されることになる。戦後すぐに再出発を果たす少女雑誌も、徐々に男女交際などの新たな問題に関心が集まるようになり、特に、六〇年代以降は性の問題もクローズアップされるようになっていく。この頃「ジュニア小説」と呼ばれるようになっていた少女向け小説においては、戦前の「少女小説」からの乗り越えとして、愛と性を直視したリアルな人間を描いて、本格的な文学たろうとする取り組みがあったが、次第に読者との距離が生じ、七〇年代にその人気を少女漫画にとって代わられている。

ジュニア小説は、八〇年代の若手の女性作家の登場によって再び脚光を浴びることになる。その代表的作家である氷室冴子はあえて「少女小説」という呼称を復活させる。『クララ白書』（一九八〇）には、吉屋信子を読む少女が登場し、寄宿舎を舞台とする点でも、戦前の少女小説への意識が顕著だが、戦前の少女の規範性からは解放された型破りな少女たちが活躍する。新たな「少女小説」の人気は、書き手たちがあくまで少女読者たちに寄り添い、その自由を尊重する姿勢が支持されたのだといえるだろう（嵯峨景子*（二〇一六））。

3 〈少女〉への視線

家父長制下の厳しい管理の中にありながら、女学校と少女向けメディアは独特の美と感性を持つ〈少女〉という存在を作り出していく。そうして世に現れていった少女たちは、周囲からさまざまな欲望を向けられる存在ともなる。前出の田山花袋『少女病』のように電車で遭遇する女学生を性的な恋愛の対象として見つめるものもあれば、川端康成や太宰治のような男性作家たちによって、少女らしい未熟で純粋な感性は、硬直した想像力を刺激する方法として盗用されもした。〈少女〉の志向する美しいだけで非論理的、非生産的なありようを、本田和子は家父長制的規範を逃れる力として積極的に評価したが、そのような期待の中で作り出される表象は、〈少女〉のあるべき範囲や求められる美の輪郭を引き直し、それを現実の少女たちが学びとっていくような往還関係を持っていた。

たとえば澁澤龍彦『少女コレクション序説』（一九八〇）で、〈少女〉とは「一般に社会的にも性的にも無知であり、無垢であり、小鳥や犬のように、主体的には語り出さない純粋客体、玩弄物的な存在をシンボライズ」するもの、それゆえに「男の性欲の本質的な傾向にもっとも都合よく応える」ものとされる。

また、富島健夫の『おさな妻』(一九六九)は、少女向け小説誌である『ジュニア文芸』に連載されて、大きな議論を巻き起こした小説である。両親を失った女子高校生が、三〇代の寡夫と結婚するという物語で、二人のセックスシーンもある。しかし『おさな妻』のなかに描かれる性とは、ウーマン・リブ的な性の主体性を主張する女性たちを牽制しながら、男性に都合よく教え導かれてつくられていくようなものでしかない。金田淳子はこの頃のジュニア小説における作者と読者の関係に教師と生徒のような非対称性があることを指摘しているが(金田淳子「教育の客体から参加の主体へ――一九八〇年代の少女向け小説ジャンルにおける少女読者」『女性学』九号、二〇〇一)、その構図の中でこうした少女像が提示されることははっきりと醜悪である。

戦後の女性作家にはこのようにイメージ化された〈少女〉に対峙したものがある。倉橋由美子『聖少女』(一九六五)には父へのマゾヒスティックな愛を書く少女が描かれる。金井美恵子もその初期に集中的に、死と快楽が一体化したような少女像を描き、なかでも『兎』(一九七三)では、兎に擬態して自らを父に供しようとする少女を登場させている。一方、森茉莉が一九六五年から十年をかけて完成させた『甘い蜜の部屋』(一九七五)では、父に愛され庇護されることで、永遠に成長することのない怪物的な少女が描かれた。

いずれの少女たちも父との近親相姦的な関係を持つが、これは家父長制を維持再生産する家族関係である父娘のあいだに性愛というタブーを持ち込むことでその制度の破壊と撹乱を目論むものである。無力な客体とされていた少女の美をグロテスクに反転させ、成熟と再生産を拒否する抵抗の主体としての少女を再提示するのである。

ただしそのような少女たちがもっぱら父とのあいだの性愛を戦場にしたことは、現在また別の角度から検討する必要もあるだろう。特に今日では、孤高の美少女の血みどろの革命のイメージは、適度に商業化され、性的ファンタジーの一種として懐柔されている。むしろいま顧みられるべきは、少女と母の関係である。母は家父長制の手先であり、少女にとっては否定的な鏡像であった。しかしそのようにして少女と女のあいだを断ち切りながら、少女の特異性だけが評価されてきたことを改めて見直す必要がある。制度を撹乱するタブーのうちでも試みられてこなかったのは、家父長制的な母と娘の再生産関係とは異なるやり方で、女と少女の〈愛〉を回復することではないだろうか（竹村和子『愛について』岩波書店、二〇〇二。岩波現代文庫、二〇二一）。

4 学校の外で少女たちの〈友情〉は可能か

母と娘の対立の克服とともに、いま復権を試みられているのが、女性同士の友情である。戦前に見られた〈エス〉は、一時的かつ精神的な友情の範囲で理解されることで、家父長制を揺らがすことのない安全なものとして社会的に許容されるものになっていたといえるが、社会的な理解のかたちと少女当事者の実践は必ずしも同じではない。たとえ多くの場合が卒業と同時にそれを精算し、異性との恋愛・結婚に移行していったとしても、それは社会が女性に要請する生き方、他の選択肢のなさゆえの断念であったりもする。たとえば戦前に女性同士で共同生活を試みた例はいくつもあるが、まず女性だけで生計を立て得る職業は少なく、家族や世間からの苛烈な反対も向けられる。あるいは一度妻・母となってしまえば、家庭に集中しなければならないことも多く、それまでの交流を維持することは困難にもなる。

『花物語』で少女たちの友愛とその別れを描き続けた後、通俗小説の分野に進んだ吉屋信子は、男性と恋愛する女性も描くようになるが、もう一方ではつねに女学校卒業後の元少女たちの友情の維持を問題にしていた。そして通俗小説として穏当な範囲に物語を収めつつも、女性同士の友情が家父長制と異性愛制度によって阻まれることと格闘していた。吉屋自身は、作家として成功することで女性パートナーとの生活を実現している。

宮本（中條）百合子と湯浅芳子は女学校の友達ではないが、文学や思想を対等に語り合うことのできる相手として、一時生活を共にしていた。宮本（中條）の恋愛によってその関係は途絶え、のちに否定的に振り返られるものになっているが、黒澤亜里子によって編纂された二人の書簡集をみれば、その関係がいかに豊かな可能性を持っていたかがわかるだろう（*黒澤亜里子（二〇〇八））。

これまで女性たちの関係には、時代の制約や、世代、階級、地域、職業、ライフコースなどによって分断と対立が煽られてきた。そのような歴史を経て、現代の女性文学においては〈シスターフッド〉が重要なキーワードとして浮上している。山内マリコの『あのこは貴族』（二〇一六）は、異なる階級の二人の若い女性の連帯を描き、映画化もされて大きな注目を浴びた。柚木麻子は『本屋さんのダイアナ』（二〇一四）で、『赤毛のアン』などの過去の少女小説を媒介として、成長とともに道を違えていった二人の対照的な少女の再会を描く。また『らんたん』（二〇二一）では、恵泉女学園の創立者・河井道を中心に実在の作家や批評家を登場させながら、戦前の女学校におけるシスターフッドを蘇らせている。藤野可織『ピエタとトランジ』（二〇二〇）は、もともと二人の女子高生によるシャーロック・ホームズのパロディ的短編であったものを、老年まで続くバディの物語として発展させた。

成長してもなお少女のときの友情を持ち続けることは、異性との恋愛や結婚こそを人間的成長とし、異性愛を友情よりも上位のものとする固定観念からの離脱であるだけでなく、そのような強制的異性愛制度によって維持される女性差別的な社会構造への問題提起でもある。これらの小説が現在の女性同士の友情をモチーフとするだけでなく、男性中心的な歴史や文学の書き換えを含んでいることにも大きな意味があるだろう。

〈シスターフッド〉は、男女二元的な本質主義に基づく排他的なものであってはならないし、同時に同じく女性であってもそれぞれに異なる理想や困難があることを無視した楽観には慎重でなければいけない。その上で、それでも築き得る（元）少女たちの友情が持つ力に期待してみたい。

作品紹介

田辺花圃『藪の鶯』（金港堂、一八八八。青空文庫）

田辺花圃は、東京高等女学校専修科在学中に本作を発表し、近代はじめの女性作家として評価された。明治開化期の若い男女を中心に据え、特に教育を受けた女学生同士の会話をリアルに描き出していながら、極端な欧化主義の浜子は不幸な結婚に陥り、貧しくも伝統的な婦徳を持つ秀子は、子爵夫人となって幸福を得るという対比的構図で、全体としては浮薄な進歩主義を批判する意図が見える。

吉屋信子『花物語』（洛陽堂、一九二〇～二一。『花物語』上下、河出文庫）

花の名前を冠した五〇余編からなる短編集。一九一六（大正五）年に『少女画報』に投稿として送った「鈴蘭」が採用されて、連載に至った。女学校などを舞台として、少女たちの強い友愛関係と、その別れが描かれる。装飾的な文体とセンチメンタリズムを特徴としつつ、それを抑圧的な状況にある少女たちの悲しみとして描くことで、それまでの教訓的性格の強い少女小説とは異なる志向を示している。

尾崎翠『第七官界彷徨』（啓松堂、一九三三。河出文庫）

小野町子は、分裂心理を研究する精神科医の長兄、蘚の恋愛を研究する肥料研究者の次兄と、音楽家志望の従兄弟と同居している。彼女は「第七官」に響くような詩を書きたいと願う少女である。尾崎翠は、一時期は少女小説の執筆も多く手がけていたが、一九二〇年代頃から前衛芸術や精神分析、映画などの影響を受けて、モダニズム的な作風に大きく転換している。規範的な少女像を異化しつつ、〈少女〉なるものの持つ可能性を拡張する稀有な小説となっている。

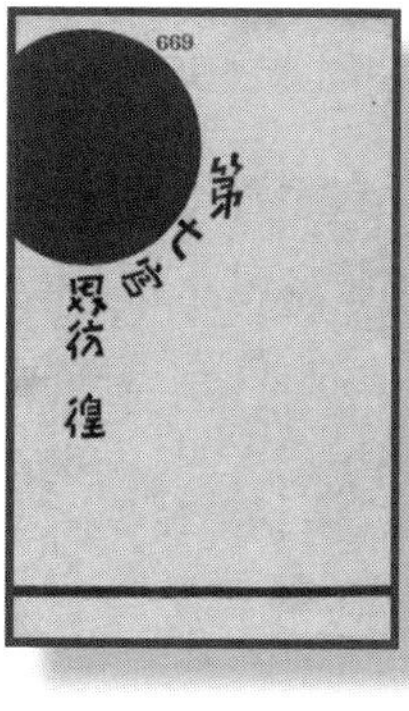

吉屋信子『女の友情』（『吉屋信子全集』一巻、新潮社、一九三五。『吉屋信子全集』三巻、朝日新聞社、一九七五）

「女性には真の友情がない」という通念に対して「女の友情」を提示することが企図された本作は、『婦人倶楽部』に連載されて絶大な支持を得た。由紀子と綾乃、初枝の三人は女学校からの親友である。綾乃の不幸な結婚と離婚、その後の慎之助との恋愛と妊娠、すれ違いのトラブルを軸に、綾乃を助けようとする二人の尽力、さらには由紀子との意図せぬ三角関係とその解決を通じて、三人の強い友情を描いている。由紀子の綾乃に対する友情には同性愛的な側面があるが、それがどのように阻まれているのかにも注目したい。

宮本百合子『二つの庭』（中央公論社、一九四八。青空文庫）

『伸子』刊行を目前にした一九二七年、宮本（中條）百合子と湯浅芳子は共同生活を経て、ソビエトに旅立つ。本作はその当時のことを描いた『伸子』の続編として位置づけられるものだが、発表は二〇年を経た一九四七年のことである。実家と、湯浅との共同生活という二つの場を越えて、社会主義作家として成長していく自己像を提示する作業の中で、過去の湯浅との同性愛的関係は他者化されて排除されていくことになる。

倉橋由美子『聖少女』（新潮社、一九六五。新潮文庫）

語り手の「ぼく」は事故で重傷を負い、記憶喪失となった少女・未紀と再会する。十七歳の頃の未紀のノートには、父と性関係を結んだことが告白されている。第二、第三のノートが重ねられ、そしてそれを解読しようとする「ぼく」の手記の語りとによって、真実は錯綜する。禁忌と聖、男と女、支配と被支配の関係を転倒し、混乱させることで近代的な性の制度に挑戦する小説である。

金井美恵子「兎」（『兎』筑摩書房、一九七三。『愛の生活・森のメリュジーヌ』講談社文芸文庫）

『不思議の国のアリス』のように、語り手の「私」は兎の格好をした少女によって、奇妙な物語に導かれる。父を愛する少女は、飽食の父のために兎を屠殺する役割を担うようになる。兎の屠殺は近親相姦の暗喩でもあり、男女の暴力的関係の象徴でもある。殺す者としての父を模倣しながらも、同時に殺される娘としての役割をも過剰なまでに担おうとする少女は、父に否定され、ついには父と、自分をも死に至らしめる。「書くこと」をめぐる冒頭の記述と、最後に兎のフードを身につけて少女と一体化する語り手の「私」の意味にも注目される。

野上弥生子『森』（新潮社、一九八五。新潮文庫）

日本女学院（明治女学校をモデルとする）を舞台に、明治三〇年代の女学校の学問、恋愛、友情を描いた半自伝的小説。九州から上京した加根を中心に、画学生・篠原健（彫刻家・荻原碌山）と二人の女学生の恋愛、岡野校長（巌本善治）と女学生の関係などが虚実を交えて活写された。晩年の一九七二年から長期に亘って書き続けられたが、野上は百歳を目前に逝去し、本作は未完成に終わった。

石井桃子『幻の朱い実』上下（岩波書店、一九九四。岩波現代文庫）

一九三〇年代、女子大時代の先輩である蕗子と再会した明子は、知性と信頼で結びついて深い友情を交わすが、明子の結婚や介護、蕗子の病によって次第に距離が生じ、ついに蕗子は死去する。五十年後、老年の明子は蕗子が自分に語らなかった過去を辿ろうとする。日本女子大学での先輩であり、文藝春秋社時代の同僚でもあった小里文子が蕗子のモデルであるとされるが、石井の伝記的事実とは異なるところのあるフィクションである。明子と蕗子の友情は、「この世の中にぽつんと生まれてきた人間が、もう一人の人間に持てるおそらく一番いいもの、利害に関係のない愛情」、「「愛している」という、日本語としてはなじめない言葉を言うしかないと思っていた」と語られている。

【参考文献】

赤枝香奈子『近代日本における女同士の親密な関係』（角川学芸出版、二〇一一）
稲垣恭子『女学校と女学生――教養・たしなみ・モダン文化』（中公新書、二〇〇七）
今田絵里香『「少女」の社会史』（勁草書房、二〇〇七。新版、勁草書房、二〇二二）
菅聡子編『少女小説ワンダーランド――明治から平成まで』（明治書院、二〇〇八）
久米依子『「少女小説」の生成――ジェンダー・ポリティクスの世紀』（青弓社、二〇一三）
黒澤亜里子『往復書簡・宮本百合子と湯浅芳子』（翰林書房、二〇〇八）
小山静子『良妻賢母という規範』（勁草書房、一九九一。新装改訂版、勁草書房、二〇二二）
嵯峨景子『コバルト文庫で辿る少女小説変遷史』（彩流社、二〇一六）
本田和子『女学生の系譜・増補版――彩色される明治』（青土社、一九九〇。増補版、青弓社、二〇一二）
渡部周子『〈少女〉像の誕生――近代日本における「少女」規範の形成』（新泉社、二〇〇七）

11 ケア

武内佳代

1 ケアにおけるジェンダーの非対称性

現在一般に「ケア」と聞くと、高齢者介護だけをイメージしがちかもしれない。だがケアはより広く、子どもの世話（育児）や家族に対する家事労働、病人の看護や介護、障害者の介助、あるいは他者へ向けられる気遣いや配慮にまで用いられる言葉である。そして何よりも重要なのは、私たちはみな、誰かからのケアがなければ、赤んぼうのときから今にいたるまで育ち、生存するなどできなかったことだ。これからの人生にしても、いつ何時、思わぬ病気や怪我によって看病や介助が必要になるかはわからない。また老いれば、誰かからの介護や看取りを必要とする日も来る。言ってみれば、私たちにとってケアとは、生まれて死ぬことと同じくらい、普遍的な営みと見なせるのである。

上野千鶴子は、アメリ・デイリーらの言葉を借りて、この人類普遍のケアという営みを、「依存的な存在である成人または子どもの身体的かつ情緒的な要求を、それが担われ、遂行される規範的・経済的・社会的枠組のもとにおいて、満たすことに関わる行為と関係」と定義している（[*]上野千鶴子（二〇一一））。ここからわかるように、ケアは、ケアされる者の依存と要求（ニーズ）、また、それに基づくケアする者の行動とによる相互的な行為であり、一見すると私的なものでありつつ、しかしそれはつねにケアに先立つ既存の「規範的・経済的・社会的枠組」に基づく行為でもある。言い換えれば、ケアは歴史や制度と深く結びついているのである。

とりわけ問題にしなければならないのは、家族規範、ジェンダー、階級、年齢、国籍、人種、宗教といったさまざまな社会的属性が、ケアの関係に搾取や強制、抑圧を生じさせてきたことである。近代日本の家父長制度では、女性たちが〈家〉という私的領域に押し込められ、いやおうなしに家事・育児といったケア役割を一手に負担させられてきた。

近代家父長制を支えるいわゆる近代家族の基盤としての「男性は外で仕事、女性は家で家事・育児」という性別分業が自明視された社会で、これまで女性たちの多くは家の中で家事・育児だけでなく、夫の親や実の親の介護を負わされてきた。さらにそうした不払い労働《アンペイド・ワーク》の延長として、家の外での看護職や介護職、保育士といったケアに関わる——労働に比して低賃金の——労働もその多くが女性に割り当てられてきたのである。

ただし、こうした社会状況について、女性たちが必ずしも強制性や抑圧性を自覚できていたわけではない。むしろ歴史的には、江戸時代からの儒教道徳やそれに基づく女子教育も相まって、家父長に尽くす「良妻賢母」として献身的にケア役割を担うことが、女性としてのジェンダー・アイデンティティを保証する焦点と見なされ、女性たちが自ら進んでケア役割を担う面もあった。そのためケアをめぐる抑圧や労働の搾取は、女性たちにとってすら意識化・可視化が決して容易ではなく、日本では長らくケアは女性が担って当たり前のものとされてきた。

そのような女性によるケアが、わざわざ小説の題材となることは稀なことだった。例えば、病をめぐる夫婦間ケアという題材に目を向けてみると、実態的には妻が病気の夫をケアすることが圧倒的に多かったはずにもかかわらず、文学作品としては〈病夫もの〉はごく僅かで、例外的に男性が病身の妻をケアする〈病妻もの〉ばかりが描かれてきた。横光利一『春は馬車に乗って』（一九二七）をはじめ、檀一雄『リツ子・その愛』（一九五〇）、藤枝静男『悲しいだけ』（一九七九）などがその例として挙げられる。だが、それらはあくまで男性作家の稀有な実体験を基にしたものにすぎない。当然、ケアそのもののあり方を問題化した作品ではなく、ましてやケアとジェンダーの問題に心を致した作品ではない。

ケアの問題を本格的に主題としてとりあげたのは、やはり社会的にケア役割が宿命づけられていた女性の作家たちだった。とくに女性ジェンダー化されたケアを問題視する作品があらわれたのは、太平洋戦争後、ＧＨＱの民主化政策の一環として〈家〉制度の廃止と女性解放とが進められて以降のことといえる。ここでは、一般的な性別役割分業としてある家事・育児に関しては別項に譲り、高齢者介護、病人の看護、障害者の介助を描き出した文学作品に焦点を当てて、ケアとジェンダーをめぐる視座を捉えてみたい。

2 介護する女性たち

女性に降りかかる高齢者介護の問題を描いた小説の嚆矢は、有吉佐和子の『恍惚の人』（一九七二）である。〈嫁〉が認知症の義父を介護する姿を描いた本作は、二〇〇万部も売れ、当時としては戦後最大のベストセラーとなった。背景には、一九六〇年代の高度経済成長を経て安定成長期に入ったこの時代、人びとの寿命が延び、高齢者福祉が政策課題となりはじめていたことがある。認知症を患った高齢者の生が注目を集めたのである。

ただし、『恍惚の人』はケアする〈嫁〉のほうを主人公としている。とりわけその「職業婦人」という設定には、現在一般化しつつある共働きの既婚女性のあり方が先取りされていたといえる。夫と同じように外で働いているにもかかわらず、家事だけでなく義父の介護まで押しつけられた主人公は、当然、社会の性別分業体制の自明性に疑いを向けるようになる。そうした主題はおそらくアメリカ発祥のウーマン・リブの思想が一九七〇年代には日本にも広がりをみせていたことと無縁ではない。

だが『恍惚の人』の主人公は、結局夫の手を借りずに、さまざまな工夫によって自分の仕事と家事・介護とを両立させ、〈良き嫁〉として義父を看取ることになる。現在からみれば、そうした姿を社会規範への迎合として非難できるかもしれない。だがそれ以前に、彼女の姿には〈嫁〉のケア役割が当然視されていた時代のリアルを読み取る必要がある。同様の主題は、二〇二二年上半期の芥川賞候補になった山下紘加『あくてえ』（二〇二二）にも見出せる。夫の親を世話する〈良き嫁〉の姿は、現代でもリアリティが失われていないといっていい。

〈娘〉である女性は、自分の老親に対しても介護を担いがちである。なかでも、文学作品でよく描かれてきたのが、老母を介護し看取る〈娘〉の姿だ。ただし、その年齢や立場はさまざまである。たとえば養母や実母を献身的に介護する比較的若い未婚女性の苦悩が描かれたものとして、木崎さと子『青桐』（一九八五）や姫野カオルコ『もう私のことはわからないのだけれど』（二〇〇九。『風のささやき　介護する人への13の話』（二〇一一）としても出版）がある。一方、水村美苗『母の遺産――新聞小説』（二〇一二）では、五〇代の既婚女性が母親の死を願いながらその介護を遂行し、先述の『あくてえ』では、義母を介護する献身的な〈嫁〉を、一九歳の〈娘〉が批判的に捉えていく。

このように『恍惚の人』以降、これまで軽視されたり不可視とされたりしてきた、介護する女性が置かれた個別具体的な苦境や複雑な心情などが、徐々に文学作品の中に顕在化してきている。とくに現在女性の社会進出が一般的となりつつも、非正規雇用のために経済的基盤が不安定な傾向がある中、女性たちのケア役割に対する苛立ちが中心的に描かれるようになってきている。フェミニズム批評の観点から、改めてこの現代の苛立ちの本質を捉え直していく必要があるだろう。

3　介護される女性たち

性別分業体制が根深い日本では、男性の要介護者に比べて女性の要介護者が不利な立場に置かれる。多くの女性たちが脆弱な経済的基盤しかないのに加えて、既婚の男性が妻にケアしてもらえるのに対し、女性の場合は夫からケアしてもらうことは難しいからだ。そのような立場にある女性たちはケアを担わねばならないはずの自分が誰かからケアされる立場となった際、多かれ少なかれ周囲に気がねし、罪悪感に苛まれることになる。

たとえば、大庭みな子『山姥の微笑』(一九七九)には、〈気がね自殺〉をする高齢女性が登場する。夫や子どもたちの気持ちを汲み取っては彼らを献身的に世話してきた彼女は、六二歳で病に倒れると、看病する娘の「あなたはもう御用済みよ」という心の声を読み取り、家族への〈気がね〉、換言すれば家族への配慮(ケア)の念から自ら命を絶つ。それにより、彼女は初めて自由へと解き放たれるのだ。ここには、そのような生き方を女性に強いる性別分業体制への本作の痛烈な批判を読み取れる。かたや、この作品で実母の死を願う娘の姿勢には、ケア役割に囚われない次世代の女性像が見出せるが、しかしそれを無条件に肯定的に読むわけにはいかないだろう。むしろ、ケア役割を逃れられない女性たちが、ケア役割を果てしなく遂行するか、ケアされる者の死を願ってケア役割を忌避するか、の二択しか与えられていない抑圧状況を問題化した作品と捉えなければならない。

要介護の立場となった高齢女性が自死する小説としては、円地文子『猫の草子』(一九七五)や三枝和子『野守』(一九八〇)もある。戦後日本では家制度を廃止した民法改正や高度成長を経て、夫婦と未婚の子どもからなる核家族が一般的となった。しかし右に挙げた三作品が出版された一九七〇年代から八〇年代初頭は、人口の高齢化の中、政府が高齢者介護を無償労働として各家庭に担わせるために、三世代同居を推奨する社会風潮が生まれていた。この「同居は福祉の含み資産」といわれた時代にあって、性別分業化された家庭内ケアは、それを担う〈嫁〉や〈娘〉ばかりでなく、ケアされる高齢女性にとっても大きな抑圧となったのである。

ケアされる立場をめぐる死を意識するほどの苦悩は、若い障害者女性を描いた小説にも見られる。高齢女性が〈高齢であること〉と〈女性であること〉による二重の差別を受けるのと同様に、障害のある女性は〈障害があること〉と〈女性であること〉によって二重の差別に晒されることになる。一般的な障害者差別に加えて、周囲から〈妻〉や〈母〉としての次世代再生産やケア役割を担えない者と見なされ、女性としてのジェンダーを否定される傾向があるからだ。当然、女性障害者は若くして自己の生に後ろ向きにならざるをえない。

たとえば、早くは素木《しらき》しづ『三十三の死』（一九一四）で、作者自身を思わせる若い女性障害者が世間からの偏見の眼差しに加えて、老母に介助される日々の不安感から、三三歳になったら死のうと決めている様子が描き出されている。さらに田辺聖子『ジョゼと虎と魚たち』（一九八五）でも、下肢に障害のある若い女性が非障害者の青年との恋愛を成就させながらも、自らの「死」の意識を浮かび上がらせている。性別分業体制下の女性たちにとって、ケアされる立場が生を放棄するほどの自己否定性につながるという問題は、文学研究を通してさらに検討すべき課題といえる。

4 「ケアの倫理」による捉え直し

近年、ケアをめぐる思想が新たな社会を切り拓くものとして脚光を浴びている。

近代以降の自由主義社会では、自由意志を持った自律的な主体が、公平と普遍性に基づいた正義を遂行することが期待されてきた。だがそのような正義の理念は、基本的に健常な成人男性を主体として想定しており、そこに高齢者や障害者や病人や子どもといった依存的で自律的でないケアされる者たち、あるいはケア役割を担い、自由を行使できない多くの女性たちは包摂されていない。ゆえに彼らは社会的・政治的な価値を切り下げられ、その地位を不当に貶められてきた。この傾向はとくに生産性を重視する資本主義体制に顕著であり、一九八〇年代ごろからの市場原理に基づく個人の自由な競争を原則とする新自由主義社会の到来は、ますますその傾向を加速させ、人びとの間に深刻な格差や分断を生み出すことになった。そこで、依存的であることを否定する自由主義的な正義の理念に対して、むしろ積極的に依存を肯定する「ケアの倫理（ethic of care）」という理念に注目が集まっているのである。

「ケアの倫理」は、アメリカの倫理学者キャロル・ギリガンが『もうひとつの声で』（キャロル・ギリガン（原著一九八二））[*]で提唱したもので、従来の道徳観からは未熟なものとして黙殺されてきた、おもに女性たちの抱いてきた倫理観に初めて光を当てたものである。それは、個々人が置かれた具体的な状況と関係性に基づいて互いにケアし合い、依存し合うことを重視する倫理観と言い換えられる。これをのちにアメリカの哲学者エヴァ・フェダー・キテイが『愛の労働あるいは依存とケアの正義論』（原著一九九九）で、「ケアの倫理」に基づく関係性こそが、新自由主義が進む世界で、人間存在の弱さを認め合える社会構築の重要な鍵となることを説いた（エヴァ・フェダー・キテイ＊（原著一九九九））。もちろん、相互ケアを前提とした社会では、女性だけがケアする役割を押しつけられたり、ケアされる立場の女性が殊更に後ろめたさを感じたりすることもない。

こうした考え方の登場に呼応するように、二〇〇〇年代以降の女性作家の小説では、必ずしもジェンダーに囚われないケアの関係が描かれるようになってきた。癌の治療を受ける女性を夫が支え見守る村田喜代子『光線』（二〇一二）、近未来の日本で一〇〇歳を超える高齢男性が体の弱い曾孫の少年を手厚く世話する多和田葉子『献灯使』（二〇一四）はその好例といえる。また一匹の牡犬へと変身した女性が飼い主の女性と親密な相互ケアの関係を結ぶ松浦理英子『犬身』（二〇〇七）もある。

このように従来女性が担わされ、フェミニズム批評の観点からは性別分業体制の象徴としてネガティブに捉えられてきたケアの営みは、人間存在の脆弱さや依存性を認めつつ、社会的な弱者をも包摂しようとする新たな社会構築の手がかりとして、文学作品の世界に描かれつつある。ケアを描いた過去のさまざまな文学作品についても、今後「ケアの倫理」を視座とした捉え直しが待たれるところである。

作品紹介

素木しづ「三十三の死」（『三十三の死』日月社、一九一四。青空文庫）

一八歳で結核のために右脚を切断したお葉は、三三歳になったら死のうと決意している。このお葉の苦悩を抱えた複雑な心情が、過去や現在、あるいは願望の世界の出来事を混在させながら語られていく。結末でお葉は、世話してくれる老母が自分よりも先に逝く可能性に思い至り、涙を流さずにいられなくなる。大正期、自らもお葉と同じ障害を抱えていた素木が、若い女性障害者の生がいかに閉塞的で脆弱であるかを示した先駆的な小説である。

円地文子「猫の草子」（『川波抄』講談社、一九七五。『妖・花食い姥』講談社文芸文庫、一九九七）

七〇代で自死したという木原志乃女の画帳が見つかり、語り手である老女性作家の「私」のもとに届けられる。志乃女は若くして絵の師匠の子を身ごもり、画業を捨てて働き、一人で息子を育て上げた。老いてのちケアが必要になると、同居の息子夫婦や孫たちから不潔・不要と見なされるようになる。晩年の志乃女にとって猫を描くことは唯一の救いに他ならなかった。事実を知った「私」が画帳の猫図の素晴らしさに感動しつつも、むなしい気持ちに陥る結末には同じ高齢女性としての主人公の共感と不安感が漂う。

木崎さと子「青桐」（『青桐』文藝春秋、一九八五。『青桐』文春文庫）

三〇代の充江は、北陸の旧家で兄夫婦と暮らしている。幼くして両親を亡くした充江と兄は、叔母にその家で育てられた。老いて乳癌を患い、東京の息子夫婦の家から帰ってきた叔母は一切の医療を拒んで衰えていく。充江はその介護をしながら、叔母やその実子たちへの心の屈託を浮上させていく。なかでも叔母もまた若くして病に倒れた夫を看護し、四人の子どもを育て上げたケアの人としての人生があったことに思い至る部分は注目されていい。

田辺聖子「ジョゼと虎と魚たち」（『ジョゼと虎と魚たち』角川書店、一九八五。『ジョゼと虎と魚たち』角川文庫）

下肢に障害のある二五歳の山村クミ子（ジョゼ）はある事件をきっかけに非障害者の大学生・恒夫と知り合う。二人はやがて惹かれ合い、夫婦のような「共棲み」を開始する。「バリアフリー」という言葉がまだ一般的ではなかった時代に、恒夫があれこれと世話を焼き、ジョゼの生活上の支障を取り除いていく様子は微笑ましい。「共棲み」をはじめたジョゼも恒夫のためにせっせと家事をする。だが、そのように一見幸福に満たされた生活を、結末でジョゼが「死」と呼ぶことにこの小説の真骨頂がある。

松浦理英子『犬身』（朝日新聞社、二〇〇七。朝日文庫）

犬好きであるばかりか、犬になりたいという「犬化願望」を抱く三〇歳の八束房恵は、謎の男から犬の姿に変えてもらい、一つ年下の玉石梓の飼い犬となる。「フサ」と名付けられた房恵は、やがて梓が母や兄から深刻な抑圧を受けている事実を知る。男性中心主義なこの社会で、人間の女性であることを放棄した房恵（フサ）と、〈娘〉であることに苦しむ梓との間に女性同士でありながらも、犬と人間でもあるという不思議なケアの絆が結ばれる異色作。

村田喜代子「光線」（『光線』文藝春秋、二〇一二。『光線』文春文庫）

秋山は子宮体がんの妻に放射線治療を受けさせるため、南九州の町にやってくる。定年退職後も勤めている秋山は会社を休んでの付き添いである。妻のために買い物をしたり、ベランダに降り積もる火山灰を掃除したりと甲斐甲斐しく世話をするが、それというのも秋山自身が過去に大病をした際、妻がずっと付き添ってくれたからだった。夫が病の妻の心情を察して寄り添う姿には、これまでの〈病妻もの〉にはない夫婦のかたちを見てとれる。

水村美苗『母の遺産――新聞小説』（中央公論新社、二〇一二。中公文庫）

八〇歳を過ぎた母親が骨折して入院した日、五〇代の美津紀は夫の不倫を知る。離婚するかどうかを悩みつつ、施設に入った母親のケアに疲れ果て、母親の死を願ってしまうことになる。親をケアする〈娘〉の本心を曝け出した作品として話題を呼んだが、美津紀は結婚後も非常勤の仕事をしながら家事を負担してきた、夫をケアする〈妻〉でもある。老後資金の問題からなかなか離婚に踏み切れないその様子には、日本の妻役割が女性の経済的基盤をいかに脆弱なものにしうるかが示されている。

多和田葉子「献灯使」（『献灯使』講談社、二〇一四。『献灯使』講談社文庫）

舞台は近未来の日本。地震や津波ののち、何らかの大災厄によって東京の都心部を中心に深刻な「汚染」が広がっている。鎖国政策が敷かれたこの日本では、高齢者は死なない丈夫な体となり、子どもは著しく弱体化している。西東京の仮設住宅で暮らす、一〇〇歳を超える義郎と曾孫の小学二年生の無名も例外ではない。義郎は飲食や歩行さえ困難な無名を憐れみ、介護に近いさまざまな世話をする。一方、無名も義郎の心を気遣う。この無名との相互ケアの生活を通じて、義郎は無名の生き方に新世代の知恵を発見し、自らも旧来の考え方を変えていく。

山下紘加『あくてえ』（河出書房新社、二〇二二）

派遣の非正規社員として働く小説家志望の一九歳の「あたし（ゆめ）」は、母親の沙織（きいちゃん）がパートの仕事をしながら介護する九〇歳の祖母の無遠慮な態度に苛立ち、日常的に祖母と悪態をつき合っている。この祖母は不倫して家を出た父親の母だ。にもかかわらず沙織が身を削ることに、「あたし」は苛立つ。しかし過去、祖母は共働きの夫婦の代わりに、幼い「あたし」の世話をしていた。このケアに恩義のある沙織と、当時の記憶のない「あたし」との世代間ギャップが読みどころとなっている。

【参考文献】

伊藤智佳子『障害者福祉シリーズ6　女性障害者とジェンダー』（一橋出版、二〇〇四）
一番ケ瀬康子・江種満子・高野晴代・丸山和香子・漆田和代・加藤美枝・平田澄子『煌きのサンセット――文学に「老い」を読む』（中央法規出版、一九九三）
上野千鶴子『ケアの社会学――当事者主権の福祉社会へ』（太田出版、二〇一一）
岡野八代『フェミニズムの政治学――ケアの倫理をグローバル社会へ』（みすず書房、二〇一二）
小川公代『ケアの倫理とエンパワメント』（講談社、二〇二一）
倉田容子『語る老女 語られる老女――日本近現代文学にみる女の老い』（學藝書林、二〇一〇）
キテイ、エヴァ・フェダー『愛の労働あるいは依存とケアの正義論』（原著一九九九。岡野八代・牟田和恵監訳、白澤社、二〇一〇）
ギリガン、キャロル『もうひとつの声で――心理学の理論とケアの倫理』（原著一九八二。川本隆史・山辺恵理子・米典子訳、風行社、二〇二二）
佐々木亜紀子・光石亜由美・米村みゆき編『ケアを描く――育児と介護の現代小説』（七月社、二〇一九）
米村みゆき・佐々木亜紀子編『〈介護小説〉の風景――高齢社会と文学（増補版）』（森話社、二〇一五）

アニメーションとジェンダー

Column 03

米村みゆき

文学研究の場でアニメーションを研究するための方法論は、いまだ発展途上にある。文学研究と映像研究の蓄積を活かした研究は散見されるが、アニメーションという固有の媒体をどのような切り口で取り組むのかについては、研究者が模索し、各々取り組む状況である。本コラムでは、注目すべき著者と著作、日本におけるディズニーの受容を中心にしてとりあげ、その方法論と成果を見てゆきたい。

声および声優の視点から

石田美紀『アニメと声優のメディア史――なぜ女性が少年を演じるのか』（青弓社、二〇二〇）は、日本のアニメにおける声とそれを演じる声優に焦点を当てた研究である。この研究が評価に値するのは、アニメーション研究において声および声優を論じる新たな研究領域および方法論を切り開いたことである。同書の問いの一つは、少年を演じる女性の声優について、なぜ年齢と性別を越境した配役が行われてきたのか、である。戦後の占領期政策、関係者へのインタビュー、アフレコ台本などの資料を渉猟する。実証的研究から明らかになったのは、アニメーションの発展における女性声優たちの貢献度である。少年の声優における声変わりのリスクや、労働基準法の制定による子供就労の代替としての役割はあった。しかしながら子供では難しい演技や、アテレコやアフレコなどの映像に合わせた演技の要請から、女性声優たちが活躍した（木下喜久子、野沢雅子）。連続アニメを成立させるには女性声優が少年を演じることが必要であったのだ。理論を応用した研究では、東浩紀の「データベース消費」論を参照しつつ、キャラクターの図像的な特徴の「視覚的データベース」と「声のデータベース」の一致をファンが望むようになった過程を辿る。男性／女性を撹乱しつつ、声優ファンがキャラクターの表象と声のずれを受け入れる土壌を作った緒方恵美の活躍に注目する。一九七〇年代のアニメ雑誌の創刊の影響で、声優が素顔を見せる機会が増え、スター化し現在の声優ブームに至る過程も描く。男性の監督やプロデューサー、アニメーターが注目される傾向があるアニメーション研究において、女性たちの才能に光を当てた研究となった。

ポスト・フェミニズム、男性性の視点から

ポピュラー・カルチャーの中に見出される労働の問題をポストフェミニズム状況の観点から論じたのが、河野真太郎『戦う姫、働く少女』（堀之内出版、二〇一七）である。たとえば、細田守『おおかみこどもの雨と雪』（二〇一二）では、貧困と階級の問題が人種的差異の

問題にすり替えられていると指摘する。主人公である母親の花は、シングルマザーとなったとき、エリートコースから脱落し血縁社会にも福祉・セーフティネットからも助けを得られない。花の子供の雨や雪もアイデンティティの選択をしているようにみえるが貧困の再生産がみえる。宮崎駿『魔女の宅急便』（一九八九）においては、キキの労働は宅急便であり、肉体労働であるが、その表象では感情労働＝「笑顔でいること」が求められる。さらに、労働がアイデンティティとなる「やりがい搾取」的な状況もみえる。『千と千尋の神隠し』（二〇〇一）における主人公・千尋の労働は、ケア労働、依存労働、愛情労働、家事労働などが重層的に見受けられる（エヴァ・フェダー・キテイ[*]（原著一九九九））。千尋がお腐れ様の「排泄」やカオナシの嘔吐などを「介助」する点に老人介護の象徴的意味がみえる。また、湯屋の労働が象徴するのは、セクシュアリティが関わる愛情労働のファクターである。

河野の最新刊『新しい声を聞くぼくたち』（講談社、二〇二二）は、ポストフェミニズム状況における男性性がテーマである。ジェンダーやフェミニズムのほとんどを「男性問題」とする立場だ。宮崎駿『もののけ姫』（一九九七）においては、タタラ場に障がい者に向けたワークフェアを読む。『もののけ姫』は室町時代を舞台とした時代劇かつファンタジーである。しかし、公開当時のリアリティ――福祉国家から新自由主義への枠組みがみえる。エボシが率いるタタラ場はハンセン病患者が暮らし、障がい者支援を連想させるからだ。一九七〇年代までのフォーディズム期／福祉国家は終身雇用の労働者の男性と専業主婦の女性というジェンダー役割をもたらしたが、一九八〇年代以降は、個人はもはや国家や福祉に頼ることができない。タタラ場も単なる慈善事業ではない。現代社会においては、ダイバーシティの称揚は経済的利益をもたらすことを根拠にすることが多いが、その傾向を連想させている。

オーディエンス論の視点から

カルチュラル・スタディーズ、とりわけオーディエンス論の成果として須川亜紀子『少女と魔法――ガールヒーローはいかに受容されたのか』（NTT出版、二〇一三）がある。西洋から輸入された魔女と魔法のイメージが、日本においてキリスト教的文脈から離れ、肯定的イメージの付与や、フェミニニティや女性のパワーと結びつく様態に焦点があてられる。中心となるのは、日本のテレビアニメにおける魔法少女の表象分析と受容論である。魔法少女の表象分析では、各時代の社会的コンテクストにおいて、ヘゲモニックな女性のジェンダー規範やフェミニニティが強化され、再生産、攪乱された様相を分析する。たとえば一九六六年放映の『魔法使いサリー』においては、女性が学校や家庭においてドメスティシティ（家庭第一主義）と不可分に結合するさまや、魔法を使用しない無償家事労働が男性中心社会から高評価を得る実態が示される。一方、「西洋」表象と結び付いたサリーは、文化的コンフリクトを生じさせるものの、友人たちには伝統的な日本が表象され、そこでは両者の交渉や折衷によって問題解決が探られる。受容論で注目されるのは、ヘンリー・ジェンキンズ*『テクストの密漁者たち』(一九九二)に代表されるファン文化の分析を、いち早く行った点であろう。女性視聴者たちは『セーラームーン』の二次創作、消費活動において、作品には描かれない隠された女性性や女性の快楽を見出した。またスチュアート・ホールによる脱コード化の指摘——受け手側は送り手のメッセージを脱コード化しつつも自己解釈してゆくさまが提出される。魔法少女のオーディエンスは年代別に三つのコーホート(小グループ)に区分されるが、「メグ・マミ世代」では、学校が教え込む集団調和からの逃避があり、「テクストの密猟」(二次創作活動)が顕著で、秘密のアイデンティティを楽しんでいる。須川の最新刊『2.5次元文化論　舞台・キャラクター・ファンダム』(青弓社、二〇二一)は、2.5次元研究である。併せて参照されたい。

ディズニープリンセス、日米比較の視点から

プリンセスを主役にしたアニメーション作品は、今も昔もディズニーが主流である。ディズニープリンセスは、日本におけるプリンセスの受容として注目されるだろう。しかし若桑みどり『お姫様とジェンダー』(筑摩書房、二〇〇三)が指摘するように、一九八〇年代に

なってコレット[*]・ダウリング『シンデレラ・コンプレックス――自立にとまどう女の告白』（原著一九八一）、エリッサ[*]・メラメド『白雪姫コンプレックス』（原著一九八三）などの著作が出版され、『白雪姫』『シンデレラ』『眠れる森の美女』などのプリンセス像は受動的で何も知らない女性を理想化するものとして批判の対象となった。

ディズニーはこのような時代の変化に応じて、一九八九年の『リトル・マーメイド』以降、女性の社会進出やポリティカル・コレクトネスの概念を反映してきた。善良で従順なヒロイン（白雪姫、シンデレラ）から、行動によって知性を示すヒロイン（『リトル・マーメイド』のアリエル、『美女と野獣』のベル）を主役に据えた。また、近年はアフリカ系アメリカ人を主役にした『プリンセスと魔法のキス』（二〇〇九）、活動的なプリンセスを描いた『塔の上のラプンツェル』（二〇一〇）、『アナと雪の女王』（二〇一三）にみえる姉妹など多様なプリンセス像を提示している。二〇〇〇年以降になると、これらの「ディズニープリンセス」はブランド化され、物語の枠を超えて活躍するようになった。興味深いことに、テレビシリーズ『ちいさなプリンセス　ソフィア』（二〇一二～一八）や『シュガーラッシュ・オンライン』（二〇一八）では、ディズニープリンセスがカメオ出演する。その際、自らの経験や特技を生かして主人公たちを助けており、古典的なプリンセスたちは積極的に行動するプリンセスとして描き直されている（Davis, 2018）。

一方で、日米において「ディズニープリンセス」の扱いに差異があるのは注意が必要だ。二〇一八年に各国のディズニーチャンネルやwebサイト上で「Dream Big, Princess」というキャンペーン（映像）が行われた。これはディズニープリンセスたちをロールモデルとして提示し、子どもたちをエンパワメントすることを目的としたものである。各言語でプロモーションビデオが制作されている。英語版の映像は一九八九年以降のプリンセスを中心に構成されており、スポーツや学業などで活動する子どもたちの実写映像も含まれる。一方日本語版の映像では古典的作品のプリンセスを映す時間が長く、子どもたちの実写映像も含まれない（平野泉*（二〇二二））。ロールモデルが曖昧で、政治的なメッセージは弱められている。現在のディズニーは、プリンセスをポリティカル・コレクトネスに沿って提示するにもかかわらず、日本においては、旧来のプリンセス像のイメージが払拭されていないことを表すものとなっている。

【参考文献】
キテイ、エヴァ・フェダー『愛の労働あるいは依存とケアの正義論』（原著一九九九。岡野八代・牟田和恵訳、白澤社、二〇一〇）
ダウリング、コレット『シンデレラ・コンプレックス――自立にとまどう女の告白』（原著一九八一。柳瀬尚紀訳、三笠書房、一九八六（全訳版）、木村治美による抄訳は一九八二年）
平野泉「ディズニーとポリティカル・コレクトネス――ジェンダー、多様性への試み」（専修大学「学際科目9」授業資料、二〇二二年六月二三日参照）
メラメド、エリッサ『白雪姫コンプレックス』（片岡しのぶ訳、晶文社、一九八六）
Amy M. Davis. "Women in Disney's Animated Features 1989–2005" *The Animation Studies Reader* (p.277). Bloomsbury Publishing. 2018
Jenkins,Henry. *Textual Poachers:Television Fans and Participatory Culture* (New York and London: Routledge, 1992) 日本語訳未刊。

12 暴力

内藤千珠子

1 ジェンダー化される世界の暴力

フェミニズムの観点から暴力という主題を捉えてみると、世界の秩序や規範が、女性ジェンダー化された身体を暴力の宛先として構成されてきたことは明らかだ。#MeTooムーブメント以降の現在、フェミニズム的な関心が社会的に広がりをみせ、ジェンダーやセクシュアリティに関わる性暴力が日常のなかに組み込まれていることが共通の認識となってきた。セクハラ（セクシュアル・ハラスメント）、DV（ドメスティック・バイオレンス）、レイプなどの性暴力が、女性として生きる個人を否応なく被害者として巻き込み、当事者にさせる社会のあり方を問題化する意識は、世界をまなざす視線を少しずつ組み換えていくだろう。

セクハラ、DVといった言葉が社会のなかに定着することではじめて、それまで暴力に見えなかったことが紛れもない暴力として可視化され、被害を受ける側にいる人々は、沈黙して我慢するのではなく、違和感を声にすることができるようになった。職場での「からかい」「性的いたずら」

は、耐えて当然のことではなく、ハラスメントという労働災害の次元から問題化されることになり、恋人や夫婦間の「いさかい」「痴情のもつれ」などと呼ばれてきた現象は、他者が介入できない出来事ではなく、親密な関係性の間に生じる見過ごすことのできない暴力として理解されるようになったのである。変化のプロセスにある現在から改めて振り返ってみるならば、近代社会とは、女性ジェンダー化された立場への暴力をスタンダードな規範として許容し、ときに要求するしくみをもった世界にほかならなかったといえる。

二〇一七年の刑法改正の際、「強姦罪」の名称が「強制性交等罪」と変更され、被害者を女性としてきた限定がなくなるなど、性犯罪をめぐる法制度には大幅な改定があったが、「暴行脅迫」要件や「抗拒不能」要件が残されたため、いまもなお、性暴力が法的に犯罪と認められることは難しい。日本社会の中で性暴力はあまりにも当然視され、正当化されてきたため、現実とイメージとの間の乖離は解消されず、当事者にとってさえ、被害を被害として、加害を加害として認識することが困難な状況は、依然として続いている。暴力が愛や恋愛という言葉によって不可視にされる事態や、上下関係の中で上に立つ者が「指導」という名で権力を濫用する出来事は、残念ながら、あらゆるところで反復されている。また、性暴力の実情として男性から女性に向けられる暴力というケースが圧倒的割合を占める状況があるとしても、男性への性暴力被害や、セクシュアル・マイノリティと性暴力の構造を想像する視点は欠落しがちである。フェミニズム的な思考が共有されるという前向きな変化を経験しつつある現在、暴力から隔たった新しい世界像を実現させるために、さらなる議論を重ねていく必要があるだろう。

2 ナショナリズムと性暴力

　では、ジェンダーやフェミニズムの観点を念頭に、近代社会の成り立ちを歴史的に振り返ってみよう。近代とは、軍事主義と資本主義を前提とした、帝国的なナショナリズムが支配する時代であり、戦争の論理、消費の論理が世界を動かしていくシステムが備わっていた。

　中心にあるナショナリズムや軍事主義は、一見したところジェンダーやセクシュアリティとは無縁であるように見える。より正確に言うと、女性的なものや性的なものとはまったく関係しないように判断されるため、ジェンダーやセクシュアリティという主題とはそぐわない印象を受けるということになるだろう。なぜなら、ナショナリズムの熱狂の中心には、「国民」として承認された帝国の男性が存在し、軍隊は男性的なイメージを帯びているからだ。

　だが、現在の学術的議論の中では、男性的にみえることが当たり前で、違和感さえ意識にのぼらないこととそれ自体が、ナショナリズムや軍事主義が、イデオロギーとしての「女らしさ」や女性性を必要とし、依存していることを、逆説的に証立てているのだという知見が共有されている。女性らしい軍事主義を不可視とすることは、軍事主義の「策略」の一つであり（シンシア・エンロー*（原著二〇〇〇））、ナショナリズムに基づく戦争の論理は、性的に消費され、侵略されるものとしての女性身体とそのイメージを常に必要としているのである。

　軍事主義や戦争の論理は、日常的な場面での性的消費や女性への暴力を前提として組み立てられてきた。その延長に、植民地公娼制度があり、さらには「慰安婦」とされた女性たちへの暴力がある。過去と現在の日常はなだらかに連なっているのであり、「慰安婦」の問題は、私たちの日常を取り巻く性暴力の問題とつながっている。こうした観点から戦争と性暴力を描いた文学テクストを批評的に読解することで、暴力の問題を考えるための視点を得ることができるだろう。たとえば林芙美子『浮雲』（一九五一）には、戦争の時間を占領地で経験したヒロインの視点を通して、女性の身体が暴力によって一連なりになった世界像が可視化されており、女性たちの間身体的な連続性を批評的に考察するための地平が示されている。また、田山花袋『蒲団』（一九〇八）の物語世界を引用しつつ、女性たちの複数の声や、多様な視点が豊かに交錯する小説の世界を織りなした中島京子『FUTON』（二〇〇三）においては、戦争の記憶が重要な主題として展開されている。小説に描かれた、記憶を語る声に寄りそい、「聞く」という行為が備えた現在進行形の力は、現代の読者である私たちに、暴力から隔たるための思想的契機を伝えてくれるはずだ。

実際のところ、私たちの日常にはつねに性暴力が作用している。家族、恋愛、性愛、結婚といった人間関係や出来事は性暴力とつながりあい、親密な相手との関係には、暴力の加害と被害という関係性が重なる可能性がいつでも含みもたれる。ナショナリズムや戦争の論理が、攻撃性を帯びた主体として男性身体を積極的に構築する一方で、女性身体を暴力の宛先として消費し、有効活用しようとする構図は、遍在する権力として反復され、ジェンダーをめぐる規範的メッセージとなる。男性の攻撃性は戦争という磁場でのみ作動するのではなく、女性身体の性的消費は「JK」や「アイドル」という記号の消費や性風俗の現場でのみ作動するのではない。

過ぎ去った過去のものと思いがちな帝国のナショナリズムが、現在進行形で日常のすみずみに作動しているのだと知り、小説の言葉が描いた世界像から別の選択肢について想像することは、暴力を標準に組み立てられた世界を作り変える力につながっていくだろう。

3 トラウマと呼びかけ

絶えず暴力が生成する世界の中では、誰もが傷つけられている。その傷を考えるために重要な視点を与えてくれるのが、残虐行為や破壊的出来事の体験による心的外傷、すなわちトラウマをめぐる研究だろう。トラウマ研究の名著として知られる、ジュディス・L・ハーマン*(原著一九九二)を参照しつつ、大きく整理しておこう。トラウマ研究は、社会の政治的な文脈に左右されつつ展開してきたといえるが、二つの系統として、女性の「ヒステリー」をめぐる研究と、戦争神経症をめぐる研究があった。前者の大きな帰着点として、フェミニズム運動を背景にしたレイプやＤＶ、子どもの虐待など性暴力の研究があり、一九七〇年代のアメリカでは、家庭という場所で女性や子どもが日常的に性的搾取にさらされる被害の実態が明らかにされていった。また後者は、ベトナム戦争帰還兵の研究として展開され、一九八〇年には、アメリカの精神医学界で「ＰＴＳＤ(心的外傷後ストレス障害)」のカテゴリーが疾患概念に含まれることになった。ハーマンは、戦争のサバイバー(生存者)と性暴力のサバイバーとが同一の経験をもつということは、性暴力の被害が戦争の死傷と等しいのだという点に、強く注意を促している。

トラウマをめぐる構図からは、戦争の論理が必要とするジェンダー化された暴力が立ち現れてくる。一方には、被害を受けやすい、被傷性のある身体として際限なく呼び出される女性ジェンダー化された身体とそのイメージの盗用がある。もう一方には、暴力を行使するポジションを強要された男性の身体があり、戦争によって耐えがたい傷を受け、トラウマ化されたとき、男性的価値から逸脱した身体の声は、理解されず、聞かれにくい声になる。したがって、性暴力の被害に遭った男児や男性のトラウマを可視化するには、より大きな困難が伴われるという点にも、関心を広げておく必要があるだろう。

宮地尚子は、「過去の出来事によって心が耐えられないほどの衝撃を受け、それが同じような恐怖や不快感をもたらし続け、現在まで影響を及ぼし続ける状態」と定義されるトラウマとは、「目にも見えず、言葉にもなりにくいようなこと」なのだと述べている（宮地尚子[*]（二〇一三））。社会は見えない傷や暴力によって形成されているが、見えないもの、語ることのできないものを共有するのは難しい。こうした困難を含むトラウマについて思考するために、宮地が提出したのが、「環状島モデル」である。真ん中に内海がある、ドーナツ状の環状島の比喩で示されるのは、トラウマをめぐる中心に、内海のような沈黙があるということだ。もっとも被害の重い人々が中心にいるが、中心にいるその人たちは、生き延びることができず、語ることができない。だから、真ん中に沈黙があり、語りや表象が中空構造になっている。沈黙の闇に消えてしまいそうな、トラウマから呼びかけられるその声を聞き取ることができるかどうかは、その外側の社会との関係によって決まってくるのだと、宮地は論じている。ふれることの難しい傷に近づこうとする感性を、私たちの社会は育んでいくことができるだろうか。

4 文学における暴力と傷の表象

文学の言葉は、日常的な規範の中では封殺され、排除されがちな声や、不在とされてしまう出来事を叙述するための、フィクションの効果に通じている。仮に、リアルタイムでは誰にも届きえないとしても、文学テクストはジェンダー化される性暴力とトラウマティックな声を、物語のレベルでも、描写や語りのレベルでも、継続して記述してきたといえるだろう。引用のモザイクとして生成するテクストは、未来に向かって開かれ続けている。したがって、現在の視点から近代文学を再読すると、これまで聞き取られてこなかった、沈黙する者たちの声が、必ずや立ち現れてくるはずだ。

おそらく、近代文学史に登録された古典的名作の中で、性暴力的な構造を指摘できないテクストは存在しない。なぜなら近代が、性暴力を当然の前提として成立してきたからだ。取るに足りないこととして、誰もが軽視し、否認することで、読み落とし、無視され、聞き取られることのなかった沈黙の声は、性暴力やトラウマという言葉によって問題が共有されることになった時代になってはじめて、これまで閉じ込められていた場所から現れてくる。それは、聞く側、読む側が変化することによって、読み取り可能な存在になるのである。

とりわけ、暴力の記憶を描いたテクストは、「私」という存在の声にならない体験を、可視的な領域に引き寄せる契機を携えているだろう。出来事が起こった後、傷によってばらばらになった自分を見出し、再構成する言説は、読み手と力を分有することで、語りえないものを語るための言葉になる可能性を潜在させている。

傷つくことに慣れることをやめ、暴力の反復から隔たるための言葉を手に入れることから、私たちの日常を作り変える第一歩がはじまるだろう。

作品紹介

田澤稲舟「しろばら」（『文芸倶楽部』一八九五・一二。細矢昌武編『田澤稲舟全集』東北出版企画、一九八八）

桂光子は、校長によるハラスメントが原因で自ら退校するが、女学校では光子の「不品行による退学」が噂される。光子はまた、父が強いる、権威主義的な華族、星見篤麿との結婚を拒絶するが、父に勘当された上、篤麿にクロロホルムで意識を奪われレイプされてしまう。その後、光子と思しき死屍が発見される。意志を貫く女性には否定的評価が与えられ、女性同士の連帯は社会的に阻害される。暴力によって尊厳が奪われようとするとき、光子に呼びかける声が混入するが、変調する語りに小説の批評性が宿っている。

田村俊子「枸杞の実の誘惑」（『山吹の花』植竹書院、一九一四。『田村俊子作品集』二巻、オリジン出版センター、一九八八）

智佐子は、友人と枸杞の実を取る遊びに夢中になっている。あるとき、一人で枸杞の実を取りに出かけ、枝の実を取ってくれた男からレイプされてしまう。事件後、家族は智佐子を「不具者」と激しく非難する。周囲からのセカンドレイプの暴力を背景におきつつ、最終場面では、智佐子が自らの性的欲望を自覚する場面が描出されていく。性暴力の社会的構図を可視化し、少女の性的な受動化と主体化の両義性を提示する短篇。

野溝七生子「紫衣の挽歌」（『月影』青磁社、一九四八。『暖炉——野溝七生子短編全集』展望社、二〇〇二）

仔猫のヤヌを探しに出た「私」は、髪床のおかみさんに会う。寂しそうに笑う彼女は幻かと思えたが、離婚の危機に悩み自殺していたのだった。翌日、ヤヌの死骸が発見されるが、母親になるはずだったヤヌの死は、轢死したおかみさんの遺体のイメージ、さらには記憶の奥に潜む西洋人L・B中尉の墜落死とも重なりあっていく。「女の死」のイメージに脅かされ、死を悼む「私」の視線のなかに、暴力による喪失への思考が読み取られる。

富岡多恵子『遠い空』（中央公論社、一九八二。中公文庫）

六九歳のソヨさんが殺害された。事件の前提には、朝乃さんがいた。二年前、五五歳の朝乃さんの家に、音が聞こえず言葉を話さない男が現れ、性交を求める。息子と同年代と思しき男を憐れみ、応じた朝乃さんだったが、その後、男は季節ごとに訪れるようになる。事件の日、朝乃さんは男を拒絶したが、身代わりのようにソヨさんがレイプされ、殺害されたのだった。男たちの嘲笑を背景に、朝乃さんはソヨさんに反感の入り交じる複雑な罪悪感を覚える。後日、男の弟が朝乃さんを訪れ、同じように性交を要求する。なぜ、と叫ぶ朝乃さんの声が、ジェンダー化された暴力に対する鋭い異和として響いてくる。

内田春菊『ファザーファッカー』（文藝春秋、一九九三。文春文庫〈新装版文庫〉）

養父は、家族の生活を暴力で支配してきた。「私」からは、漫画家になりたいという夢を奪おうとする。養父は日常的に「私」の体を触り、しつけという名目で正当化してきたが、恋人のできた「私」が妊娠と中絶を経験して以降、継続的にレイプするようになる。母も養父の行為に加担し、誰も助けてくれない状況におかれた一六歳の「私」は、家を出る決意をする。漫画という希望と夢を携えた「私」の自由への出発が、印象深く心に迫る。自伝的小説。

落合恵子『セカンド・レイプ』（講談社、一九九四。講談社文庫）

ライターの美砂子とキャスターの典子は友人関係にある。美砂子は記事を書くことで心ならずもセカンドレイプに加担した経験をもち、今なお思い悩む。幼い頃に虐待を受けていた典子は、セラピーを受けながらも自損行為を反復している。性的虐待に苦しむ少女が、義父を刺殺する事件が起こったとき、典子は番組で自らの経験を語る。勇気を出した典子に、多くの女性たちからの励ましと共感が寄せられる。女性たちの連帯は力強く、出来事を名指す言葉が存在することの重要性が実感される。

江國香織『思いわずらうことなく愉しく生きよ』（光文社、二〇〇四。光文社文庫）

犬山家の三姉妹の物語。長女の麻子は、夫から暴力を受けているが、恐怖と一体化した幸福を守ろうとしている。麻子は自らをＤＶの被害者とは認識せず、心配する妹たちから綻びを隠し続けようとする。あるとき麻子はスーパーで、夫から暴力を受けているらしい女性に、不意に声をかけてしまう。危害の痕跡が、限度を超えているように見えたからだ。同じ状況にある女性同士の接触が、現実に気づくきっかけとなる。不可視になりがちな暴力を認識するための契機について、示唆に富んだ物語展開となっている。

津村記久子『君は永遠にそいつらより若い』（筑摩書房、二〇〇五。ちくま文庫）

女子大学生の「わたし」は、「イノギさん」という女性に出会う。距離が縮まっていく過程で、イノギさんからレイプ被害に関わる痛みを伝えられる。一方で、四歳のときに誘拐され行方知れずとなったある男の子の存在を、「わたし」は忘れられずにいる。小説のタイトルは、その「君」に向けて呼びかける励ましのメッセージである。見知らぬ他者である「君」の傷と、イノギさんという大切な他者のトラウマとが、ゆるやかに結びつけられている構造を考えながら読解したい。痛む傷の隣で、そっと一緒にあろうとする「わたし」の、他者の言葉にひたすら耳を傾け続ける姿勢は、トラウマへの応答可能性を指し示している。

桜庭一樹『私の男』（文藝春秋、二〇〇七。文春文庫）

最初に登場する語り手の花が「私の男」と呼ぶのは、養父の淳悟のことである。震災で家族をなくした花を、遠縁の淳悟が引き取り、二人は親子となった。淳悟は花を血のつながる自分の娘と考えて執着し、幼い花の肉体を求める。複数の語りと視点が設けられたこの小説では、花が淳悟から離れ、別の男と結婚することを選んだ現在時から、過去へ遡るように物語が語られる。娘と父は、二人の関係を守るために殺人さえ厭わなかった。性的虐待の当事者が暴力を認識し、トラウマティックな絆から離脱することは、困難と矛盾に満ちている。それでも花は、「私の男」からの出立を選び取った。「愛」「恋愛」という言葉が見えにくくする性暴力の構造と収奪の力学を繊細に思考しながら読解したい。

佐藤亜有子『花々の墓標』（ＩＦＦ出版部ヘルスワーク協会、二〇〇八）

父からの虐待のトラウマに苦しみ続けてきた作家が、グループ療法を経て執筆したという形式をとった自伝的小説。記憶のなかに封印してきた出来事と向き合う「私」の、恐怖や罪悪感、自己破壊の衝動を綴る叙述そのものから、トラウマ的な出来事によって奪われたものと、抑圧を跳ね返そうとする想像力が同時に読み取られる。プロローグには「本書を、似たような傷に苦しむすべての女性に捧げたい」とある。言葉で傷を開きながら生に願いをつなぐ切実なプロセスは、読まれるたびに、生き直されるだろう。

松田青子『持続可能な魂の利用』（中央公論社、二〇二〇）

セクハラの被害に遭い退職を余儀なくされた敬子は、女性アイドル「××」のファンになる。敬子の周囲にいる女性たちの日常は性暴力に取り巻かれ、日々を生きることがレジスタンスにほかならない。敬子と女性アイドル「××」が出会い、女性が性的に消費されない未来に向かって、革命への道が開かれていく。立場が異なる複数の人々の連帯からはじまる革命の物語は、差別や排除の近代的形式を更新する文学の可能性を現出させる。

【参考文献】

上野千鶴子・蘭信三・平井和子編『戦争と性暴力の比較史へ向けて』（岩波書店、二〇一八）

エンロー、シンシア『策略――女性を軍事化する国際政治』（原著二〇〇〇。上野千鶴子監訳、佐藤文香訳、岩波書店、二〇〇六）

齋藤梓・大竹裕子編著『性暴力被害の実際――被害はどのように起き、どう回復するのか』（金剛出版、二〇二〇）

宋連玉・金栄編『軍隊と性暴力』（現代史料出版、二〇一〇）

内藤千珠子『「アイドルの国」の性暴力』（新曜社、二〇二一）

ハーマン、ジュディス・L『心的外傷と回復』（増補版、原著一九九二。中井久夫訳、みすず書房、一九九九）

林葉子『性を管理する帝国――公娼制度化下の「衛生」問題と廃娼運動』（大阪大学出版会、二〇一七）

宮地尚子『トラウマ』（岩波新書、二〇一三）

森田ゆり編著『トラウマと共に生きる――性暴力サバイバーと夫たち＋回復の最前線』築地書館、二〇二一）

山本潤『13歳、「私」をなくした私――性暴力と生きることのリアル』（朝日新聞出版、二〇一七。朝日文庫、二〇二一）

歴史学研究会・日本史研究会編『「慰安婦」問題を／から考える――軍事性暴力と日常世界』（岩波書店、二〇一四）

13 消費文化・装い

徳永夏子

1 自己表現としての〈装い〉

私たちは言葉によって自分を語るのと同様に、〈装い〉によっても自分を語る。ソースタイン・ヴェブレン（『有閑階級の理論』原著一八九九。村井章子訳、ちくま学芸文庫、二〇一六）は、匿名性の高い近代社会では、自分がどのような人物であるかを外見によって示すようになると述べた。〈装い〉とは、自分が誰であるかを探りながら示す行為であり、衣服だけでなく、メイクや、パーマ、タトゥーをはじめとした身体加工も自分を作り上げる手段である。

たとえば、日本のフェミニズム運動の先駆けとなった『青鞜』の平塚らいてうは、自伝的小説『峠』（初出一九一五）で、当時流行した華美な女学生ファッションを拒否し、あえて地味な〈装い〉をすることで、ジェンダー規範から抜け出そうとする様子を描いた。自分自身を「女でも、男でもない、それ以前のもの」（『元始、女性は太陽であった』上、大月書店、一九七一）だと言ったらいてうが、自己の考えをあらわす手段として、〈装い〉が用いられているのである。小説では、そうした服装を男性から批判されるが、そのことがかえって男性の視線やそれを内面化した女性への違和感を覚える契機になっている。〈装い〉は、他人からどう見られるかということ、そして、他人からの評価にどのように応えていくかという問題を私たちにつきつける。

らいてうだけでなく、『青鞜』の女性たちは、マントや男装によって、既存の価値観にとらわれない〈新しい女〉としての自己表現を試みた。この時選ばれた〈装い〉は、ジェンダー規範に異議を唱えるものであるが、それは一方で、男らしい服装や身振りがどういったものか、女らしい服装とは何であるのかを逆説的にうつし出し、ともすればステレオタイプを強化することにも繋がる。*ジュディス・バトラー（原著一九九〇）が、強制力の強さを指摘したように、ジェンダーは、規制的枠組みの中でたえず命令される一連の行為であり、自らの意志で自由に選択できるものではない。突飛な〈装い〉によってこれまでとは違う女性のあり方を提示しようとしても、ジェンダー規範から自由になることはそう簡単にはできない。

ただし、ここで確認しておきたいのは、明治・大正期には、内面をあらわす容れ物として外見が結び付けられていたということである。たとえば新渡戸稲造は、『婦人に勧めて』（一九一七）で、内面のありようが外見にあらわれるとし、修養の必要性を説いた。当時の婦人雑誌には同様の訓示が多数存在する。らいてうの自己表現としての〈装い〉もこうした文脈で捉えることができるだろう。

2 消費社会と〈厚化粧〉のモダンガール

実際、らいてうはモダンガールが女性の新風俗として注目された際、彼女たちの近代性は、西洋風の〈高価な服装〉や〈厚化粧〉といった外見ばかりで、内面が伴っていないと批判した（「かくあるべきモダンガアル」『婦人公論』一九二七・六）。このモダンガールの享楽性・無思想性は、同じ時期にベストセラーになった、林芙美子『放浪記』（一九三〇）の主人公の〈ルンペン性〉にも通じる。主人公は、カフェやセルロイド工場で働く都市生活者であるが、エロティシズムに結びつけられた享楽的なモダンガールイメージがそこには呼び込まれている（*小平麻衣子（二〇二三））。こうしたイメージの広がりに伴い、モダンガールはバッシングされるようになる。その背後には、近代消費社会へ移行する中で、新しい文化や規範がこれまでの生活に侵入してくることに対する人々の畏れや戸惑いがある。それが断髪、洋装、洋風化粧というわかりやすい近代化の記号を背負った女性たちに向けられたのである。

資本主義先進国で成立した消費社会は、男性を生産者、女性を消費者として規定した。これに対し、フェミニズムは、生産の場から女性を締め出し、私的領域に囲い込む、消費の女性ジェンダー化を問題視した。買い物などの家事が女性にとっての〈生産〉であると解釈したり、仕事に従事して、〈生産〉領域に関わる女性を重要視したりして捉えなおしを図った。職業婦人としてのモダンガールへの注目もこうしたことが関わっている。

宇野千代『脂粉の顔』（一九二三）は、カフェで働くモダンガールが主人公の小説である。彼女は、濃い白粉、細い眉、西洋風に濃くつけた頬紅と口紅、アイシャドウといったモダンガールメイクをしている。これは、日本の伝統的な化粧とは全く異なるものだった。当然日本のメイク用品ではそのようなメイクを施すことはできず、国内ブランドが商品開発に乗り出してはじめて可能となった。もちろん、多くの女性にとっては高級品で、簡単に手に入るわけではなかったが、映画や、婦人雑誌の影響、化粧品会社の大がかりな広報活動によって次第に普及していく。スクリーンに写し出されたハリウッド女優のメイクや服装は、女性たちの関心を集め、さらに婦人雑誌に掲載されたグラビアや美容記事、化粧品広告も女性たちを魅了した。婦人雑誌は、企業とタイアップしながら衣服や化粧品の通信販売を展開し、収益の拡大を図った。モダンガールが〈厚化粧〉を行った背景には、このような消費社会の発展が関与している。それは、モダンガールが消費文化の中心に置かれていたことを示すと同時に、だからこそ、彼女たちの主体的な選択というよりも、社会構造や既存の価値観を色濃く反映した結果だということができる。

3 非対称な美の規範

上述の通り、当初モダンガールの西洋風の化粧は、エロティシズムの徴として糾弾の対象になった。ところが、モダン文化が浸透し、近代的な生活が憧れの対象になると、モダンガールの対極に位置づけられていた主婦（とその予備軍）にも西洋風メイクが広がる。もともと化粧品広告は、役者のコメントや写真を掲げて購買を促す巧みな宣伝方法をとってきたが、一九三〇年頃には、穏健な婦人雑誌でも、読者の欲望に直接訴求するような西洋風化粧品の広告が並んだ（前島志保＊（二〇一二））。それらは、読者の談話や写真・口絵を組み合わせた記事と、その形式を真似た広告を並置するなど、ユニークなものが多い。広告と一緒に掲載された読者のコメントによって、読み手はそれが同じ読者である自分の欲望であるような錯覚を覚えただろう。また、記事と広告の境界が曖昧になったことで、手の届かない理想に過ぎなかった〈西洋風な外見〉または〈西洋人〉の広告モデルは、身近な存在として同一化の対象になった。宣伝されている商品を使えば、自分もモデルのような美しさを手に入れることができるかもしれないという期待を読者に与えたのである。

だが一方でそれは、モデルのように美しくあらねばならない強迫観念として女性たちを追い詰めていくことにもなる。たとえばバレリーナの衣装を着て均整の取れた西洋人女性のイラストを配した痩身クリームの広告（「バゼット広告」『令女界』一九三七・三）を見ると、「一寸した肥り過ぎも衆目の嘲笑を買ひ」、「結婚や就職に色々の悲劇が起」こるために「太りすぎに青春はない」と、不安を煽る言葉が並べられている。折からの〈健康美〉重視に伴い（成田龍一＊（一九九三））、女性の肥満は病理化された。この背後には、西洋的女性身体の美的規範がある（海野弘＊（一九九八））。バゼットの広告では、「世界一のフランス美容医学」と「独逸医学」、「東洋古医学を科学的に混交して」発明した「新科学的脱脂美姿法」と謳われ、最新の西洋医療を発展させたテクノロジーを用いた商品であることが強調されている。化粧品の中でも特にスキンケア商品は、モダニズムの隆盛によって海外から流入した最新の皮膚医学や香粧品科学の知見を使って、ホルモンなどの化学物質を配合し、西洋人女性のような〈色白肌〉で〈近代美〉に導く商品の開発が重点的に行われた。身体美は、テクノロジーを用いてつくりだせる／だされねばならないものとなったのである（山村博美*〔二〇一六〕）。

岡本かの子『肉体の神曲』（一九三七）は、こうした規範に囚われた令嬢の苦悩を描いている。病気によって肥満した主人公は、バゼットの痩身クリームを連想させる「薬局の劇薬」で身体を改変しなければならないと思いつめる。主人公は、自分が男であったならこんな思いはしなくてすむのにという思いに駆られて涙を流すが、そのように、これは女性にのみ強制される非対称な規範である。家父長制社会の論理の下では、女性は外見の美しさによって序列化され、太った肉体はその価値を下げてしまう。だから彼女は結婚相手が見つからず、家を出て山村へ向かうしかない。そして、何より厄介なのは、幼い時からこうした規範に晒され、価値づけられ続けるために、女性自身が強くそれを内面化してしまうということである。彼女を最も傷つけるのは、「も少し身体つきを人並みにしなきや」、「でぶ子が何だか背負つて来た」といった周囲の心無い言葉である。彼女は自分の外見への評価が怖くてたまらない。それがそのまま自分の存在価値に直結するように感じるからこそ悩みは深刻なのである。

4 〈装い〉をめぐる現在

これまで女性を縛って来た強固な美の規範は、家父長制や男性支配からの解放を目指す第二波フェミニズムに真っ向から批判された。一九六〇年代頃から始まる第二波フェミニズムは、化粧やフェミニンな服装を社会が押しつけた〈女らしさ〉の象徴として一蹴する。美の規範を内面化した性的客体から抜け出し、女性の身体を自らの手に取り戻そうとしたのである。

一方、一九八〇年代終わり頃から起こった第三波は、第二波の問題意識を引き継ぎつつ、〈個人の自由〉を主張する。フェミニンな装いを排除せず、「どんな格好をしようが、どんな生き方をしようが、自分たちの自由である」というスローガンを掲げ、同世代の女性たちから共感を得た。こうした〈ガール・パワー〉によって、人種や階級、セクシュアリティなどさまざまな抑圧を経験してきた女性たちはそれぞれに力づけられ、新たな展開を引き起こした（清水晶子*（二〇二二））。

近年、女優のエマ・ワトソンの〈装い〉をめぐっておこった論争には、こうした異なる主張が混在しながら進展してきたフェミニズムの状況がよくあらわれている。彼女はフェミニスト活動家として知られているが、アメリカの雑誌『VANITY FAIR』（二〇一七・三）に胸の一部を露出した写真を掲載して物議を醸した。「セックスアピールの強い装いをしながら女性の権利を訴える活動をするなんて偽善のフェミニストだ」という第二波的な立場からの批判的なコメントがツイートされると、「女性が自由な選択をすることこそフェミニズムの理念であり、セクシーな装いも選択の一つである」と、多様性を重視する第三波に近い意見もあがり、エマ自身は後者の立場から反論した。

彼女はこれまで、UN Women の親善大使となり、ジェンダー格差をなくすために男性に対話を呼びかけるキャンペーンを行ったり、フェミニズムや人権に関する本の読書サイトを立ち上げたりして、女性が平等な権利を手にするために精力的に活動してきた。美しくファッショナブルに女性たちをエンパワーするエマは、最も知名な現代のフェミニズムのアイコンである。彼女のような女優やセレブリティが加わることで、フェミニズムは一般社会へ加速的に普及した（北村紗衣[*]（二〇二〇））。だが一方で、ポップカルチャーに接近し、市場を前提とする運動であるために、それと馴染まない話題や女性たちが取りこぼされてしまう可能性ももっている。また、美しく魅力的なアイコンの存在はかえって身体への統制を強めてしまうという皮肉な結果も招いた。

現代社会は、美容やファッションの情報を簡単に入手し、実践できるようになったと思われている。もちろん実際は有益な情報にアクセスできて経済的に豊かな一部の人に限った話だが、市場と結びついたフェミニズムの前ではそうした問題は見えにくい。だから私たちは自分を魅力的に見せる努力を絶えず行い、容姿を流行に合わせて変えていかなくてはならないと思い込んでしまう。できるにもかかわらず、それを実行しなければ、怠惰と思われかねない。外見によって人格が推測され、能力さえも判断されてしまう過酷さがそこにはある（田中東子[*]（二〇二一））。

綿矢りさ『眼帯のミニーマウス』（二〇二二）には、そんな問題がとりあげられている。主人公は、給料が入るたびに整形をくりかえす。それは他人からの評価に、外見がどれほど影響するかを経験から知っているからである。〈ありのままが良い〉と述べる同僚の女性は、見た目にこだわる主人公を馬鹿にし、いつも〈すっぴん〉で過ごしている。従来の画一的な美しさの基準を見直し、〈自分らしく、ありのまま〉を目指す〈ボディポジティブ〉という考え方は、多様な容姿や体型を受け入れようとするムーブメントとして近年注目されている。小説では見た目を気にする主人公と、〈ボディポジティブ〉の女性が対立関係に置かれている。だが、見方を変えると、〈ボディポジティブ〉も美の基準を置き換えただけで、外見偏重というルッキズムの問題を根本的には解決しない。

同僚女性にとって〈ありのまま〉は、好きな男性を振り向かせるチャームポイントなのである。

結局主人公は、顔面全体を整形した完成画像を見て不意にやる気をなくしてしまう。主人公にとっては、自己を理想的な基準へ合わせることよりも、身体を変化させていく行為そのものが、重要だったのである。整形は、現在の自分を越境する楽しさや、ずらしていく快楽を与えるものだったのだろう（谷本奈穂*（二〇〇八））。そして同時に流行に合わせて見た目を更新し続ける能力を周囲に示すものでもあった。

私たちは、消費社会で価値づけられた商品や〈装い〉に惹かれ、自分を形作っている。そうした構造に全員が巻き込まれて再生産している。小説では、外見をめぐる問題が女性たちのみに課され、男性は蚊帳の外だった。しかし、二〇〇〇年頃から男性も「見られる」存在として客体化され、しばしばその社会的な圧力に苦しんでいることが指摘されている（『ユリイカ　特集＝イケメン・スタディーズ』青土社、二〇一四・九）。依然として女性に重くのしかかる問題であるとはいえ、もはや女性に限った話ではない。男性にとっても真剣に向き合わなければならない喫緊の課題として目の前に立ちはだかっている。

作品紹介

野上弥生子「小指」（『新しき命』岩波書店、一九一六。『野上弥生子全集』第二巻、岩波書店、一九八〇）

女中のきみは、おっとりとした可愛らしい少女だが、左手の小指が短いことと、鼻が低いことを気に病んでいる。周囲は、きみの容貌のどこが問題なのか理解できない。彼女は孤独を感じ、鼻筋にパラフィンを注入する美容整形を受けるが、思うような変化が得られず、ついに自殺未遂をする。きみにとっては自分の容姿は大変な関心事で、切実な悩みだが、それが周囲に理解されず、執着心が彼女の狂気のように捉えられてしまう点に、女性の抱える苦悩が記されている。

水野仙子「神楽坂の半襟」（『水野仙子集』叢文閣、一九二〇。『明治文學全集八二　明治女流文學集（二）』筑摩書房、一九六五。青空文庫）

夫の退職と病のため、困窮した生活を送るお里は、久しぶりに夫と共に神楽坂へでかける。お里は倹約しながらも、その中で消費することを生活の楽しみとしているが、夫は自分の必要な買い物を事務的に済ますのみで、そんなお里の気持ちを汲み取ってくれない。もちろん、買い物の途中でみつけて気に入った半襟をプレゼントしてくれることもない。夫婦の買い物という日常風景を背景に、そこに潜む亀裂が描かれている。

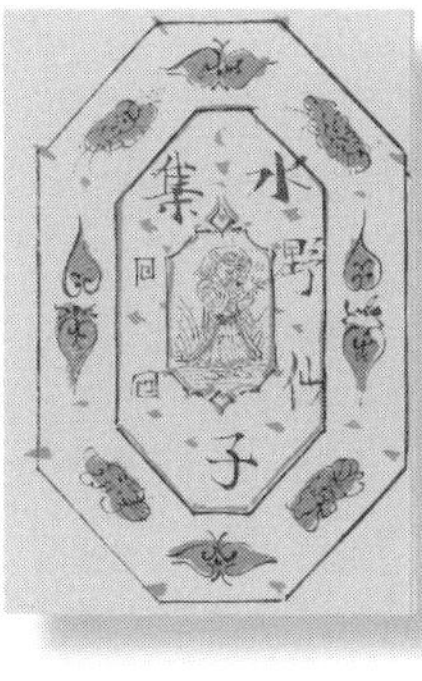

宇野千代「脂粉の顔」（『脂粉の顔』改造社、一九二三。『老女マノン・脂粉の顔他四篇』岩波文庫）

カフェの女給お澄は、突然スイス人のフバーから、金銭的援助を提案され、大金を得る。翌朝、競馬場に呼び出され、高級な着物を隙なく着こなした美しい娘に会うと、自分の貧しい身なりに引け目を感じる。お澄は濃い化粧、牡丹の花のような脂粉を施したモダンガールだが、カフェのガス灯の下では見映えしたそれも、白日の下ではフバーを幻滅させた。モダニズム文化を受容する女性の複雑な心情が読み取れる。

吉屋信子「返らぬ日」（『返らぬ日』交蘭社、一九二七。『返らぬ日』ゆまに書房、二〇〇三）

上海生まれで、語学堪能、海外の文化を享受した断髪の少女のかつみは、女学校の寄宿舎で日本的な美少女の彌生と出会い、二人は恋に落ちる。その後、彌生に望まない縁談が持ち上がり、駆け落ちしようとするが、彌生は、女流作家になりたいというかつみの夢を知り、彼女の夢の成就を願って自分は縁談を受け入れる。西洋風なモダンガールと、日本風な少女が対立的ではなく、惹かれ合う物語となっており、同性愛の少女たちがその後社会へ順応していく葛藤が描かれている。

林真理子『葡萄が目にしみる』（角川書店、一九八四。角川文庫）

地方の葡萄農家の家に生まれた乃里子。肥満気味で容姿にコンプレックスを抱える彼女は、綺麗なクラスメイトに引け目を感じてしまう。自分にはおしゃれな服が似合わないという思いから、制服以外の服装で人前に出ることを禁じ、場違いなデパートで買い物することに息苦しさを覚える。だが、同時に都会的な文化へ強い憧れも抱いている。他人からの視線と自分の欲望の間で葛藤し、揺れ動く少女の気持ちが描かれている。

山本文緒「イバラ咲くおしゃれ道」（『みんないってしまう』角川書店、一九九七。『みんないってしまう』角川文庫）

アパレル系の雑貨店で働く鶴ちゃんは美人でおしゃれな女性である。だが、男性と付き合った経験がないことを気にして、自分に自信を持てずにいる。それを見かけでカバーしようと日々洋服を買い漁るが、そのことで悩みは解決しない。他者の承認を得るためのおしゃれはイバラの道だが、捉え方を変えれば花咲く道ともなる。小説にはそうした〈装い〉の両義的な側面が示されている。

川上未映子『乳と卵』（『乳と卵』文藝春秋、二〇〇八。『乳と卵』文春文庫）

大阪から東京の妹の家にやってきた女性。思春期の娘を持つ彼女は、出産前の身体に戻すために東京で豊胸手術を受けようとする。場末のスナックで働く女性は、常に濃いメイクをしており、男性の視線を意識しているようにみえる。そのため、娘や妹は整形手術をその延長のように捉え、行き過ぎた行為に困惑する。性と生殖、女性の身体という問題を立場の違う女性たちはそれぞれどのように捉えるのか。すれ違いと共感の様相が写し出されている。

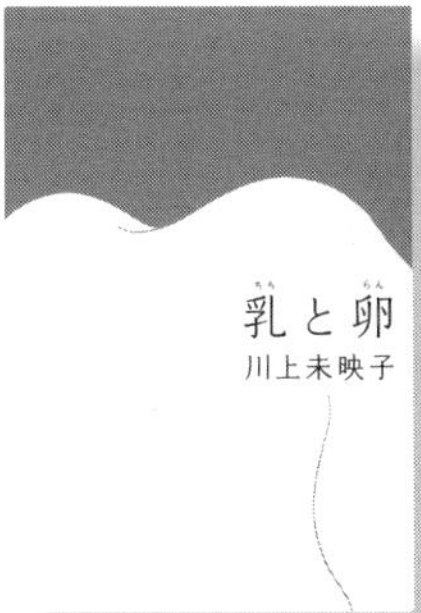

【参考文献】

海野弘『ダイエットの歴史――みえないコルセット』（新書館、一九九八）
小平麻衣子『なぞること、切り裂くこと――虚構のジェンダー』（以文社、二〇二三）
北村紗衣「波を読む――第四波フェミニズムと大衆文化」（『現代思想　特集＝フェミニズムの現在』青土社、二〇二〇・二）
清水晶子『フェミニズムってなんですか？』（文春新書、二〇二二）
田中東子「娯楽と恥辱とルッキズム」（『現代思想　特集＝ルッキズムを考える』青土社、二〇二一・一一）
谷本奈穂『美容整形と化粧の社会学――プラスティックな身体』（新曜社、二〇〇八）
成田龍一「衛生意識の定着と「美のくさり」――一九二〇年代、女性の身体をめぐる一局面」（『日本史研究』一九九三・二）
バトラー、ジュディス『ジェンダー・トラブル――フェミニズムとアイデンティティの攪乱』（原著一九九〇。竹村和子訳、青土社、一九九九。新装版、二〇一八）、『問題＝物質となる身体――「セックス」の言説的境界について』（原著一九九三。佐藤嘉幸監訳、竹村和子・越智博美翻訳、以文社、二〇二一）
前島志保「消費、主婦、モガ――近代的消費文化の誕生と「良い消費者／悪い消費者」の境界について」（『〈悪女〉と〈良女〉の身体表象』青弓社、二〇一二）
山村博美『化粧の日本史――美意識の移りかわり』（吉川弘文館、二〇一六）

14 労働・資本主義・社会運動

中谷いずみ

1 近代産業社会と女性

近代産業社会は、男女という性の二分化を前提とする性別役割分業を効率的なシステムとして固定化し、家事育児を女性という性に割り当ててきた。それらは、近代の労働市場では〈生産労働〉とみなされず、情緒的な〈私的領域〉の営為とされた。また女性の就労は結婚前の一時的なものや家計補助的なもの、あるいは趣味的なものとみなされ、賃金も低く抑えられてきた。つまり経済活動の場で生産する主体は男性で、女性は参入しえないとされてきたのである。

一九一一年に創刊された最初の女性文芸同人誌『青鞜』は、女性が文学を生産し、自己を解放する場として誕生し、一九一六年の廃刊まで女性の覚醒と解放、家制度や良妻賢母など封建的因習の打破を求めて声をあげた。一方、第一次世界大戦期の景気上昇は都市の就業機会増大や物価高を招き、一九二〇年の戦後恐慌は企業や銀行の破綻、工場閉鎖による解雇や賃下げをもたらした。賃上げを求める動きやロシア革命の成功は、大逆事件以降「冬の時代」といわれていた社会主義運動を活発化させたが、同時に女性の権利要求と解放を掲げる運動への批判を呼び起こした。たとえばブルジョア政治権力打倒をめざすプロレタリア運動は、無産階級の解放こそが女性解放に繋がるとして、従来の女性運動をブルジョア的と批判した。しかし社会主義運動自体が男性ジェンダー化されており、さらに家父長制下の女性の地位の低さが女工の低賃金や容易な解雇、寄宿舎制度による管理など、資本家に有利な条件を生む要因にもなっていることは、マルクス主義者の山川菊栄も指摘していた（鈴木裕子*（二〇二二））。にもかかわらず、市場での交換価値を生む〈生産労働〉を前提とする階級闘争の論理は、家父長制下の女性たちの「社会的再生産」労働（シンジア*・アルッザ、ティティ・バタチャーリヤ、ナンシー・フレイザー（原著二〇一八））と資本制の関係を捉え損ねたのである。そのような状況を写し出すかのように、プロレタリア文学では、運動に関わる女たちが金銭や救援を担う構成的外部として表象されていく（飯田祐子*（二〇二二））。また片岡鉄兵『愛情の問題』（一九三一）や江馬修『きよ子の経験』（一九三一）には、官憲の目を逃れるため、男性党員の妻を偽装するうちに肉体関係をもつ女たちが登場するが、小説は彼女たちの運動への意志や成長への志向を「公」的運動を担う男たちへの献身へと向かわせ、さらに性や身体をめぐる問題があたかも乗り越えるべき「私」的なものに過ぎないかのように語る（中谷いずみ*（二〇二三））。なお、プロレタリア作家の平林たい子は、これらを批判するかのように『プロレタリアの星』（一九三一）、『プロレタリアの女』（一九三二）を書いた（岡野幸江*（二〇一六））。また同時代のアナキスト女性たちの雑誌『婦人戦線』には、現在の解放運動は「力に関係あることがら」を「公事」とし「関係のうすいことがら」を「私事」とするために、女性の生活の重要部分を「私事」として軽蔑するとの鋭い批判もみられる（松本正枝「力の角逐か道徳か」『婦人戦線』一九三〇・一二）が、一方でプロレタリア文学が前述の平林のほか、宮本百合子や佐多稲子、松田解子等々、階級と性の交差を描く作家たちを輩出したことは、あらためて注目すべきだろう。

2 一九四五年以降

一九四五年の敗戦後は、労働組合などの文化サークル運動が盛んになり、サークル誌が盛んに作られた。文学者以外の人びとも筆をとり、自身の生活や労働、政治や社会に対する訴えを詩や生活記録で表現しはじめたのだが、詩の書き手には男性が多く、自らの生活を素朴な筆致で綴る生活記録の書き手には女性や子どもが多いという、文学ジャンルのジェンダー化が見られた。ただし、たとえば一九五三年創刊の在日朝鮮人によるサークル雑誌『ヂンダレ』には、「女性四人集」（一九五三）、「李静子作品集」（一九五五）など女性詩人の特集が組まれていて興味深い（宋恵媛*（二〇一四））。また、戦後文化運動は書くことの民主化を推進したが、時間や技術の点で、誰もが書けたわけではなかった。農村文化運動に取り組み、そこで出会った女たちの話を小説『荷車の歌』（一九五六）へと結実させた山代巴の試みは、人びとの生を写し出しその声を伝えるメディアとして文学が期待されたこの時期にこそ生まれた作品だったといえよう。数年後の六〇年安保闘争期には、女子学生を語り手として党組織下の運動を政治と性の観点から揶揄的に描いた倉橋由美子『パルタイ』（一九六〇）が発表されるが、『荷車の歌』と『パルタイ』における小説表現の素朴さと観念性の相違には、書き手の個性や文学的思想的背景、運動へのスタンス、時代の違いなどはもちろんのこと、貧しい農村の農民と都市の大学生や労働者といった空間や階層、組織など運動のあり方自体の差異が刻印されている。その後、大学闘争の全国的盛り上がりと全共闘の結成、そして衰退の中で、学生運動や新左翼運動退潮の決定的契機となった連合赤軍事件が起きるのだが、その時代を描いた小説に桐野夏生『夜の谷を行く』(二〇一七)や『抱く女』(二〇一五)がある。また運動のうねりの中でウーマン・リブが登場し、一九七〇年にはウーマン・リブ集会「性差別への告発」が開催された。さらに「ぐるーぷ闘うおんな」や「思想集団エス・イー・エックス」などが中心となって「リブ合宿」やリブ新宿センターの立ち上げが行われていく。ウーマン・リブ運動はデモやパフォーマンス、自己語りなどとともに、ビラやリーフレット、ニュースレター、ミニコミ誌等々を発行し、女という立場から既存の社会を鋭く問うたのである(女たちの現在を問う会*(一九九六))。

なお、一九五〇年代半ばから七〇年代初頭は高度経済成長期とされるが、その繁栄の背景に、近代日本の帝国主義やアジア太平洋戦争における日本への戦後賠償請求が、冷戦構造下で放棄されたこと、そしてその代替としてのODA(政府開発援助)による輸出市場の拡大等があったことは留意すべきだろう。また企業規模、正規・非正規労働、学歴、ジェンダー、地域による格差は存在していたが、経済成長に伴う正規労働者の賃金上昇や企業年金制度の整備は、社会保障による所得再配分政策や社会的給付の貧弱さを覆い隠すものでもあった。「一億総中流」幻想が浸透していた時期に刊行された池田みち子『無縁佛』(一九七九)は、山谷のドヤ街に生きる女たちの姿を描く小説だが、経済成長下の都市の繁栄を支えたのは、建設業の最下請けともいえる山谷や釜ヶ崎の日雇い労働者たちに他ならなかった。また米軍のベトナム撤退後のドル安円高の経済変動や、基地売買春から観光売買春へと基地周辺の経済が再構成されていく沖縄の〈基地の街〉の様子は、吉田スエ子『嘉間良心中』（一九八四）からもうかがえる（谷口基*（二〇一五））。

そして一九八〇年代後半からのバブル経済とその崩壊、二〇〇〇年前後からの自由競争拡大と社会保障の劣化をもたらした新自由主義的改革によって格差は広がり、政府の役割や社会の共同性よりも〈自己責任〉を説く声が高まっていく。桐野夏生『ＯＵＴ』（一九九七）は、一九八六年の男女雇用機会均等法施行後もはびこる男女間の待遇差や賃金格差、そしてパートタイムや家事など社会的に労働と認められてこなかった領域に生きる主婦の姿を描いているが、そこには同じく雇用の調整弁とされる外国人労働者の姿も写し出されている。さらに二〇〇〇年代も進むと、津村記久子『ポトスライムの舟』（二〇〇九）や川上未映子『夏物語』（二〇一九）のように、女性主人公が当たり前のように貧困にさらされた作品が見られるようになるが、それらは格差を声高に訴えることもなく、また新自由主義イデオロギーが生む〈自己責任論〉に陥るでも否定するでもなく、しかし文学的想像力によって異なる社会の模索へと読者を誘うようなものになっている。

3 性風俗産業と労働

最後に性風俗産業と労働をとりあげたい。近代日本では公娼制度により売買春が合法化されていた。そこでは貧困層の娘たちが親に売られ、莫大な借金を背負わされて辞められないケースが横行していた。また、公娼制度下の娼妓たちには性病検査が強制されたが、それは富国強兵思想のもと、兵士や兵士をモデルとする労働者の強さを保護するための「軍隊衛生」論理と深く結び付くものだった（林葉子*（二〇一七））。なお廃娼運動は、広く知られる矯風会のほか、社会主義運動の中でも取り組まれていた。その牽引者であり遊廓から逃走した元娼妓である松村喬子の『地獄の反逆者』（一九二九）や、同じく遊廓から逃走した森光子の『春駒日記』（一九二七）などは、廓の生活と「自由廃業」のための脱出を描き、広く人びとに知らしめた作品である（笹尾佳代*（二〇二二））。また「軍隊衛生」論理との結び付きという点でも、戦時の日本軍「慰安婦」問題は近代公娼制度と地続きのものだった。林芙美子『ボルネオ ダイヤ』には、占領下のボルネオの日本人「慰安婦」と思われる女たちの姿が描かれているが、「静かねえ、戦争なんて何処のことかと思ふ位ね」という台詞の通り、彼女たちの恋物語は〈戦争〉やそれにまつわる諸制度を後景化することで可能となるのである。

敗戦後、日本政府は占領軍対象の「慰安所」（RAA）を準備するが、兵士の間に性病が蔓延したことでGHQは公娼廃止に関する覚書を出し、結果、RAAは閉鎖される。しかし解雇された女性たちがパンパンと呼ばれる街娼になり性病が蔓延したため、日本政府は「特殊飲食店街」、即ち「赤線」を指定し認可を与えるが、それは事実上の公娼制度復活であった。元私娼地域である「青線」等々も含め性風俗産業は膨らんでいき、矯風会や女性議員らによる売春反対を訴える運動も勢いを増すこととなる。そんな中、赤線従業員組合が結成され、業者への要求と同時に、当事者の意見を聞かない売春防止法への反対を表明するが、一九五七年に売春防止法が施行され、彼女たちは労働者として闘えなくなってしまう（藤目ゆき*（一九九九））。ただし、それ以前も業者による労働基準法違反が黙認されていたことを踏まえれば、性風俗産業に従事する女性たちを労働者と認めない公権力・業者が彼女たちの搾取を可能にし、売春廃止を訴える運動が彼女たちをより危険な場へ追い立てる結果になったともいえるだろう。

今日でも、〈セックスワーク〉を労働とみるか否かの議論は続いている。江原由美子は、労働とみなすことが道徳的善悪による判断や偏見をなくし、労働者としての権利や保護の獲得、人権侵害行為や不当労働を顕在化することに繋がるとみる一方で、働かない者や働けない者への差別的視線が存在する社会では、性風俗産業に従事することを望まない者への圧力や強制力にもなりかねないと指摘し、〈労働〉概念そのものが問われているという（江原由美子*（二〇〇五））。また、〈セックスワーク〉を合法化した際の管理を公権力に委ねることのリスクを指摘する声もある（水島希*（二〇〇五））。新自由主義イデオロギーが蔓延する中、社会保障制度の充実を前提としつつ、すべてを商品化する市場経済における〈身体〉や〈労働〉概念を精査し、問い直すことが求められているのではないか。そのうえで当事者に被傷性をもたらすさまざまな制度や権力構造、〈セックスワーク〉へのまなざし、そして公権力濫用の防止策など、幾重にも織り込まれた課題を解きほぐしながら、丁寧に議論していくことが必要だろう。

作品紹介

松田解子『女性苦』（国際書院、一九三三。『松田解子自選集 第四巻』澤田出版、二〇〇五）

夫とともにプロレタリア解放運動に従事する女たちの日々を通して、彼女たちが直面する性愛・妊娠・出産・堕胎・育児や生活の維持などの問題を描く。主人公の一人は、関鑑子の妹で運動家でもあった関淑子をモデルとする。同志としての夫婦、性愛の結果としての妊娠と出産または堕胎、育児、生活苦、そして弾圧の中で葛藤しながら闘い、女工たちのための託児所づくりに奔走する女性たちの姿を描いている。

中本たか子『光くらく』（三一書房、一九四七）

激しい弾圧でプロレタリア解放運動が壊滅した後の一九三六年に実刑を終えて出て来たせい子が抱く、大衆から離れたことへの焦燥感と組織のない寄る辺なさ、獄中にいる恋人や肉体関係をもった男性同志への思想的失望などを描いた作品。物語には、被差別部落出身の共産党員である男との恋愛と家族の反対、党員でないために党から許可されない結婚、検挙後の拷問と流産、精神の錯乱と入院など作者の実体験が投影されており、運動に身を投じた女性の生の一端を知ることができる。

林芙美子「ボルネオ ダイヤ」（『淪落』関東出版社、一九四七。青空文庫）

南方のボルネオに渡って体を犠牲にする仕事をしながら、真鍋との恋仲を楽しんでいる珠江は、仕事仲間の澄子が自殺したことを知る。一九四二年から南方の日本軍占領地で過ごした作者の経験がいかされた短編小説で、刹那的な、何もかも虚空の彼方に忘れがちな主人公たちの描写は、占領地の一時的な穏やかさと呼応しながら戦争や個々の事情を後景化し、日本人「慰安婦」と思われる女たちを捉えどころのない存在として浮かび上がらせる。

幸田文『流れる』（新潮社、一九五六。新潮文庫）

「しろうと」の女中として芸者屋に住み込んだ梨花の眼を通して、芸者たちの言動とその背後にある心理の機微、見た目や年齢に左右される浮き沈み、体に浸み込んだ艶やかさ、「くろうと」の世界の習慣、そして時代とともに変わりゆく花柳界の様子などを丹念な筆致で写した長編小説。一九五六年の売春防止法制定前後に連載、刊行され、成瀬巳喜男によって映画化された。

山代巴『荷車の歌』（筑摩書房、一九五六。『山代巴文庫第二期・三　荷車の歌』径書房、一九九〇）

広島県三次地方で荷車を引いて稼ぐセキを通して、嫁という立場、農村で女に生まれるということ、夫のエゴイズムや裏切り、原爆による娘と夫の死など、明治中期から戦後までの農村女性の生活を描く。戦前に治安維持法で捕まった作者が、農村を歩いて聞いたたくさんの名もなき女たちの「話」を集めて、一つの物語へと昇華した作品。山本薩夫により映画化されている。

倉橋由美子「パルタイ」（『パルタイ』文藝春秋新社、一九六〇。『［新編］日本女性文学全集　第一〇巻』六花出版、二〇一九）

ドイツ語で「党」を意味する「パルタイ」加入のために履歴書を作成する「わたし」は、恋人の男子学生である「あなた」、学習サークルの「《労働者》」、活動家の「S」という三人の男性と関わりながら運動に従事する中で、「《組織》」のありようや「《なかま》」であることへの違和を募らせていく。倉橋由美子のデビュー作でありサルトルやカミュを連想させるこの作品は、六〇年安保期の文学場に衝撃を与え、論争を引き起こした。

池田みち子「無縁佛」（『無縁佛』作品社、一九七九）

作家であり、山谷ドヤ街の簡易宿泊所に寝泊まりする「私」が、そこで出会った女たちの姿を語る小説。昔玉ノ井にいたという皺だらけの婆さんは病から回復し、元気にお好み焼きを売っていたが、翌年、土方の男と喧嘩して撲られ無縁佛になったことを「私」は知る。戦前は赤色救援会で活動していた作者が、騒動が繰り返し起きていた時期の山谷に通い、そこに生きる人びとの悲喜こもごもをリアルな眼で写し出した作品。

吉田スエ子「嘉間良心中」（『新沖縄文学』一九八四・一二。『新装版　沖縄文学選』勉誠出版、二〇一五）

街頭で客をとる五八歳の売春婦キヨは、海兵隊を脱走した一八歳の米兵サミーと出会い、嘉間良のアパートにかくまう。客をとれない彼女は、天使のような美少年との性行為を喜ぶが、経済的に苦しく、また平凡な毎日に飽きたサミーは諦めて出頭するという。ベトナム戦争終結後、米兵の賑わいも陰りを見せた一九八〇年前後のコザを舞台に、夫や子どもと早くに別れ、需要のない娼婦を続ける彼女が得た性の快楽とその崩壊を描く。

桐野夏生『OUT』（講談社、一九九七。講談社文庫）

深夜の弁当工場でパートとして働く主婦雅子は、パート仲間と死体処理の仕事を請け負う中で、自分と世界の不協和音に気づき、自らを解き放とうとする。男女雇用機会均等法制定後もはびこる職場の女性差別とバブル経済崩壊、再生産労働の場としての家庭、家庭内暴力、介護、ルッキズムと消費欲望など、女性が背負わされてきた問題を鮮烈に描いた作品。主婦や日系ブラジル人移民など、周縁化され不可視化されてきた労働者の姿を描いている。

村山由佳「名の木散る」（『星々の舟』文藝春秋、二〇〇三。文春文庫）

家族の物語を、それぞれの立場から描いた連作短編小説六編からなる『星々の舟』の一篇。学校で子どもたちに戦争体験を話してほしいと頼まれた重之は、忘れられない記憶として、出兵した中国大陸で出会った朝鮮半島出身の従軍「慰安婦」ヤエ子との日々とその残酷な最期を回想する。小説は悔いと自責を抱えてきてきた重之の正しさを描きながらも、同時に、彼が家長として妻や子どもの痛みに鈍感であり続けた姿をも浮かび上がらせる。

津村記久子『ポトスライムの舟』（講談社、二〇〇九。講談社文庫）

工場で契約社員として働くナガセは、自分の年収がNGO主催の世界一周クルージングと同額と知り、お金を貯める決意をする。頼りない生の不安を埋めるかのように労働へと自らを駆り立てる彼女は、大学時代の友人と子ども、シングルマザーの母、カフェを経営する友人、同僚などとの関わりの中で金銭に還元されない自己の感触を取り戻していく。遠く離れた国の水不足を夢で見て雨水ポンプを買うナガセの行動など、本作には、時空をこえた繋がりに可能性を見ようとする作者の特徴があらわれている。

深澤潮『海を抱いて月に眠る』（文藝春秋、二〇一八。文春文庫）

偏屈だった父の死を機に、子どもたちはこれまで知らずにいた父の半生を知る。慶尚南道で反米軍・政府の動乱に参加し、弾圧を逃れて日本に密航した父は、貧困と差別の中、祖国の分断と戦争を目の当たりにする。彼は在日韓国青年同盟の一員として韓国の軍事クーデター、日韓交渉、ベトナム戦争派兵に反対し、民主化運動で金大中を支えたが、家庭を顧みないことで妻からは非難され、反政府運動のために韓国にいる母にも会えずにいた。一九四五年以後の歴史を背景に、政治情勢に翻弄され抗う在日の男性運動家たちと、その周囲にいる女たちの姿を、在日二世の主人公たちの眼を通して描いた小説。

【参考文献】
江原由美子「セックスワークは「労働」か？「労働」概念に何がかけられているのか」（姫岡とし子・池内靖子・中川成美・岡野八代編『労働のジェンダー化──ゆらぐ労働とアイデンティティ』平凡社、二〇〇五）
岡野幸江『平林たい子』（菁柿堂、二〇一六）
女たちの現在を問う会『全共闘からリブへ──銃後史ノート戦後編8』（インパクト出版会、一九九六）
笹尾佳代「プロレタリアとしての娼妓表象」（飯田祐子・中谷いずみ・笹尾佳代編著『プロレタリア文学とジェンダー──階級・ナラティブ・インターセクショナリティ』（青弓社、二〇二二）
シンジア・アルッザ、ティティ・バタチャーリヤ、ナンシー・フレイザー『99％のためのフェミニズム宣言』（原著二〇一八。惠愛由訳、人文書院、二〇二〇）
鈴木裕子『忘れられた思想家・山川菊栄──フェミニズムと戦時下の抵抗』（梨の木舎、二〇二二）
宋恵媛『「在日朝鮮人文学史」のために──声なき声のポリフォニー』（岩波書店、二〇一四）
谷口基「作品解説：嘉間良心中」『新装版 沖縄文学選──日本文学のエッジからの問い』（勉誠出版、二〇一五）
中谷いずみ『時間に抗する物語──文学・記憶・フェミニズム』（青弓社、二〇二三）
林葉子『性を管理する帝国──公娼制度下の「衛生」問題と廃娼運動』（大阪大学出版会、二〇一七）
藤目ゆき『性の歴史学──公娼制度・堕胎体制から売春防止法・優生保護法体制へ』（不二出版、一九九九）
水島希「セックスワーカーの運動──それでも現場はまわっている」（姫岡とし子・池内靖子・中川成美・岡野八代編『労働のジェンダー化──ゆらぐ労働とアイデンティティ』平凡社、二〇〇五）
矢澤美佐紀『女性文学の現在──貧困・労働・格差』（菁柿堂、二〇一六）

15 災害・エコロジー

木村朗子

1 環境汚染と公害文学

日本で最初の公害問題は、明治時代初期に起こった足尾銅山鉱毒事件である。田中正造が奔走したことで知られる足尾銅山の開発による渡良瀬川およびその周辺農地の汚染が公害として認定されるまでの経緯は、水俣病をはじめとする、その後の公害事件の原型でもある。開発業社が汚染と健康被害の事実を直ちに認めようとはしないこと、そのための対策をなかなかとろうとしないこと、訴訟を起こしても賠償まで長い道のりであることなどである。

第二次世界大戦後の一九五〇年代の高度成長期以降、メチル水銀化合物を含んだ工業廃水によって起きた水俣病、工場の煙害による四日市ぜんそく、川崎ぜんそくなど、公害事件があとをたたない。とくに水俣病は文学作品によってその被害を世界に知らしめることとなった。石牟礼道子は患者支援運動をたちあげ、『苦海浄土』(一九六九)を書く。公害文学は運動のなかから生まれたのである。戦後に全国にひろがった文化運動は、多くの同人雑誌やミニコミ誌を生み出し、当時無名の書き手たちに発表の場をもたらした。それらは女性解放運動や労働運動などの運動と結びついており、石牟礼道子の『苦海浄土』のもととなった文章も、九州の『サークル村』に発表されている。『サークル村』の創立メンバーには筑豊の炭鉱で働いていた女性に聞き書きした『まっくら』（一九六一）を書いた森崎和江がいる。森崎和江はみずから女性たちをあつめて『無名通信』をはじめ、石牟礼道子は水俣の人々と『現代の記録』の刊行をはじめる。こうした文化活動によって文学は運動のなかにあった。中央文壇とは別のところから生み出された文学は、あらかじめ社会的、政治的問いを内包するものであったのであり、公害問題が文学的主題となり得たわけである。

戦時中に生物兵器として開発された毒物は、戦後に農薬として「平和利用」されるようになる。こうした農薬による健康被害は、一九六二年に出版され、アメリカでベストセラーとなったレイチェル・カーソン『沈黙の春』（原著一九六二。『生と死の妙薬――自然均衡の破壊者〈化学薬品〉』青樹簗一訳、新潮社、一九六四。新潮文庫）によって文学的に広く知られるようになる。この問題に日本文学で取り組んだのが有吉佐和子『複合汚染』（一九七五）であった。農作物の残留農薬が食物として人間に害を及ぼすだけでなく、生態系全体に害を及ぼすことは他ならぬ環境汚染の問題なのである。

水俣病が海に流された工業廃水の影響を受けた魚を食べたことで起こった食中毒であったことから、環境汚染の問題は食の安全へと直結する問題でもあった。同時に一九六八年に起きたカネミ油症事件のように、食物加工の過程で毒物が混入し、食生活をとおして健康被害を引き起こしたことからも食の安全への関心が高まっていく。したがって、公害文学はそのはじめから食の主題と密接に関わって展開するのであり、結城正美『他火のほうへ――食と文学のインターフェイス』（水声社、二〇一二）が食をめぐって石牟礼道子らと対話し考察しているのもエコクリティシズム（環境批評）の中にある。

2 震災と災害文学

日本文学における災害文学は、地震、津波、台風、洪水といった自然災害を扱うものが多い。とくに、日本列島は、一九二三年の関東大震災、一九九五年の阪神・淡路大震災、二〇一一年の東日本大震災を経験しており、全国各地で地震は避け難い災害である。地震、大雨などの災害は「天災」と呼ばれ、一般に人間が引き起こす事故とは分けて考えられている。しかし、寺田寅彦の「天災と国防」（一九三四。『天災と国防』岩波新書、一九三八。講談社学術文庫）が災害の被災地がことごとく明治以後に発展した市街地だと述べているように、多くの被災は山を切り開き、海を埋め立てて、人為的に自然破壊をした結果起こっているのであり、「天災」とは、その被害において「人災」なのである。近年、世界各地の自然災害は規模においても頻度においても極めて深刻である。ヨーロッパにおける熱波、アメリカ西海岸、南米、オーストラリアなどの森林火災、世界各地での大雨とそれによる洪水、土砂崩れなどの自然災害は、産業革命以降に増大する温室効果ガスの排出を原因とする気候変動（climate change）によるとされる。現在は世界各国が共同して対策をこうじようとしている最中にある。

こうした人類の社会活動が生態系に影響を及ぼす事態を地球規模の時間軸で捉えたとき、現在は地質学的には人新世（Anthropocene）にあたると名付けられた。地球規模の時間を考慮にいれると、そこには人類誕生以前の時間が含まれるのであり、必然的に人類滅亡後の世界が視野に入ってくることになる。小松左京『日本沈没』（一九七三）をはじめとした人類滅亡を描くディストピア小説は、冷戦時代の核戦争の潜在恐怖による終末感を背景としており、ＳＦ作品であったとしても、あくまで人間社会の問題として描かれてきた。それに対して、たとえば川上弘美『大きな鳥にさらわれないよう』（二〇一六）、『某』（二〇一九）などの作品は、人新世以降の地球的かつ宇宙的時間軸を描いているものといえる。

3 世界文学としての震災後文学

二〇一一年三月一一日に発生した東日本大震災は、東北地方の太平洋側沿岸部を中心とした地震と津波の被害に加えて、福島第一原子力発電所のメルトダウンを引き起こし、放射能災害となった。福島第一原発の事故は、ソビエト連邦の崩壊を招いたといわれる一九八六年のチェルノブイリ原発の爆発、火災事故と同等で最も甚大な被害を意味するレベル７を記録した。放射能汚染は食の安全を脅かすことになる。原発事故直後から、セシウムなどの放射性物質が基準値を超えて検出され、健康被害の心配から、農地を手放したり、廃業を余儀なくされたりする農家もあった。またグローバル化によって全世界に拡大していた食の流通域からは輸入制限がかけられるなどした。

アメリカ軍による広島、長崎の原子力爆弾攻撃による被爆者たちは、戦後に反核運動を進めてきたにもかかわらず国内にさらなる被ばく者を出したことに非常な衝撃を受けた。長崎の被爆者として小説を書き続けてきた林京子は、その愕然とする思いをもとに『再びルイへ。』(『谷間／再びルイへ。』講談社学芸文庫、二〇一六)を書いた。その中で林京子は、福島第一原発の放射能被害について「内部被曝」ということばが使われたことにふれている。空気中や食物から体内に取り込まれる放射性物質によって低線量被曝が起こり、健康被害を引き起こすということは、爆心地からの距離で被爆の度合いを測られてきた広島、長崎の被爆者たちが、その後も長く被曝し続けていたことをはじめて公に認めたことになるのだった。

また、セシウム他の放射性物質による汚染は、山や河川を含めた環境汚染であり、食の安全が危ぶまれたことから、水俣病を想起させ、石牟礼道子『苦海浄土』が読み直されるなど公害文学への関心を高めた。

福島第一原子力発電所の建屋が次々と爆発する映像は、戦後、核の平和利用を謳い、原子力発電所にたよってきた世界中の人々を震撼させた。アメリカは、三月一七日に津波の被災者救助のために東北に入っていたアメリカ軍に八〇キロ圏内からの退避命令を出した。また、日本在住の各国人のために、アメリカあるいは英国やドイツ、フランスなどのヨーロッパ諸国も国民に東京からの退避を勧告し、国外退去のためのチャーター機を出した。また日本へのフライトの乗務を拒否するパイロットもでてきた。事故当時、原発は危機的状況にあり、さらなる大爆発と関東全域におよぶ放射能被害が予測されていたのである。こうした緊迫感の中で、日本研究に関わってきた海外の研究者や海外在住の日本語作家たちは、日本人とともに原発事故の行方を刻一刻と見守っていた。その意味で、ドイツ在住の多和田葉子やフランス在住の関口涼子が、その後の震災後文学の重要な担い手となるのは必然であった。かつまた海外の日本研究者たちが直ちにそしていっせいに東日本大震災をテーマとする研究に取り組んだのも当然のなりゆきだったのである。続々とあらわれる震災後文学について、次々に論文が発表され、震災後文学をめぐる国際学会も多く催された。また福島第一原発の事故を受けて、あらためてチェルノブイリ原発事故を主題とするドイツ語小説作品が書かれた他、東日本大震災の原発事故や津波の被災を描いたフランス語小説も多く出版された。その意味で、震災後文学は、はじめから世界文学としてあり、震災後文学研究は世界同時に進行する研究ジャンルとなった。

4 エコクリティシズムの視座

東日本大震災を受けて書かれた小説作品は、放射能汚染という環境汚染を主題とするものが多く、エコクリティシズム（環境批評）が行われている。エコクリティシズムは、一九九〇年代のアメリカ発の批評概念として知られるが、現在のエコクリティシズムが視野にいれているテーマ、先住民論、動物論、身体論、環境汚染論などは、エコクリティシズムが批評概念として定着する以前にすでに文学のなかにあった。たとえば、ヘンリー・デイヴィッド・ソロー『ウォールデン　森の生活』（原著一八五四。『森の生活』今井嘉雄訳、新潮社、一九二五。今泉吉晴訳、小学館文庫）は、一九世紀の産業革命を経た時代にアメリカ、ウォールデン池のほとりに暮らし自給自足の生活を営む試みの記録であった。

あるいは、自然界の生き物に注目した『シートン動物記』（原著一八九八〜一九四五。白木茂訳、富士ライブラリー、一九〇〇。今泉吉晴訳、童心社、二〇一一）、『ファーブル昆虫記』（原著一八七八〜一九〇七。榊原晃三訳、富士ライブラリー、一九〇〇。奥本大三郎訳、集英社、二〇〇五〜二〇一七）などのノンフィクションは、小説を読む方法、あるいは書く視角にあらたな視座を与えた。小説というかたちではないにしろ、これらのノンフィクション文学は、ネイチャーライティングとよばれ、人間中心主義から生態中心主義（ecocentrism）へと目を向けさせる契機となった。こうした生態系への目配りは、必然的にそこに生きる人間のオーガニックな身体についての関心へと向かわせ、七〇年代からエコ・フェミニズムという概念が議論されるようになる。

七〇年代の日本は、ウーマン・リブ運動のさなかにあり、とくに女性の産む身体を国家もしくは男性の管理・支配から奪還する女性解放運動が展開する。リブの主張には、「産める社会を！産みたい社会を！」という社会変革にあったが、「産む・産まないは女の自由」というスローガンのもとに展開するピル解禁を求めた中ピ連（中絶禁止法に反対しピル解禁を要求する女性解放連合）運動は、女性自らが生殖を管理することを理想とした。それは、〈自然〉な身体からの解放と捉えられ、同時期に日本に入ってきたエコ・フェミニズムとは折り合わなかった。しかし制御可能な身体というのは、実のところ幻想であり、病を持つ身体、孕む身体は、自らの意志とは無関係に存在する生態系の一部であるともいえる。この問題に取り組んだ文学作品に三枝和子の『その日の夏』（一九八七）、『その冬の死』（一九八九）、『その夜の終りに』（一九九〇）がある。この女の敗戦三部作では、敗戦後に女性たちが陥った望まない妊娠に焦点があてられている。

一方で、カトリーヌ・マラブーが『抹消された快楽――クリトリスと思考』（原著二〇二〇。西山雄二・横田祐美子訳、法政大学出版局、二〇二一）で述べているように、人間の身体は生まれたときから医療や科学技術のサポート下にあり、自然な身体などは存在しないともいえる。月経、妊娠、出産、更年期など婦人科系に特化したケアをテクノロジーによってサポートする「フェムテック」が二〇一九年以降に急成長してきた現状において、マラブーの指摘はいっそうのリアリティを持つ。科学技術のもとに存在する身体イメージを極限にまで広げていけば、ダナ・ハラウェイが『サイボーグ宣言』（原著一九八〇。『猿と女とサイボーグ――自然の再発明』一九九一。高橋さきの訳、青土社、二〇〇〇）で述べたように、ジェンダー、人種などの一切の区分のないサイバネティックな有機体《オーガニズム》たるサイボーグということになる。

その意味で、エコクリティシズム（環境批評）の扱うエコロジー（環境）とは、もはやソローのウォールデン池での生活を記述した『森の生活』がネイチャーライティングと名付けられたような意味での〈自然〉ではなく、ティモシー・モートンが『自然なきエコロジー――来たるべき環境哲学に向けて』（原著二〇〇七。篠原雅武訳、以文社、二〇一八）で述べるように、人工物を含めた人間をとりまく環境（アンビエント）すべてである。

東日本大震災のとくに放射能災によって、たとえば公害や薬害によって胎児に影響がでてしまうなど、どんなに注意をはらっていても環境に不可避的に影響を受けてしまう身体の問題があらためて顕在化する。そのことはまた戦後に手付かずで放置された環境に関わる諸問題に再度目を向ける契機ともなった。COVID-19の世界的パンデミックを含めた災厄の時代にエコクリティシズムはますます重要な批評理論となっている。

作品紹介

石牟礼道子『苦海浄土　わが水俣病』（講談社、一九六九。講談社文庫、『石牟礼道子全集　不知火』第二巻、『池澤夏樹＝個人編集　世界文学全集』第三集、河出書房新社、『苦海浄土　全三部』藤原書店）

水俣病の医学的な報告書や国会議員への陳情、議会の議事録などの史料的文書をはさみながら、水俣の人々の生活と患者たちの土地ことばによる声を活写した、聞き書きの方法が高度に文学的に昇華された作品。存分に話すことのできない人々の声を聞き、それを書く方法はいわゆるインタビュー記事とは全くことなっている。その意味で、沈黙の意味を描けるのは文学作品なのだということを最初に文学的に宣言した記念碑的な作品といえる。

有吉佐和子『複合汚染』（一九七五。新潮文庫）

一九七四年一〇月一四日から七五年六月三〇日にかけて『朝日新聞』朝刊に連載された新聞小説である。オープニングは、有吉佐和子が市川房枝に頼まれて一九七四年七月に行われた参議院議員選挙に立候補した紀平悌子の応援演説にかけまわるところにはじまる。青島幸男、コロンビア・トップ、野坂昭如などが無所属で立候補した派手な選挙戦だった。紀平悌子はこのとき落選するが選挙演説で彼女が訴えた「環境汚染」の問題が、その後掘り下げられていく構成である。有吉が専門家を訪ね歩き、驚愕の事実を知る過程をそのままに記す。新聞小説であるためにときに「読者の皆様」と呼びかけがあって読者からの投稿とインタラクティブに進行し、今まさに起こっている問題として提示された。

幸田文『崩れ』（講談社、一九九一。講談社文庫）

一九七六年から七七年にかけて『婦人之友』に連載され、著者の死後に娘の手によって刊行された。七二歳の幸田文は、一七〇七年一〇月二八日の宝永地震によって山崩れが起きた跡である静岡県の大谷崩をはじめとした日本各地の地崩れの跡をみてまわり、「わが住む国にはこういう山、こういう川があり、人はそこへどう応じているか」について書いた。二〇一九年一〇月一二日、宮城県丸森町、二〇二一年七月三日の熱海市の土砂災害は記憶にあたらしい。くり返される自然災害と人の暮らしを考えるための一書。

梨木香歩『沼地のある森を抜けて』（新潮社、二〇〇五。新潮文庫）

一家に受け継がれてきたぬか床から人間がでてきた。主人公はこの奇妙な出来事に翻弄されながら、やがて人間が生まれる以前、地球にはじめて生命が誕生した頃のような沼地へと行き着く。無性生殖で増殖する菌類のような生き物によってかたちづくられている生態系が文学的主題となっている作品。

津島佑子『黄金の夢の歌』（講談社、二〇一〇。講談社文庫）

一九九一年のフランス滞在で『アイヌ神謡集』のフランス語訳を手がけた津島佑子は、アイヌに連なる北方、中央アジアの先住民たちが伝えた口承文芸へと関心をひろげていく。語り手は中央アジアの遊牧民が口承で伝えてきた「マナス英雄叙事詩」を追いかけて、キルギス、中国の黒竜江省と内蒙古自治区を旅する。オーストラリア先住民の「ドリームタイム」の概念を借りて「夢の歌」となづけた、人間の歴史以前の古層にある物語をさぐり、現代のマナス叙事詩を描いた。

田口ランディ『ゾーンにて』（文藝春秋、二〇一三。文春文庫）

動物の命の問題、放射能の問題、生態系の問題を問う四編を収めた短編集。福島第一原発の事故後、急いで避難した被災者は、ペットや牧場の牛馬など、多くの動物を置き去りにせざるを得なかった。その後、汚染の高い地域は立ち入り禁止となって、動物たちはなすすべもなく死んでいった。表題作にでてくる、ゾーンの中で牛たちを生かすことを選んだ牧場を舞台として動物の命について問う作品に木村友祐『聖地Cs』（新潮社、二〇一四）がある。

多和田葉子「献灯使」（『献灯使』講談社、二〇一四。講談社文庫）

東日本大震災の福島第一原発事故をふまえて書かれた短編、戯曲の五編を収める。「不死の島」「彼岸」で、福島第一原発事故のあとで、再び原発事故が起こり日本全土が放射能汚染される近未来を描いた。表題作は、放射能とは書かれないが、なんらかの汚染によって世界から孤立した日本を舞台とし、老人はいつまでも健康だが、そのかわり子どもたちは長くは生きられない世界を描いている。同時に二〇一三年一二月に特定秘密保護法が成立したことをふまえて、外来語の使用を禁じられ、言論の自由が奪われている戦時中の言論統制を思わせる世界を描いている。

川上弘美『大きな鳥にさらわれないよう』（講談社、二〇一六。講談社文庫）

一四話からなる連作短編集。第四話に第三話の登場人物を再登場させることで、ゆるやかな連関がうまれ、大きな物語へと移行しはじめる。最後まで孤立していた第一話が最終話に結ばれて全体が円環する構成である。読み進めていくうちに、人類は一度滅亡しているのだと気づく。滅亡の原因は第六話で「暢気に大戦やらテロやら汚染物質拡散やらをめんめんと続けた」せいだと明かされる。人新世が地球の歴史にとってのある一部に過ぎないという事実をつきつめ、宇宙規模の時間軸の中で人類について、愛について、祈りについて思考する。

北村薫『土の記』（新潮社、二〇一六）

大震災を含め、多くの災害によって生活を奪われた人々が多くいる。しかし長年丹精した畑が失われるということ、あるいはずっと愛着をもって住んでいた土地を奪われることとはいったいどういうことなのだろうか。それを腑に落ちるかたちでつきつけてくる小説である。二〇一一年の東日本大震災の起こった年にいくつもの災害があったがほとんどまったく記憶されていない。たとえば八月の台風十二号の被害について被災者以外に知る者は少ない。いくつもの災害があって、そのたびに生活のすべて、人生のすべてを失ってきた人々がいることを日常を微細に描き出すことで示した、これもまた震災後文学である。妻の実家の奈良の田舎に越してきて田畑を耕す日々を送ってきた伊佐夫の晩年が描かれる小説で、とくに田畑の仕事の次第が事細かに描かれ、それが細かに描かれれば描かれるほど、その喪失の大きさが体感されるのである。

小林エリカ『トリニティ、トリニティ、トリニティ』（集英社、二〇一九）

二〇二〇年に開催予定だったオリンピック、東京2020（実際の開催は二〇二一年に延期）の前年に刊行され、オリンピック開会式の一日を描いた至近未来小説。認知症になった老人たちが放射能に取り憑かれる奇病「トリニティ」を発症し放射性物質をばらまいている。それは、すべての災禍のはじまりの地、チェコの「聖ヨアヒムの谷」で採掘されたウランがパリに運ばれ、キュリー夫人が放射性物質のラジウムを取り出すことに成功してのち、原爆、原発によってばらまかれたことに重ねられている。福島第一原発事故による放射能災をふまえた作品。

【参考文献】

木村朗子、アンヌ・バヤール＝坂井編著『世界文学としての〈震災後文学〉』（明石書店、二〇二一）
小谷一明他編著『文学から環境を考える――エコクリティシズムガイドブック』（勉誠出版、二〇一四）
コッチャ、エマヌエーレ『植物の生の哲学――混合の形而上学』（原著二〇一六。嶋崎正樹訳、勁草書房、二〇一九）
芳賀浩一『ポスト〈3・11〉小説論――遅い暴力に抗する人新世の思想』（水声社、二〇一八）
ハラウェイ、ダナ『猿と女とサイボーグ――自然の再発明』（原著一九八〇。高橋さきの訳、青土社、二〇〇〇。新装版、二〇一七）
ブライドッティ、ロージ『ポストヒューマン――新しい人文学に向けて』（原著二〇一三。門林岳史他訳、フィルムアート社、二〇一九）
村上克尚『動物の声、他者の声――日本戦後文学の倫理』（新曜社、二〇一七）
モートン、ティモシー『ヒューマンカインド――人間ならざるものとの連帯』（原著二〇一七。篠原雅武訳、岩波書店、二〇二二）
結城正美『水の音の記憶――エコクリティシズムの試み』（水声社、二〇一〇）

映画とジェンダー

Column 04

堀ひかり

映画という商品と社会

　映画とは、映画館での上映、テレビ放映やインターネットでの動画配信サービス、DVDというさまざまな形式で流通する商品で、大作の製作には多数の企業が関わり大金が投じられる。そして、製作における脚本や演出のプロセスでは、〈スポンサーの意向〉や監督などの〈作り手の嗜好〉と説明されるような、社会で広く受け入れられている価値観が反映される。そのため、映画の物語に当該社会の差別意識が織り込まれ、それらが映画の流通によって助長されることもある。つまり映画には社会規範が反映されると同時に、映画は規範を作り出す装置でもあるのだ。もっとも、個々の観客が惹き寄せられる作品の魅力や〈ツボ〉は異なり、作品解釈の回路には観客側の創造性が伴うこともある。こうした映画作品の社会的側面や個々の受容者のアイデンティティに働きかける魅力について考えることは、映画研究の第一歩である。そして本コラムでは、特に、映画が示すジェンダー観について考えるため、先行研究をふまえた四つの視点を提起する。

描かれたイメージの読解

第一の視点は、女性と男性のそれぞれの描かれ方を分析することである。それによって、作品が示す女性性・男性性の規範のみならず、男女の関係性や同性同士の関係性についても理解することができる。一例は、いまやフェミニズム映画理論の古典となったローラ・マルヴィの「視覚的快楽と物語映画」(一九七五)の、女性登場人物は〈見られる〉性的な客体であり、男性は〈見る〉視線の保持者であるという指摘である。これはカメラワークから考えることができる。娯楽映画の編集では、脚、唇、目といった身体パーツのクロースアップにより、女性が性的なモノであることを強調し、男性の視線に重ね合わせてカメラが足元から腿へと脚線をなぞるといった撮影技法が用いられることがある。このほかに登場人物の造型においても、女性が受動的、補助的、性的な役割を与えられ、男性が能動的行為者とされ、ジェンダーの関係性における男性の優位が描かれる。

では、女性同士の関係性はどのように分析できるのか。たとえば、『女ばかりの夜』(田中絹代監督、一九六一)は、売春などの性産業に従事した女性たちの更生をテーマとした作品であり、日本の一般商業映画史上にレズビアン女性が登場した極めて早い例でもある。菅野優香の研究は女性同士の関係性を分析し、本作の重要点を、従来は性的主体としてのみ表象されてきた〈売春婦〉を社会的主体として再構築したこと、女性のみで構成される共同体をユートピアとしてよりは、連帯と同時に排除の空間として示したこと、それでも、この女性の共同体に希望が描きこまれていることをあげている。

さらには、映画における男性像および男性性に注目することもできる。実際、男性同士の情愛の交換の描写は、同性愛を禁忌することを観客に強要しながら成立することが多い。一例として、『鉄道員』（降旗康男監督、一九九九）において、初老男性二人の強い絆が描かれ、高倉健が演じる駅長が親友役の小林稔侍の手を優しく弄ぶ場面や、離れたくないと親友が高倉にすがる場面がある。こうした演出を指して、出演した男優たちが「〈ホモ〉ではないか」と週刊誌ネタになったことは、日本社会の根強い同性愛差別を示すものであるし、また、男性同士が身体的接触を通じて、互いへの愛情や思いやりを表現することを社会が忌避し、映画が描いてこなかったことの証左だろう。

映画を作る人々

さて、第二の視点は、映画の作り手に着目することだ。日本で女性監督第一号と言われているのは坂根田鶴子（一九〇四～七五）であるが、撮影現場での利便性から断髪、ズボン姿という当時の女性には珍しい〈男装〉姿で活躍したことが知られている。長編劇映画を一本監督したのち、アジア太平洋戦争期に記録映画の監督へと転身。日本においては、男女

という ジェンダーの上下関係に置かれたものの、植民地では日本人と中国人という人種的権力関係において上位をしめるという、植民地主義とジェンダー関係の重層性を生きた女性監督でもある。

ピンク映画の女性監督もいる。男性名にみえる監督名で一九七二年にデビューした「浜野佐知《さち》」は、ポルノというジャンルにおいて女性の性的快楽の表現の可能性を追求。一九九八年以降は一般映画も撮りはじめ、『百合祭』（二〇〇一）など、フェミニスト的問題提起を行う自主作品を次々世に問うた。

もっとも、映画の作り手は監督だけではない。撮影監督、脚本家、編集、スクリプター、衣裳、女優など多くの分野で女性たちは映画製作を支えてきた。むろん、活動弁士（活弁）も作り手の一人といえよう。活弁は無声映画の上映に際して物語を説明し、登場人物のセリフを声優のように演じる仕事であり、一九三〇年代には女性も活躍していたという。現代の女性弁士・澤登翠は、ヨーロッパの騎士から日本の武士にいたるさまざまな男性、そして、悲劇のヒロインや市井の女性をも勤める。女性弁士の語りはジェンダーの構築性をつまびらかにするものであり、更には、弁士の解釈が、物語の女性性や男性性の規範や権力関係を語り直すことを可能にする。たとえば澤登は『シラノ・ド・ベルジュラック』（アウグスト・ジェニーナ監督、一九二三）の活弁で、容貌の醜さが主人公の男性の生き方を大きく歪める物語という点を強調しつつ、男のコンプレックスと悲劇を語り尽くす。おもに女性を悩ませるルッキズムを男性主人公に転化し、問題を普遍化するのである。

映画の観客

第三の視点は、ジェンダー化された観客という概念である。洋の東西を問わず歴史的に、女性観客とは恋愛ドラマに涙する他愛のないカテゴリーとして、批評家に揶揄されてきた。しかしながら、作品の受け手である観客もまた、作品テクストの意味生成に積極的に関与している。たとえば、日本において、『モーリス』（ジェームズ・アイヴォリー監督、一九八七）など男性同性愛を扱った一連の作品が幅広い年齢層の女性観客を惹きつけた現象〈ゲイ映画ブーム〉は、男性同士の絆の物語に女性が自らの性的ファンタジーを仮託する例として、ＢＬ研究ともつながる重要なテーマである。

他方で、観客としての女性を一括りにすることはできないことも念頭におきたい。たとえば、『麦秋』（小津安二郎監督、一九五一）の女性主人公が作中で、レズビアンと噂されていた女優キャサリーン・ヘプバーンのブロマイドを集めているという設定は、レズビアンである観客のみならず、観客全般の意識をレズビアニズムへいざなう。また、溝口彰子のレズビアン映画論が示すように、『砂の女』（勅使河原宏監督、一九六四）は男性監督の作品で、レズビアンが登場しない物語だが、それでもレズビアン映画と呼べる。勅使河原作品の映像編集のスタイルは超クロースアップの多用により、二項対立や固定観念を拒否し、多義性を呼び込むものである。とりわけ男女のセックスシーンにおいては、女の快楽が中心化され、男の身体や動きは女の快楽に奉仕する〈何者か〉という程度であるため、レズビアン観客もまた性的快楽の表象に参入することが可能となるのだ。

歴史的視点

第四の視点は、歴史化である。歴史を通じて、劇映画よりもドキュメンタリー分野はすぐれた女性監督を多数輩出してきたが、いずれにせよ映画草創期からの女性の作り手の活躍を記録するアーカイブ化が必要であることは言を俟たない。また、映画作品が過去に描いた女性性・男性性の規範、女性観客の心を掴んできた作品の映画史的・社会的位置づけといったテーマについての、長期的な変遷と社会背景を見渡す視点を持つことは、過去に照らし合わせて現在の事象を意味づけ、未来への展望が開くものとなる。

ちなみに第一回東京国際女性映画祭（一九八五）が開催された時点で、田中絹代（一九〇九～七七）の六作品が、日本の女性監督による長編劇映画としては最多とされたが、その後、河瀬直美や西川美和といった女性監督たちは製作本数を重ね、彼女たちの作品は国内外で高い評価を受けている。

ジェンダー分析の面白さ

以上のように、映画とジェンダーというテーマで研究を行うための視点をあげたが、実は、こうしたテーマを網羅的に、有機的に語る作品が近年、矢継ぎ早に登場した。そういった作品を、本コラムのまとめ役として二つ挙げたい。まずは『いとみち』（横浜聡子監督、二〇二一）。三味線の演奏が物語をひっぱる〈ミュージカル映画〉で、女子高生の成長物語だ。それだけではなく、女性から女性への伝統芸能の継承、戦争の記憶、個々人がかかえる内なる不安、社会的主体としての〈JK〉像の再構築、言語コミュニケーションの意義など、全方位から観客に訴えかけてくる作品である。

二つ目は、『浜の朝日の嘘つきどもと』（タナダユキ監督、二〇二一）である。福島県南相馬市の廃業を迫られた映画館を救おうとする人々を描きつつ、同時に、本作は映画史のユーモラスな語り直しでもある。サイレント映画から始まり過去の知られざる名作が登場し、映写の仕組みや配給という仕事にスポットがあたり、映画を見ては大泣きする典型的な〈女性観客〉が登場する。ただし、この〈女性観客〉は、東日本大震災やコロナによる不況を背景とした社会で、生きにくさを抱えた一人の少女の「先生」であり、自分の生き方をさらけ出しながら、少女に居場所を与え、少女を慈しむ映画通である。そして、社会人となった少女は、彼女の想いをなぞりながら、映画館の再生を果たす。

ジェンダーという二項対立が社会の基盤となっている限り、すべての映画は何らかの形でジェンダー表象を包含している。一方で二一世紀に製作されても昔ながらの男尊女卑がちらつく作品があり、他方では、女性表象が他のマイノリティ表象ともつながり、笑いと涙とともに、希望のある共同体を生成する未来を示すような作品もある。映画のジェンダー分析の醍醐味は、後者のような作品を深く味わうことであり、そうした作品は日々の心の糧になる。

16 戦争・帝国主義・植民地

村上陽子

1 帝国日本の問題点

明治政府樹立からアジア・太平洋戦争敗戦までの七七年間、日本は東アジアの帝国として領土を拡大させていった。明治維新後の日本は、まずアイヌの人々の土地に手を伸ばし、一八六九年に蝦夷地を北海道と改称して開拓を本格的に推し進めた。また、琉球王国は一八七二年に琉球藩とされた。その後、台湾に琉球王国の漁民が漂着し、五四名が台湾原住民に殺害された事件を口実として、一八七四年に台湾出兵が行われた。これによって琉球弧の島々は日本領であることが事実上確定し、一八七九年に琉球藩を廃して沖縄県が置かれた。一八九五年、日清戦争で勝利を収めた日本は下関条約によって台湾の支配権を獲得し、台湾総督府を設置する。そして一九〇五年、日露戦争の結果としてサハリン南半部の領有権と朝鮮に対する支配権を獲得していく。

山本有造は、近代の帝国は「均質的で非階層的な主権国家である国民国家」と「多民族的な政治共同体であり、その内部は（多くの場合）エスノ・ナショナルな相違をもとに複数の領域（法域、行政域）

に分割され、それらの間に階層的な秩序が形成されている」帝国的支配という異なる原理の間に折り合いをつける「二重存在」として立ち現れると論じた（山本有造（二〇〇三））[*]。帝国日本においては、一八八九年の大日本帝国憲法公布時にすでに日本の領土であった北海道や沖縄が〈内地〉の法域・行政域に組み込まれていく。一方、それ以降に領土にされた地域は〈外地〉、すなわち植民地として異なる法域・行政域を持つことになった。北海道や沖縄も含め、帝国日本が新たに獲得した領土に住まう人々に対しては皇民化政策が強力に推進された。拡大し続ける帝国の周縁で皇民化を強いていくことは、結果的に日本人のエスノ・ナショナル化につながっていく。しかし、アイヌや台湾原住民、琉球弧の人々を〈野蛮〉な他者として位置づけることで相対的に自らを〈文明〉の側に押し上げてきた近代の日本人にとって、このようなエスノ・ナショナル化は受け入れがたいものでもあった。その結果、ルーツや日本語力、生活習慣の日本化の度合いによる階梯を築き、その最上位に〈文明〉的存在として帝国内部の日本人たる「大和民族」を位置づけようとする差別意識が強固に構築されていくことになる。

このような階梯は、差別される側にも強く意識されていた。それをよく示すのが、久志富佐子『滅びゆく琉球女の手記』（一九三二）をめぐる事件である。沖縄の人々の経済的困窮や、島に取り残されていく「琉球女」の苦境を綴ったこの作品の発表直後、久志は沖縄県学生会から激しい抗議を受けた。久志は続編の掲載を断念し、代わりに「『滅びゆく琉球女の手記』についての釈明文」を発表する。久志はその中で、学生代表が「アイヌ人や朝鮮人と同一視されては迷惑する」と発言したことにふれ、「今の時代にアイヌ人種だの、朝鮮人だの、大和民族だのと、態々階梯を築いて、その何番目かの上位に陣どって、優越を感じようとする御意見」は、沖縄の人間が「アイヌや朝鮮の方々に人種的差別をつける」ものにほかならないと批判した。沖縄に対する差別に直面し、それを克服しようとあがいていた学生たちもまた、他民族に対する差別意識を内包していたことが久志によって暴かれたのである。

内藤千珠子は「植民地主義的な紋切り型は、他者を病に結びつける物語、あるいは他者を女性ジェンダー化する物語を編み合わせるようにして生じている」と指摘している（内藤千珠子＊（二〇〇五））。これを踏まえると、沖縄出身の男性たちがなぜ貧しく、弱く、「無教養」な「琉球女」の物語に過敏に反応したのかが理解しやすくなるだろう。久志の作品は沖縄を「女性ジェンダー化する物語」にほかならず、それは植民地的存在としての沖縄表象と強く結びつくものであったのである。久志はこれ以降、小説を書くことはなかった。帝国主義的抑圧とジェンダー的抑圧の両方によって、久志はその表現の道を閉ざされていったのである。

2 帝国日本の解体

一九一四年、日本はドイツに宣戦布告し、ドイツ領ミクロネシアを占領、南洋統治に着手する。また、満州事変後の一九三二年に傀儡国家「満州国」を建国し、その覇権をますます拡大していった。

一九四五年の敗戦によって日本が植民地を失うまでの間、植民地に赴く日本人男性たちの妻として、あるいは同伴者として海を渡った女性たちは数知れない。また、そこでの体験を文学に結実させていった女性も少数ながら存在した。森三千代や牛島春子、坂口䙥子《れいこ》などがその代表として挙げられる。

彼女たちの作品には、植民地出身者と日本人との関わりがさまざまなかたちで描かれる。距離を置いた付き合いもあれば、日本人と植民地出身者が婚姻関係を結び、子どもを生すこともあった。しかし植民地支配によってもたらされた出会いは、植民地出身者の性／生を消費する構造や暴力、差別を常に内在させている。分断を内包するシステムとしての植民地支配が、そこで出会う人々同士が豊かな関係を形成することを阻害してしまうのである。

帝国日本の支配が長期間に及ぶにつれて問題になってきたことの一つに、植民地で生まれた子どもたちのアイデンティティがあった。坂口䙥子「蕃地」は、植民地で生まれた〈混血〉の子どもたちがいかに成長していったかという問題に正面から取り組んだ作品である。日本人男性と「蕃人」女性の間に生まれた〈混血〉の青年教師・純は、「政策によって計画された自分の生」に屈辱を感じながら成長し、「優位なものへの憧憬」に突き動かされて日本人女性との結婚を切望する。その望みは孤児の日本人女性・真子との出会いによって成就される。しかし、日本人から性暴力を受けた「蕃人」の娘が生んだ子どもを純夫妻が養子にしようとしたとき、純が「蕃人」の母の私生児として戸籍に登録されていたことが明らかとなる。懸命に日本人として生きてきたにもかかわらず、戸籍上は「蕃人」以外のなにものでもなかったことを知らされた純は、敗戦時や日本への引き揚げにおいても明確に日本人とは異なる扱いを受ける。これに絶望した純は、真子の後押しもあって蕃社に属する人間としての生を選ぶ方向を向いていく。

日本支配が終わった後の台湾においては、戦前・戦中を通して存在していた台湾社会と台湾原住民社会の間の差異や、対中国との関係が大きな問題となっていく。台湾のみならず、日本の植民地下にあったほとんどの地域において、脱植民地化の過程は複雑で困難なものであった。しかし、GHQの占領政策として日本の脱帝国主義化が遂行されたため、戦後の日本人は帝国日本の植民地がいかにして脱植民地化の過程をたどったかを知る機会をほとんど持たなかった。このため、日本の帝国主義や植民地支配の責任が曖昧にされてしまったことは、今日改めて意識される必要がある。

また、敗戦は、植民地で生まれ育ち、ある程度の年齢になるまでほぼ日本を知らずに育った日本人の子どもたちにも深い喪失体験をもたらした。一九二七年に朝鮮半島の大邱《テグ》に生まれ、十七歳までそこで育った森崎和江、一九三一年に一歳で上海に移住し、敗戦間際に長崎に引き揚げた林京子は、いずれも自らを育んだ風土をこよなく愛した。しかし、成長した彼女たちは幼時の豊かな生活や幸せな記憶が帝国日本の植民地支配によって成立していたことを知ることになる。かつての故郷や関わりのあった人々といかなるかたちで関係を築き直すかは彼女たちにとって終生の課題となった。

そして、帝国日本の植民地政策と強く結びつくかたちで、売春を生業とさせられた日本人女性が海外に進出していたことにも目を向けておかなければならない。少女といってよい年齢で〈外地〉に売られた女性たちの体験は、たとえば森崎和江『からゆきさん』(一九七六。朝日新聞出版、二〇一六)や、嶽本新奈の研究(嶽本新奈*(二〇一五))でとりあげられている。「娼婦」の体験は、当事者の語りとして残りにくいことは言うまでもなく、同時代に海外体験を経験した女性たちの文学作品にも見いだしにくい。その要因として、「妻」や「母」としての地位を獲得していた日本人女性たちが「娼婦」に対して抱いていた敵意とも言うべき感情、彼女たちの存在自体を日本人の「恥」だとする意識、そして「妻」や「母」たちと「娼婦」たちが生活上接点を持つことなく出会い損ねてきたという状況などがあると考えられる。帝国日本の拡大こそが植民地において売春に従事する女性たちを必要としたのであるが、彼女たちの苦しみは国家や社会によって報われることがなかった。そして、彼女たちの身体を搾取した欲望や権力は、戦時中の「従軍慰安婦」の問題につながっていくはずである。

彼女たちは、まぎれもなく存在していたはずなのになぜ語られないのか。その存在をかき消していこうとするのはどのような力の作用によるものなのか。このような問いを重ねていくことによって、彼女たちの痛みに近づくための回路が開かれるのではないかと思われる。

3 戦争の痛みを生き続けること

植民地体験が忘却されていく一方で、戦争の痛みは戦後日本において繰り返し語られ、文学作品にも現れてきた。そこには無論のこと、沖縄戦や原爆、空襲といった戦争体験を戦後日本の集合的記憶として位置づけようとする力が作用している。しかし、当事者にとって戦争体験が常に生々しい痛みを与え続ける現在の問題としてあったために戦争が繰り返し文学の主題となってきたという面も無視できない。たとえば、林京子が戦後三〇年目に長崎原爆を主題とする小説を発表し、それ以後も原爆を書き続けていくこと、年を重ねていく被爆者の身体や意識に新たに生じてくる問題や、子どもの成長や孫の誕生に伴う不安が新たな小説の主題として織り込まれていくことは、それをよくあらわすものである。

また、戦後二七年間にわたって米軍占領下に置かれた沖縄においては、朝鮮戦争やキューバ危機、ベトナム戦争、9・11など、アメリカの対外戦争のたびに緊張を高める米軍基地と隣接する暮らしが強いられた。そのような現実の中で、戦争は決して過去のものではありえなかった。戦後世代の書き手たちは沖縄戦に強い関心を持ち、それを掘り下げていく過程で、強制連行によって沖縄の土を踏んだ朝鮮人軍夫や「従軍慰安婦」の存在、病者や心身に障害を持つ人々の苦しみなどに新たに出会っていく。また、人種差別や貧困など、沖縄に駐留する米兵たちが本国で直面していた苦しみに思いをはせる点も、沖縄文学の特徴として挙げることができる。崎山多美は、シマコトバによって日本語をかき回すという独自の文体戦略を用いながら、戦後の沖縄が抱える問題に向き合い続けている一人である。

なお、沖縄文学においては男性作家も身体を犯される苦しみを繰り返し描いてきた。豊川善一『サーチライト』（一九五六）では、米兵から暴力的なレイプを受け、「相手を呪いころしたい最高最大の憤怒と感傷」を感じるものの、次第にそれを「欲望の対象」へと変化させて米兵相手の男娼となっていく一六歳の少年の姿が描かれた。本作品が掲載された『琉大文學』は、琉球大学文藝クラブの機関誌として一九五三年に創刊された雑誌である。同人達は占領下沖縄の諸問題や矛盾を、詩や創作を通して追求していこうとしていた。占領者と被占領者の間において発動される欲望や性暴力が、女性身体のみならず、男性身体をも絡め取るものであったことを暴く本作品には、当時の学生たちの目に映った沖縄の現実が反映されている。

また、沖縄における性暴力を深く思考してきた作家として、目取真俊が挙げられる。人とは違う特質を持っていたために社会になじむことができず、村の男たちに輪姦されて死に至った女性が魂《まぶい》となって自らの体験を語る『面影と連れて《うむかじとぅちりてぃ》』（一九九九）、戦争中に「従軍慰安婦」として日本兵と行動をともにしていた女性が年老いて認知症となり、湧き上がってくる戦争の記憶に突き動かされて行動するさまを描いた『群蝶の木』（二〇〇〇）などは、村落共同体の内部で異端とされる女性に向けられた壮絶ないじめや性暴力、「従軍慰安婦」に対する差別に目を向け、沖縄社会の中で聞き捨てられてきた性暴力の被害者の声を文学において回復しようとする希有な試みである。

作品紹介

久志富佐子「滅びゆく琉球女の手記」（『婦人公論』一九三二・六。『新装版　沖縄文学選　日本文学のエッジからの問い』勉誠出版、二〇一五）

「妾《わたし》」は、沖縄出身であることを隠し、東京で成功を収めた叔父から郷里の継母への仕送りを託されている。「妾」は、郷里の貧困、そこで労働、家事、育児、介護を一手に担わなければならない叔父の継母の受難を思う。なお、「滅びゆく琉球女の手記」は「久志富佐子」の名で、「『滅びゆく琉球女の手記』についての釈明文」は戸籍名でもあった「久志芙沙子」の名で発表されている。

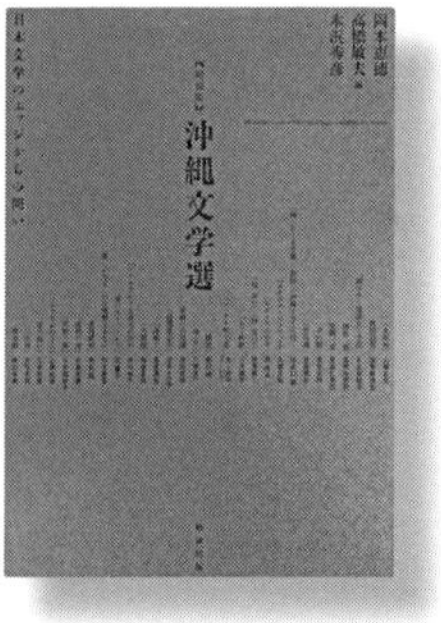

中本たか子『白衣作業』（六藝社、一九三八）

治安維持法違反で逮捕され、三年の懲役を受けた女性

「七番」は、年齢や罪状の異なる女囚たちとともに海軍の傷病兵が着る白衣を縫い上げる作業に従事する。「七番」は効率よく作業を仕上げるために献身的な働きを見せる。「働く受刑者」の労働の成果が認められることに「七番」は強い喜びを感じるが、その労働力が戦争のために活用されていることも視野に入れておきたい。

林芙美子『北岸部隊』（中央公論社、一九三九。中公文庫）

ペン部隊（従軍作家部隊）の一員となり、一九三八年に海軍機で南京に到着、揚子江北岸部隊とともに漢口を目指した林が日記形式で綴った従軍記である。「兵隊」との交流のほか、日々の食事の内容や味つけ、南京での「志那人」との淡い関わりなども描かれる。また、「御不浄場の心配」をしなければならないなど、女性特有の問題への言及があることにも注目したい。

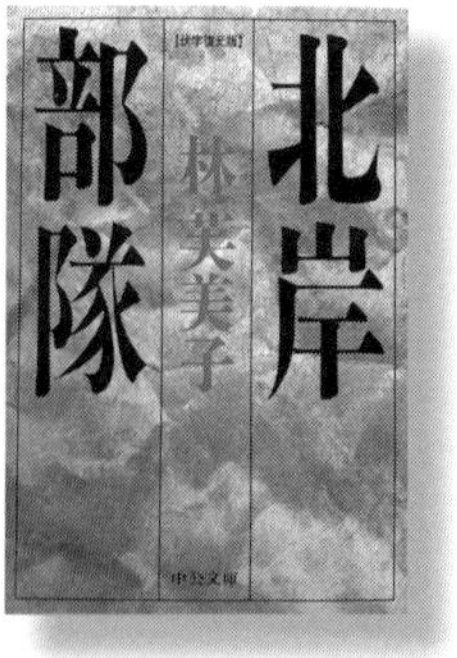

牛島春子「祝という男」（『日満露在満作家短篇選集』春陽堂書店、一九四〇。『日満露在満作家短篇選集』ゆまに書房、二〇〇一）

満州国の県公署で通訳を務める祝廉天は、日系職員から甚だ評判が悪かった。しかし副県長として新たに着任した風間真吉は、祝が満系の人々の心情や思惑を熟知し、日本のために才覚を発揮する男であることに気づく。日系職員は、祝が満系であることに偏見を持ち、その才智を鼻につくものとして嫌っていたに過ぎなかった。真吉やその妻・みちが潤滑油となり、祝は日系職員に受け入れられていく。

真杉静枝「南方の言葉」（『ことづけ』新潮社、一九四一。『コレクション戦争と文学18　帝国日本と台湾・南方』集英社、二〇一二）

台湾人の夫と、その老母とともに暮らす日本人女性の木村花子の目を通し、日本語の習得に励む台湾の人々の姿が描かれる。花子は日本に身内がおらず、一度結婚に失敗して台湾に渡ってきた寄る辺ない身の上であった。植民地での言語収奪が〈愛〉や〈家族〉、作品に登場する日本人たちの優しげな態度や物言いによって覆い隠されるようにして表現されていることに注目したい。

森三千代『国違い』（日本文林社、一九四二。『コレクション戦争と文学18　帝国日本と台湾・南方』集英社、二〇一二）

マレー人の口入れ親方・ガンボは日本人女性・園子を妻にし、マレーシアのゴム園で働く日本人たちと付き合っていた。周囲に日本人が増えるにつれて、園子は日本への帰国を望むようになったが、ガンボは決してそれを許さなかった。ガンボの隙をついて園子は帰国の途につき、ガンボは園子を自分から奪い去った日本人への信頼を失くしていく。第一次世界大戦によるゴムの大好況という時代背景や園子の意識の変遷、日本人登場人物の価値観などに注目して読み解きたい。

大田洋子『屍の街』（中央公論社、一九四八年。『大田洋子原爆作品集　屍の街』小鳥遊書房、二〇二〇）

東京から郷里の広島に疎開し、そこで被爆した大田は、一九四五年八月から一一月にかけて「屍の街」を執筆し、原爆投下直後の惨状と、生き延びた人々が後遺症によって続々と亡くなっていくさまを描いた。しかしプレスコードのために初出『屍の街』では原爆被害の実態をまとめた「無欲顔貌」の章が自主削除され、『屍の街』（冬芽書房、一九五〇年）での増補改訂を待たねばならなかった。

坂口樗子『蕃地』（新潮社、一九五四。『蕃社の譜　坂口樗子作品集一』コルベ出版社、一九七八）

日本人の父と「蕃人」の母を持ち、霧社で教師として働く青年・純は、自らの出自を隠して日本人女性・真子と所帯を持った。やがて純の秘密を打ち明けられた真子は、純とともに戦争や純の母の死、戸籍の問題などに直面していく。「蕃人」に対する日本人の態度に不信を抱く真子は、次第に純の蕃社とのつながりを尊重し、純とともに「日本人」から抜け出す存在として生きる覚悟を固めていく。

森崎和江「土塀」（『ははのくにと幻想婚』現代思潮社、一九七〇。『コレクション戦争と文学17　帝国日本と朝鮮・樺太』集英社、二〇一二）

教師をしていた父の仕事の関係で幼少期を植民地時代の朝鮮で過ごした日本人女性の「私」が、成長した後に韓国を訪れ、ゆかりのある人々を訪ねる。「私」はそこであたたかい歓待を受けるが、北朝鮮へ渡ったり、死んだりした男たちの息子を育てる朝鮮女性たちの前で「ゆるされるということほど、あそこで育った日本人につらい裁きはない」と感じ、日本の侵略と朝鮮戦争によって引き裂かれた人々の現実に直面する。

島尾ミホ『海辺の生と死』（創樹社、一九七四。中公文庫）

Ⅰ・Ⅱ・Ⅲの三部構成であり、Ⅰでは加計呂麻島での幼時の思い出が綴られ、Ⅱでは沖縄芝居の役者衆や中国から来た曲芸者の一行など旅人たちとの出会いが語られる。Ⅲでは、島に駐屯した震洋特別攻撃隊島尾部隊の隊長・島尾敏雄に焦点が当てられる。特に、島尾に特攻出撃命令が下った夜のことが描かれた「その夜」は、出撃のないままに夜明けを迎えるまでの出来事が並々ならぬ緊迫感を伴って描写される。

林京子『祭りの場』（講談社、一九七五。『祭りの場・ギヤマン ビードロ』講談社文芸文庫）

一四歳で被爆した「私」は、三〇年後に複数の記録を引用して自らの記憶を検証していく。本作では、三〇年の間に集積された原爆にまつわるさまざまな言説が「私」の私的な八月九日の体験と結びつき、一つの記憶の想起が別の記憶を呼び起こしていく。記録や他者の声が「私」に依り来たることによって構成される語りは、「私」という一人の語り手に収斂されることなく、さまざまな認識や体験へと拡散しており、原爆をテーマとする小説の新しいあり方を示している。

鹿島田真希『六〇〇〇度の愛』（新潮社、二〇〇五。新潮文庫）

夫と息子を残して長崎へと旅立った女は、そこでロシア人の血を引く美しい青年と出会い、ひとときの情交に身を任せる。マルグリット・デュラスの『ヒロシマ私の恋人』と『愛人』を踏まえて構想されており、母や自死した兄といった家族をめぐる女の私的な記憶と、原爆という大きな破壊を被った地での青年とのダイアローグが絡み合い、日常の風景の下で埋め火のように疼く痛みが表現されている。

崎山多美「ユンタク・サンド（or砂の手紙）」（『三田文学』二〇一八・一二）

「ウチ」は、六三年前のある日、「悲鳴を上げようとしても声にもならないキョーフに満ちたキツイ目」に会って海辺で泣いていた。そこに黒人の脱走米兵ロイが現れ、「ウチ」を膝の上に座らせて黒人であるがゆえの差別や貧困を体験した自らの身の上を語りはじめる。その後、ロイの暴力は唐突に「ウチ」に向けられていく。米軍占領や人種差別、性暴力の交錯によって「ウチ」とロイがここで出会ってしまったという背景に注意を払いたい。

【参考文献】

安志那『帝国の文学とイデオロギー――満州移民の国策文学』（世織書房、二〇一六）
岩崎稔・成田龍一・島村輝編『アジアの戦争と記憶――二〇世紀の歴史と文学』（勉誠出版、二〇一八）
川口隆行『広島《ヒロシマ》 抗いの詩学――原爆文学と戦後文化運動』（琥珀書房、二〇二二）
川村湊『異郷の昭和文学――「満州」と近代日本』（岩波新書、一九九〇）
駒込武『植民地帝国日本の文化統合』（岩波書店、一九九六）
小森陽一『ポストコロニアル』（岩波書店、二〇〇一）
サイード、エドワード・W『文化と帝国主義』Ⅰ・Ⅱ（原著一九九三。大橋洋一訳、みすず書房、一九九八、二〇〇一）
嶽本新奈『「からゆきさん」――海外〈出稼ぎ〉女性の近代』（共栄書房、二〇一五）
内藤千珠子『帝国と暗殺――ジェンダーからみる近代日本のメディア編成』（新曜社、二〇〇五）
星名宏修『植民地を読む――「贋」日本人たちの肖像』（法政大学出版局、二〇一六）
村上陽子『出来事の残響――原爆文学と沖縄文学』（インパクト出版会、二〇一五）
山本有造「「帝国」とは何か」（山本有造編『帝国の研究――原理・類型・関係』名古屋大学出版会、二〇〇三）

17 越境・日本語文学

康潤伊

1 人とテクストの越境

越境と文学の関係性を考えるとき、大きく分けて二つの対象を挙げることができる。人とテクストだ。テクストは翻訳を通して世界中に流通する。これを越境と捉え、背景や影響関係を考察する研究も多い。だが本章では、もう片方に焦点を絞りたい。ジェンダーの問題がより顕在化するのは人の越境においてだからだ。以下では、まず〈日本文学〉と越境を通史的に概観したあと、越境と文学をめぐる呼称について述べ、越境と文学をジェンダーの視点から考察する。二節と三節はジェンダーと直接関わるわけではないが、近年活況を呈すると同時に複雑化している越境をめぐる研究の現在地を理解するヒントにしてほしい。

2 〈日本文学〉と越境

グローバル化とともに、人々はより自由に世界中を移動するようになった。一部の人にとって国境線はもはやないに等しくなったが、一方で、あるいはだからこそというべきか、人々の移動（とその後）の困難もまた注目されるようになった。世界には戦争や内乱の絶えない地域があり、苛烈な貧困や独裁に苦しむ地域があり、植民地主義が継続している地域がある。その渦中にある人々にとって、世界を区分する〈境〉は決して軽々と超えられるものではない。つまり越境を考える際、不可能性や不可逆性にも目を向ける必要があるということだ。越境の可能性や自由にのみ注目することは、困難を強いられている人々の不可視化に寄与してしまいかねない。

このように書くと、越境はグローバル化以降のテーマのように思えるかもしれない。だが翻ってみれば、近代以降の日本における文学は常に越境と密接な関連を持ってきた。〈近代〉という理念自体が西洋から輸入されたものであってみれば当然であるが、明治期には森鷗外『舞姫』（一八九〇）など、越境体験が小説化されるようになる。昭和以降は帝国主義の拡大に伴い、多くの日本人が朝鮮や台湾、〈満洲〉、ミクロネシアなどの〈外地〉へ赴いた。彼ら彼女らは〈外地〉を舞台とした作品を書き、それらはしばしば〈外地〉に対する差別意識の強化や支配の正当化に一役買った。被植民者たちもまた多様な背景のもと日本語で創作するようになった。

このように日本の近代文学の片翼は、海を往来した人々も確かに担っていたのだが、殊に〈外地〉出身者による文学で、同時代に適切に評価されたものは決して多くない。文壇は植民地出身作家を、いわば下位のものとして扱っていた。たとえば、朝鮮人で初めて芥川賞候補となった金史良『光の中に』（一九三九）について、選考委員の川端康成は「作家が朝鮮人であるために推薦したい」と述べている。この評は、評者と書き手の間に（宗主国と植民地という）序列がなければ成立しない。

植民地支配期の芥川賞は時局に迎合する傾向を多分に持っており（川村湊『異郷の昭和文学――「満洲」と近代日本』岩波新書、一九九〇）、〈外地〉を描いた小説は初回から頻繁に候補に挙がるだけでなく、選評にも芥川賞という権威を〈外地〉ものに与える意義への言及が散見される。こうしたまなざしは戦後も続いた。たとえば一九六〇年代から活躍しはじめた沖縄出身の作家（大城立裕や又吉栄喜）や在日朝鮮人作家（李恢成や金鶴泳）をめぐる文学賞の評価にも、そうした側面が見られる（朴裕河*（二〇〇三））。

3 呼称と概念のアポリア

こうした序列化を招いた要因が「「日本」国籍――「日本人」――「日本語」――「日本文化」を無前提に実体化してしまう発想」にあること、そしてこの発想の再生産を担ってきたのは他ならぬ〈日本文学〉であったことが、これまで省察されてきた（小森陽一*（一九九八））。これらを可視化し相対化するために、日本語文学という用語も頻繁に用いられるようになった。言語は国境によって枠取られるものだが、一方で国内にのみ留めおけるものでもない。〈日本語文学〉は、〈日本〉ではなく〈日本語〉を用いることで、ナショナルな力学から距離を取る試みなのである。

日本語文学は、もとは〈日本文学〉に組み込まれるのを拒否した在日朝鮮人作家・金石範*（一九七二）によって提示された用語だが、現在ではより広い意味で用いられている。在日朝鮮人文学や沖縄文学に加え、非日本語圏に身を置きながら日本語で創作する作家（多和田葉子や水村美苗など）や、日本語を第一言語としない、あるいは第一言語そのものに揺らぎのある作家（リービ英雄や温又柔など）も日本語文学と呼称される。この語を用いて戦前・戦中の文学を捉え返す試みもある。現時点での最大公約数として日本語文学を定義するならば、〈日本国内にいる日本国籍所持者の日本人が日本語で書いたものが日本文学だ〉という幻想から外れる、日本語で書かれたあらゆる文学となるだろう。

これほどに意味範囲が広がったのは、〈日本文学〉に含まれるナショナリズムを超克するために多くの論考が重ねられたことの証左でもあるが、これによる問題もまた起きている。ある種の断絶である。佐藤泉は、「一国文学の重さをすり抜ける「日本語文学」の越境イメージが、ナショナリズムを越える軽やかな足取りとしてポジティブに語られるようになっ」たとしながら、金石範が日本語文学という語を選択した経緯は決して「軽やか」ではなかったと述べている（青山学院大学文学部日本文学科編*（二〇〇九））。佐藤が指摘しているのは金のプライオリティなどではない。日本語文学に軽やかさが付与されることで、〈境〉に翻弄され続ける人々の重く
ネガティブな文学との間に、脱歴史化とでも呼ぶべき断絶が生じているのではないかということだ。

こうした傾向を相対化しようとする試みもある。西成彦*（二〇一八）は、リービ英雄や温又柔などの「越境作家」と、植民地期の文学が決して無縁ではないことを前提として、より巨視的に東アジアの文学的地政図を描き直そうとしている。西がその図を描くうえでしばしば参照するのが、コン

ラッドやカフカといった、〈日本語文学と同じく〉ナショナルな発想とは馴染まない作家である。こうした横断的な方法は、世界文学という概念に依拠している。世界文学とは、一国という単位ではなく、翻訳と流通が織りなす時空間を超えたネットワークとして文学を捉える概念である。この概念によって再評価が進んだ文学は数多く、その功績は疑うべくもない。だが広範な概念は、各テクストの持つ個別具体性を後景化しかねない危険と常に隣り合わせである。むろん日本語文学にも同様のことがいえる。

越境をめぐる日本近代文学研究は、さまざまな概念を（再）発見しながら発展してきた。今後の課題は、いかに脱歴史化に陥ることなく、各テクストの個別具体性を軽視することなく、新たな視点や概念を活用していくかであろう。中川成美は、〈日本文学〉という語が含む問題をふまえつつも、〈日本文学〉が何を正統とみなし排除したか、そしてそれが定着した過程を問うためにこそこの語が必要だと述べている（『モダニティの想像力――文学と視覚性』新曜社、二〇〇九）。この指摘は、課題に向き合ううえで重要なものとなるだろう。

4　交錯点としての越境

今後ますます重要なトピックとなっていくのが、越境した女性たちの／を描いたテクストの発掘と再評価である。女性が書くとき、そこには階層やジェンダーなど複層的な力場が形成されている。越境に際しても同様である。

粗さを承知のうえで女性の越境パターンを考えてみよう。たとえば単身での越境の場合、留学や、人身売買の犠牲になったケースや出稼ぎなどが考えられる。自身もしくは家族に経済力がありかつ女子教育に理解のある時代でないと実現が容易ではない留学と、いつの世も（今も）性産業に従事する、またはさせられるべく越境する女性たちは、決して同列に語れない。国際結婚一つを取っても「戦争花嫁《ウォー・ブライド》」（占領期に占領軍人と結婚し夫の国に移住した女性）や「外国人嫁」「農村嫁」（過疎地域の日本人男性と結婚し渡日したアジアの途上国出身の女性。一九八〇年代に急増した）などさまざまである。彼女たちの結婚と越境は、ジェンダーだけでなく、国家間の経済的・政治的なパワーバランスに強く影響されている。

　これらの例からわかるように、女性の越境と文学を考える際、時代や地域ごとのジェンダー構造だけでなく、階級や諸国の状況を多角的にふまえる必要がある。さらに、越境した先で民族や人種をめぐる問題が鋭く表出することも多く、状況はより複雑化する。つまり、女性の越境は、あらゆるファクターの交錯点として捉える必要があるのだ。

　だが、あるいはそれゆえか、女性の越境は常に単純化されてきた。北川扶生子は日系アメリカ人文学を考察しながら、女性表象のステレオタイプを析出している（北川扶生子「田村俊子「カリホルニア物語」にみる日系アメリカ人二世女性の戦略的エキゾティシズム」『日本文学』六六巻一二号、二〇一七・一二）。そのステレオタイプとは、まず「女性の移動を性的堕落と結びつけるまなざし」であり、次に家庭を守った功労者としての母親像と、その影の面である家庭の犠牲者としての母親像である。

　これらのステレオタイプは日系アメリカ人に限ったことではない。「性的堕落」に関しては、北川も挙げている有島武郎『或る女』（一九一九）などがあり、森崎和江『からゆきさん』（一九七六）でも同様のまなざしが報告されている。功労者／犠牲者としての母親像で代表的なものは、『砧をうつ女』（一九七一）など李恢成の初期小説であろう。

だが、そうした視線に対抗し、ステレオタイプを打ち破る女性たちの表現も数多くある。例えば田村俊子である。田村は世界各地を移動し、常に現地女性をエンパワーしようと試みていた。北川扶生子は田村を「境界線上からの眺め」（傍点原文）を見せてくれる貴重な存在としつつ、『カリホルニア物語』（一九三七）をステレオタイプを乗り越えたテクストとして高く評価している（前掲北川論文）。

越境した先で形成される女性同士の関係性を描いた文学も重要である。それらは先述した交錯点を立体的に浮かび上がらせるものもあれば、困難の中で育まれる連帯や安息を提示してくれるものもある。前者は作品紹介にゆずり、後者の例をいくつか挙げる。

李良枝『由熙』（一九八九）は、在日コリアンの留学生・由熙（ユヒ）を、下宿先の女性の視点から描いた小説である。由熙は〈祖国〉としての韓国を愛することができず次第に病んでいくが、それでもなお下宿先の女性たちは由熙にとって「異文化のなかのアジール的な場所」であった（*竹内栄美子「在日朝鮮人作家の日本語文学」郭南燕編著（二〇一三））。

鷺沢萠『ケナリも花、サクラも花』（一九九四）も留学体験に基づいたテクストである。鷺沢は祖母が朝鮮半島出身であることを知り韓国に留学するが、そこで自身は日本人か韓国人かと懊悩することになる。だが、そこには常に「私」に寄り添う女性たちが書き込まれている。アイデンティティの彷徨の末、彼女は「「国家」が一緒だから、「民族」が一緒だから、この人たちと一緒にいるのだ、というよりも、自然に愛情を感じられる人たちと一緒にいられたほうがいいよね」（『私の話』二〇〇二）と結論づける。そして彼女が獲得したのは〈姉妹〉の絆であった。

私は一般的な意味で使われる「家族」を作るのには失敗した。であるにもかかわらず、私を「オンニ」（引用者注――韓国語で「お姉さん」の意）と呼んでくれる人たちがいる。これはもしかしたら奇跡かも知れない。／去年の春に結婚した安寿子の妊娠が判ったのは、今年のはじめのことである。／「オンニ、イモ（伯母）になってくれる?」／安寿子は言った。／「なる！　なる！」／私は答えた。／家族を作るのに失敗した私は、今年の秋、「イモ」にもなる予定だ。（『私の話』二〇〇二）

これまで述べてきたように、女性たちの越境は多様化し複雑化している。それは言い換えれば分断が進んでいるということでもある。鷺沢とその〈妹〉たちの越境体験ももちろんそれぞれ異なっている。だが、それでもなお彼女たちは、そして私たちは「奇跡」を起こしうるのである。

二〇一〇年代以降、グローバル化の反動としてナショナリズムや一国主義が再び勃興し、排外主義に基づくヘイトスピーチ・ヘイトクライムが世界的な問題となっている。その矛先は女性たちにより多く向いているのが現状だ。多くの女性作家が、そうした現状を文学的想像力によって先鋭化させ、〈あり得るかもしれない〉未来をディストピアとして描いている。そうした最先端の試みが日本語文学作家によって行われていることの意味と意義を、私たちは考えなければならない。そして、憎悪と分断を越えうる「奇跡」のような出会いを探し続けなければならない。さまざまなファクターの交錯点としての越境を、私たちが出会い交わる点にできるように。

作品紹介

中里恒子「乗合馬車」「日光室」（『乗合馬車――他五編』一九三九、小山書店。『中里恒子全集』一巻、一九七九、中央公論社）

実兄がイギリス人と、義兄がフランス人と結婚した中里の実体験を反映した小説。国際結婚を扱った一連の小説は「まりあんぬもの」と呼ばれる。マリアンヌは実兄の子がモデルである。『乗合馬車』では主に彩子（中里）の眼から異国に嫁いできた義姉たちの悲哀が描かれ、『日光室』では母親や成長したマリアンヌの眼から、「混血児」に対する幼い子どもの残酷な差別が描かれる。ジェンダー化されて評価された作者へのまなざしなども含め、論じるべき点が未だ多い。

有吉佐和子『非色』（一九六四、角川書店。河出文庫）

「戦争花嫁《ウォーブライド》」として渡米した女性たちを描いた小説。「戦争花嫁」同士では夫の人種をめぐって争いが起き、妻が出産すれば周囲は子どもの肌や瞳、髪の色に気を揉む。そうした中で主人公の笑子（エミコ）は「問題は肌の色ではないのでは」と思索をめぐらせる。物語の最後、笑子は「私も、ニグロだ！」と感じ、そうでなければ「優越感と劣等感が犇いている人間の世間を切拓いて生きることなど出来るわけがない」と思い至る。差別構造の根深さを描きながら、そこで生き抜く強靭な女性像も提示している。

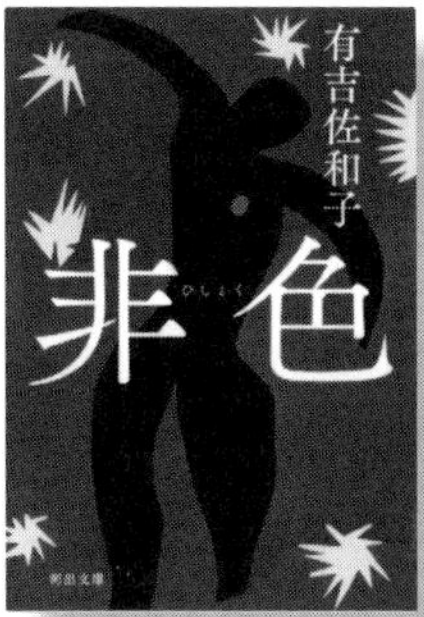

金真須美「燃える草家」（『羅聖の空』二〇〇五、草風館。黒古一夫・磯貝治良編『〈在日〉文学全集　深沢夏衣・金真須美・鷺沢萠』一四巻、二〇〇六、勉誠出版）

一九九二年のロサンゼルス暴動に巻き込まれた在日コリアンを描いた小説。日本生まれのコリアンであるリョウコは、韓国出身の友人ミリョンに「民族意識がない」といつも言われている。暴動の最中二人は暴徒につかまるが、ミリョンは暴徒に「アイム、リアル、コリアン、バット、シイ、イズ、ジャパニーズ」と語る。その直後月経が訪れ、今度こそと思った不妊治療がまたもや失敗したことをリョウコは悟る。「民族意識」を持たない限り生殖は許されないのかと問うているかのようである。BLM運動、アジア人差別、リプロダクティブヘルス／ライツなど今改めて注目される主題が凝縮されている。

楊逸「ワンちゃん」（『ワンちゃん』二〇〇八、文藝春秋。『ワンちゃん』文春文庫）

日本人男性と見合い結婚をして四国へやってきた王愛勤（ワンちゃん）は、夫との生活に不安を抱き、経済的自立のために、田舎の独身中高年男性と中国の若い女性の見合いツアーを主催している。ツアー参加者の男性に恋心を抱くがその男性は無事成婚し、ワンちゃんは夢から醒めたように日常へ戻る。その直後、唯一頼りにしていた姑が他界してしまう。「新しい人生」を賭けたはずの結婚に幻滅した元「外国人嫁」が、経済的自立の手段として新たな「嫁」を日本に送り出すというアイロニカルな構造が見て取れる。

シリン・ネザマフィ「サラム」（『白い紙／サラム』二〇〇九、文藝春秋）

テヘラン出身の「私」は、アフガニスタン難民の少女の通訳アルバイトを頼まれる。少女の難民認定のため奔走する弁護士と少女の間を通訳しながらも、「私」はどこか冷めている。結果的に少女はアフガニスタンへの帰国を選ぶ。少女との最後の面会で「私」は、憐憫なのか親身になりきれなかった罪悪感なのか判然としないまま涙が止まらず、少女の言葉を訳せない。国家権力に対する個人の無力さ、安全を保障された者がされない者に向けるまなざし、訳すことの困難さなどを多層的に描いている。

崔実『ジニのパズル』（二〇一六、講談社。講談社文庫）

群像新人文学賞その他多くを受賞した鮮烈なデビュー作。中学から朝鮮学校に編入したジニは、さまざまに違和感を抱きながらもそれなりに楽しく過ごしていた。だがテポドン事件を契機に日本人から暴行に遭い、「革命」を決意する。「革命」は周囲を深く傷つけてしまい、ジニはアメリカへ留学することになる。「世界標準の青春」という島田雅彦の芥川賞選評が表すように、越境が容易になった現代だからこそ際立つ「居場所のなさ」を少女が受け入れる物語。同時に、日本社会のブラックボックスである朝鮮学校をめぐる一つの提言であり証言でもある。

温又柔『真ん中の子どもたち』（二〇一七、集英社）

日本人と台湾人の間に台北で生まれ、東京で育った天原琴子は、中国語を学ぶため上海に留学する。小説中には中国語、台湾語、日本語が入り混じる。琴子は上海で日本人か台湾人か、自身の話す言葉が何語なのか、「母語」とは何かと葛藤し、それに留学先で出会った友人・呉嘉玲や龍舜哉が寄り添う。互いの、そして自身のさまざまな背景と差異を屈託なくそのまま受容することを志向している。

多和田葉子『地球にちりばめられて』（二〇一八、講談社。講談社文庫）

三部作の第一部。ヨーロッパに留学していたHirukoは、自分の国が消滅し帰ることができなくなり、どの地域でも通じる人工語「パンスカ」を作り出しデンマークに住んでいた。Hirukoは、「パンスカ」や彼女の「母語」に惹かれた言語学者クヌートとともに、「母語」を話せる人を探す旅に出る。作者ならではの想像力と言語感覚がいかんなく発揮されているが、「母語」への強い憧憬がモノリンガリズム、ひいてはナショナリズムと結びつきかねない危うさは否めない。

李龍徳『あなたが私を竹槍で突き殺す前に』（二〇二〇、河出書房新社。河出文庫）

同性婚を合法化し選択的夫婦別姓を実現した日本初の女性総理大臣が、保守層のスケープゴートにしたのは在日コリアンだった。在日のある者は韓国へ集団「帰国」し、ある者はコリアンタウンを要塞化し、ある者は妹をヘイトクライムで失い、またある者は悪夢のような計画を立てる。性別、民族、人種、政治思想、階級など、あらゆる境界線が重なり合いながらも人々を分断し続ける様を、空虚なブラックジョークで描き出したこの小説をどう受け取るか、問われているのは私たちである。

李琴峰『彼岸花が咲く島』（二〇二一、文藝春秋）

第一六五回芥川賞受賞作。見知らぬ島に漂着した少女が、宇美（ウミ）という新たな名を与えられ、少女・游娜（ヨナ）や島の人々と交流を深めていく物語。宇美の話す「ひのもとことば」、島の人間が話す「ニホン語」、そして島の女性しか学ぶことのできない「女語」が交錯しマルチリンガルな世界観を構築している。末尾では島がなぜ女性主体になったかの歴史と、島を根底から支える真実が明かされる。それは果てしない犠牲の皮肉な連鎖だった。

【参考文献】
青山学院大学文学部日本文学科編、金石範・崔真碩・佐藤泉・片山宏行・李静和著『異郷の日本語』（社会評論社、二〇〇九）
伊豫谷登志翁『グローバリゼーションと移民』（有信堂高文社、二〇〇一）
岡真理『彼女の「正しい」名前とは何か――第三世界フェミニズムの思想』（青土社、二〇〇〇）
郭南燕編著『バイリンガルな日本語文学――多言語多文化のあいだ』（三元社、二〇一三）
金石範『ことばの呪縛――「在日朝鮮人文学」と日本語』（筑摩書房、一九七二）
小森陽一『〈ゆらぎ〉の日本文学』（NHKブックス、一九九八）
ダムロッシュ、デイヴィッド『世界文学とは何か？』
（原著二〇〇三。秋草俊一郎・奥彩子・桐山大介・小松真帆・平塚隼介・山辺弦訳、国書刊行会、二〇一一）
西成彦『外地巡礼――「越境的」日本語文学論』（みすず書房、二〇一八）
朴裕河「一九六〇年代における文学の再編――「国民文学」と「在日文学」の誕生」（『思想』九五五号、二〇〇三・一一）
日比嘉高「越境する作家たち――寛容の想像力のパイオニア」（『文學界』六九巻六号、二〇一五・六）

作品紹介

さ行

た行

な行

人名

た行

な行

は行

ま行

や行

索引

事項

笹尾佳代（ささお かよ）
同志社大学文学部准教授
『結ばれる一葉――メディアと作家イメージ』（双文社出版、2012）、『プロレタリア文学とジェンダー――階級・ナラティブ・インターセクショナリティ』（共編著、青弓社、2022）

篠崎美生子（しのざき みおこ）
明治学院大学教養教育センター教授
『弱い「内面」の陥穽――芥川龍之介から見た日本近代文学』（翰林書房、2017）、「「朕」の居場所」（『表象の現代――文学・思想・映像の20世紀』翰林書房、2008）

武内佳代（たけうち かよ）
日本大学文理学部教授
『クィアする現代日本文学――ケア・動物・語り』（青弓社、2023）、『三島由紀夫小百科』（共著、水声社、2021）

竹田志保（たけだ しほ）
中央大学文学部特任准教授
『吉屋信子研究』（翰林書房、2018）、「「少女」文化の成立」（『大正史講義【文化篇】』ちくま新書、2021）

徳永夏子（とくなが なつこ）
日本大学スポーツ科学部専任講師
「啓蒙される少女たち――初期『若草』の発展と女性投稿者」（『文芸雑誌『若草』――私たちは文芸を愛好している』翰林書房、2018）、「『青鞜』における自己語りの変容――テクストによる現実との接触」（『日本文学』59（9）、2010）

内藤千珠子（ないとう ちずこ）
大妻女子大学文学部教授
『「アイドルの国」の性暴力』（新曜社、2021）、『愛国的無関心 「見えない他者」と物語の暴力』（新曜社、2015）

中谷いずみ（なかや いずみ）
二松学舎大学文学部教授
『その「民衆」とは誰なのか――ジェンダー・階級・アイデンティティ』（青弓社、2013）、『時間に抗う物語――文学・記憶・フェミニズム』（青弓社、2023）

堀ひかり（ほり ひかり）
東洋大学文学部准教授
『Promiscuous Media: Film and Visual Culture in Imperial Japan, 1926–45』（Cornell University Press、2017）、『戦争と日本アニメ 『桃太郎 海の神兵』とは何だったのか』（共編者、青弓社、2022）

光石亜由美（みついし あゆみ）
奈良大学文学部教授
『自然主義文学とセクシュアリティ――田山花袋と〈性欲〉に感傷する時代』（世織書房、2017）、『ケアを描く――育児と介護の現代小説』（共編著、七月社、2019）

村上陽子（むらかみ ようこ）
沖縄国際大学総合文化学部教授
『出来事の残響――原爆文学と沖縄文学』（インパクト出版会、2015）、「〈沖縄〉を教える――沖縄県の国語科副読本をめぐって」（『昭和文学研究』85、2022）

米村みゆき（よねむら みゆき）
専修大学文学部教授
『ジブリ・アニメーションの文化学』（共編著、七月社、2022）、『アニメーション文化 55のキーワード』（共編著、ミネルヴァ書房、2019）

執筆者紹介

（五十音順。＊編者）

飯田祐子（いいだ ゆうこ）＊
名古屋大学大学院人文学研究科教授
『彼女たちの文学――語りにくさと読まれること』（名古屋大学出版会、2016）、『プロレタリア文学とジェンダー――階級・ナラティブ・インターセクショナリティ』（共編著、青弓社、2022）

泉谷瞬（いずたに しゅん）
近畿大学文芸学部講師
『結婚の結節点――現代女性文学と中途的ジェンダー分析』（和泉書院、2021）、「すべてが「サービス」化する社会／すべてを「サービス」化する文学――津村記久子のテクストにおける「非物質的労働」の両義性」（『文藝論叢』97、2021）

井原あや（いはら あや）
大妻女子大学文学部専任講師
「消費されることと捉え返すこと――瀬戸内晴美はどう語られてきたか」（『ユリイカ』54（3）、2022）、「〈林芙美子〉を語る――一九六〇年代、田中澄江『うず潮』とメディアのなかの〈林芙美子〉」（『大妻女子大学紀要――文系――』55、2023）

大串尚代（おおぐし ひさよ）
慶應義塾大学文学部教授
『立ちどまらない少女たち――〈少女マンガ〉的想像力のゆくえ』（松柏社、2021）、「ジャンヌ、遠き存在――『ジャンヌ・ダルクについての個人的回想録』における啓示と意思」（『藝文研究』123（3）、2022）

小平麻衣子（おだいら まいこ）＊
慶應義塾大学文学部教授
『小説は、わかってくればおもしろい――文学研究の基本15講』（慶應義塾大学出版会、2019）、『なぞること、切り裂くこと――虚構のジェンダー』（以文社、2023）

康潤伊（かん ゆに）
日本学術振興会特別研究員PD
『わたしもじだいのいちぶです――川崎桜本・ハルモニたちがつづった生活史』（共編著、日本評論社、2019）、「となりあう承認と排除――ヤン ヨンヒ『朝鮮大学校物語』論」（『日本近代文学』101、2019）

木村朗子（きむら さえこ）
津田塾大学学芸学部教授
『その後の震災後文学論』（青土社、2018）、『世界文学としての〈震災後文学〉』（共編著、明石書店、2021）

久米依子（くめ よりこ）
日本大学文理学部教授
『「少女小説」の生成――ジェンダー・ポリティスクの世紀』（青弓社、2013）、『少女小説事典』（共編著、東京堂出版、2015）

倉田容子（くらた ようこ）
駒澤大学文学部教授
『語る老女　語られる老女――日本近現代文学にみる女の老い』（學藝書林、2010）、『テロルの女たち――日本近代文学における政治とジェンダー』（花鳥社、2023）

黒岩裕市（くろいわ ゆういち）
フェリス女学院大学他非常勤講師
『ゲイの可視化を読む――現代文学に描かれる〈性の多様性〉？』（晃洋書房、2016）、『読むことのクィア――続 愛の技法』（共著、中央大学出版部、2019）

ジェンダー×小説　ガイドブック
日本近現代文学の読み方

Gender × Novel Guidebook:
How to Read Modern Japanese Literature
Edited by Iida Yuko and Odaira Maiko

発行	2023 年 5 月 31 日　初版 1 刷
定価	2200 円＋税
編者	© 飯田祐子・小平麻衣子
発行者	松本功
ブックデザイン	大崎善治
印刷・製本所	株式会社 シナノ
発行所	株式会社 ひつじ書房
	〒 112-0011 東京都文京区千石 2-1-2 大和ビル 2 階
	Tel.03-5319-4916 Fax.03-5319-4917
	郵便振替 00120-8-142852
	toiawase@hituzi.co.jp　https://www.hituzi.co.jp/

ISBN978-4-8234-1192-2